孤独漫步者的遐想

[法国]让—雅克·卢梭 著

钱培鑫 译

译林出版社

图书在版编目（CIP）数据

　　孤独漫步者的遐想 ／（法）让—雅克·卢梭著；钱培
鑫译 . —南京：译林出版社，2023.9
　　ISBN 978-7-5447-9747-4

　　Ⅰ.①孤⋯　Ⅱ.①让⋯ ②钱⋯　Ⅲ.①散文集–法国
–近代　Ⅳ.①I565.64

　　中国国家版本馆 CIP 数据核字（2023）第 087978 号

孤独漫步者的遐想　[法国] 让—雅克·卢梭／著　钱培鑫／译

责任编辑　宋　旸　张海波
特约编辑　陈秋实
装帧设计　胡　苊
责任印制　董　虎

出版发行　译林出版社
地　　址　南京市湖南路 1 号 A 楼
邮　　箱　yilin@yilin.com
网　　址　www.yilin.com
市场热线　025-86633278
排　　版　南京展望文化发展有限公司
印　　刷　江苏凤凰扬州鑫华印刷有限公司
开　　本　880 毫米 ×1240 毫米　1/32
印　　张　8.5
版　　次　2023 年 9 月第 1 版
印　　次　2023 年 9 月第 1 次印刷
书　　号　ISBN 978-7-5447-9747-4
定　　价　68.00 元

译者导言

让—雅克·卢梭(1712—1778)是法国18世纪杰出的思想家、作家。他以《论科学和艺术》(1750)和《论人类不平等的起源和基础》(1755)轰动一时,名声直逼比他年长十八岁的文豪伏尔泰。他在此后十余年间发表的《新爱洛伊丝》(1761)、《社会契约论》(1762)、《爱弥儿》(1762)等作品,对法国政治体制、社会风尚、哲学思想、文学思潮产生过重要影响。《社会契约论》成为1789年法国大革命中最革命的雅各宾党人的政治纲领,其天赋人权、自由平等、主权在民的思想被写进《人权宣言》。卢梭卒于1778年7月2日,他的遗骸于十六年之后被隆重迁入巴黎先贤祠,作为"自然与真理之子",受到后代的无比敬仰。

然而卢梭生前做梦也想不到自己会有如此受人爱戴的一天。他的一生可谓颠沛流离,饱受磨难。卢梭1712年生于日内瓦一个信奉新教的市民家庭,自幼丧母;父亲因打伤贵族被迫逃亡,客死他乡。年幼的卢梭便由姑妈抚养,开始学手艺。由于他不堪打骂凌辱,十六岁便独自离家闯荡。迫于生计,他先后干过十四个行当:学徒、仆人、伙计、随从、抄谱员、家庭教师、秘书、地籍员……寄人篱下,受尽欺侮和凌辱。生性倔强、不愿意受人摆布的卢梭曾有过发迹走运的机遇,但他对自由的向往驱使他一次次回归自然,跋山涉水,闯荡人生。幸好在走投无路之际,他还能回到华伦夫人身边,得到些许温暖和呵护。

卢梭从三十八岁起一举成名,此后的十三年间问世的三部名作使他的名字家喻户晓,但是生活中的卢梭却饱受折磨,倍感孤独。究其原因,主要有两个。首先是声称"人性本善"的《爱弥儿》1762年被巴黎最高法院列为禁书,巴黎大主教颁布谴责《爱弥儿》的训谕,卢梭本人被当局通缉,仓皇出逃,被迫踏上长达八年的流亡之途,辗转瑞士、普鲁士、英国等地。他还被逐出教会,剥夺在日内瓦的市民权……遭到无数围攻、侮辱。第二个原因是他与其他启蒙思想家的纷争。卢梭与百科全书派中的狄德罗、格林姆、霍尔巴赫等人是多年的挚友,狄德罗曾经请卢梭为他主编的《百科全书》撰稿,据说卢梭是在去监狱探望狄德罗的路上看到第戎科学院征文启事——《科学艺术发展是否有助于风俗》,而且还是狄德罗帮卢梭出主意,才写成《论科学和艺术》这篇名著。但是家庭出身的不同、社会背景的差异,以及人与事的纠纷,造成故友之间感情隔阂;卢梭对唯物论和无神论的批评,导致他们意识形态的分歧;而1764年底伏尔泰在《公民们的感想》中攻击卢梭的私生活,揭露卢梭抛弃亲生子女,要求对卢梭处以极刑,更是让卢梭成了大逆不道、人人喊打的罪人。艰苦的流亡生活和巨大的精神压力使得卢梭心力交瘁,他几乎怀疑每个接近他的人,认为人人都在处心积虑地羞辱、诬蔑、谋害他。可以说卢梭在悲愤、失望和痛苦中度过了下半生。

为了在世人面前还自己一个清白,卢梭在1765年到1770年间写了《忏悔录》这本"没有先例的书"。卢梭声称"我要做一项既无先例,将来也不会有人仿效的艰巨工作,我要把一个人的真实面目赤裸裸地揭露在世人面前。这个人就是我……"他是想用自己的一生来为自己辩护,用自己的真实面目驳斥敌人的谬论。他不掩饰自己的过失:说谎、行骗、偷东西、诬告他人……他以此来阐述其著名的论点:人性本善,是社会和环境使之堕落,从而使《忏悔录》从严格的自我解剖转为对社会的谴责和控诉。

1770年,卢梭回到巴黎,仍然遭到种种非议、侮辱。他万念俱灰,深信自己单枪匹马,无力回天。1776年春天,卢梭完成《对话录:卢梭评判让—雅克》之后,精神状况有所好转。他知道自己来日无多,而且他对他人、对社会已经无所期待,决定从此不再为自己辩解,想尽可能地忘记敌手,平静地度过自己的余生。超脱的态度使他内心恢复安宁。卢梭每天到巴黎郊外散步,观察自然,采集植物标本,平静地等待生命的终结。在人生的晚年,卢梭重温往日时光,审视自己的一生。他大约从1776年春天开始提笔,为自己撰写《孤独漫步者的遐想》这本最真诚的书。

全书由十篇漫步组成。前四篇漫步大约写于1776年春季到1777年春季,随后四篇完成于1777年,第九和第十篇也许是在1778年1月到4月12日写的。1778年5月20日,卢梭终于接受吉拉尔丹侯爵邀请,离开巴黎住到埃蒙农维尔时,带走了《孤独漫步者的遐想》的手稿。卢梭于同年7月2日突然去世,全书戛然而止。卢梭死后,他的妻子将手稿交给卢梭的友人穆尔杜,于1782年在《忏悔录》第一卷之后发表。

十篇"漫步遐想"没有完整的提纲,大多是触景生情、有感而发的作品。

漫步之一:介绍卢梭当时的处境开始:"我就这样在世上落得孑然一身,除了我自己,再没有兄弟、邻里、朋友,再没有任何人际往来。最合群、最富爱心的人啊,竟然被众口一词地排斥在人类之外。"卢梭极为苦闷,他唯一的选择就是彻底地听天由命,才能找回内心的平衡,才能在"苦难的深渊得到了安宁……像上帝那样超然物外",和自己的灵魂做"亲切温馨的交谈"。何为遐想录呢?卢梭写道:"这些文字只不过是一本记录我个人遐想的不成型的日记……我将把自己的想法和盘托出……这些文字可以看成是我的《忏悔录》的补篇,但是我不再沿用这个名字,因为我觉得我没有什么可以忏悔的了。"老年的卢梭感到自己的体力、智力都在衰退:"从今以后我想象力的产物是模糊的回忆多了,创造的少了。"但是遐想的乐趣将伴随他的余生。

漫步之二:因为体力衰退,所以在梅尼蒙丹被一条丹麦狗撞倒后,差点酿成大祸。卢梭描写了从昏迷中醒过来时的美妙感觉:"我全身心沉浸在眼前这一时刻,别的什么都想不起来;对自己身体状况没有丝毫意识,根本不知道刚才发生了什么;我不知道我是谁,又是在什么地方,既不觉得痛苦,也没感到害怕和不安。"一位女士登门拜访之后,不久就出现了卢梭已死的谣言,连报纸上都刊登了讣告。卢梭发现即使自己死了,人们仍然不会放过他,还会侮辱、诋毁他。

漫步之三:人生到了晚年,特别眷恋生命,其实老年人最需要学会死亡。卢梭在四十岁左右就把自己的学说付诸实施,铲除"心底的利欲和贪婪",放弃社交生活,脱离上流社会的奢华和虚妄,以抄写乐谱谋生,过着自食其力的简朴生活。而在世人眼里,逃避社交生活就是憎恨人类,结果对卢梭群起而攻之。面对铺天盖地的责难,卢梭犹豫过、动摇过,但是考虑再三,最后还是决定恪守既定的原则,将晚年所剩的时光用于学习"耐心、温柔、顺从、正直、不偏不倚的公正"这些美德。

漫步之四:卢梭对谎言问题进行思考。他带着无比的悔恨回忆起年轻时偷窃丝巾、反而诬陷女仆一事。他还承认《忏悔录》中也有假话,但那不是故意说谎,常常是为了隐去自己的品德。在生活中,他力图说真话,对自己揭短多,褒扬少。卢梭然后就"真诚"问题阐述了看法,认为"必须在任何情况下都保持有勇气和力量坚持真理"。

漫步之五:卢梭回想起在瑞士比埃纳湖圣皮埃尔岛度过的日子。那是他一生中"最幸福的时光"。闲适的卢梭尽情地采集植物标本、观察美妙的自然风光。他在大自然的怀抱中沉思默想，心灵摆脱了昔日的苦难，对未来毫无牵挂，完全沉浸在此时此刻之中，领略"一种充分、完满、丰盈的幸福"，"享受我们自己，享受我们自身的存在"。

漫步之六：卢梭在巴黎郊区散步、采集植物标本时，曾喜滋滋地向一个行乞的孩子施舍，可是久而久之，施舍几乎成了他不得不尽的义务，卢梭觉得不是滋味，于是绕道而走。卢梭承认，自己"仁慈大方、乐于助人"，但是善举一旦成为义务，他就不愿意了："一件事只要带有强制性，哪怕符合我的愿望，也足以打消我的愿望，如果强制性再厉害些，就会令人反感，甚至化为强烈的厌恶。"这件小事从侧面说明卢梭与当时社会格格不入，证明他不适应在"这个到处充满束缚、义务、职责的世俗社会"中生活。

漫步之七：卢梭热情洋溢地赞美植物学。为了驱散令人沮丧的念头和烦恼，卢梭打算编一部植物标本。这项工作给他带来了莫大的欢乐："我感到无比陶醉，感到一种难以言喻的欣喜，我仿佛融化在天地万物中，与整个大自然浑然一体。"他在与大自然的接触中"忘记了人们对我的迫害，忘记了他们对我的仇恨、蔑视、侮辱……使我在凡人从未遭遇过的最悲惨的命运中经常感到幸福"。

漫步之八：卢梭再次想到往日遭受的磨难和如今内心的平静。尽管处境极为悲惨，他也不愿意与最幸福的普通人交换命运、换一种活法，因为在他春风得意的时刻，并没有幸福之感，而"在我一生苦难深重的日子里，温存、动人、甜美的感情却总是洋溢在我的心头"。面临人类策划的阴谋，"无论如何摆脱不了自己感官制约"的卢梭试图为自己辩解、抗争，但是一切努力纯属徒劳。他经过自省，克服尚存的自负心理之后，才摆脱了"似乎是命运最终决定的绝望，而得到了安详、宁静、平和甚至是幸福"。是敌人迫害使他"学会用漠然的态度去看待生与死、疾病与健康、财富与贫穷、荣誉与诽谤"，是孤独的离群索居给他带来内心的平和。

漫步之九：卢梭重提《忏悔录》谈到的痛苦话题：即他把亲生子女送进育婴堂。卢梭的仇敌们曾揪住此事大做文章，把卢梭说成是不通人性的父亲，谴责他仇视儿童。他之所以抛弃自己的儿女，是因为想让孩子更好地成长："如果我不在乎孩子的前途，在没有办法亲自抚养他们的情况下，我本来可以把孩子交给他们的母亲，任她把孩子宠坏，或者把孩子交给他们的舅家人，那他们一定会把孩子变成魔鬼。我现在想起来还不寒而栗。"卢梭扪心自问，发现自己始终对孩子满怀柔情，看到孩子们快乐的笑脸，就是他最大的幸福。他在巴黎郊区散步时与孩子们的几次交往，就是佐证。最后他记述了和素不相识的残废荣誉军人相遇的情形，由于残废军人不了解卢梭的身份，两人相谈甚欢，卢梭感慨道："即使是最普通的乐趣，也足以因其罕见而价值陡增……在日常生活的交往中，我们还是应该让天性中原有的善良和礼节顺其自然。"

漫步之十：卢梭在此回忆起在华伦夫人身边度过的幸福时光，向华伦夫人表示最后的敬意，以纪念他们五十年前的初次相识。漫步之十只有短短的两页纸，据说是因为卢梭突然去世而没有写完。

文学史上把《孤独漫步者的遐想》与《忏悔录》、《对话录：卢梭评判让—雅克》视为卢梭的自传三部曲。但是它与后两部作品迥然不同，作品的基调、目的变了，这一点在三本书的标题上——"忏悔"、"评判"、"遐想"——就得到充分体现。如果说《忏悔录》和《对话录》是面对社会的压力、世人的诽谤，卢梭奋力反抗、自我辩解的入世之作，《孤独漫步者的遐想》则可以看做一部离群索居、与世无争的出世之作。逆境中卢梭不再为寻求人们的理解和同情浪费笔墨，而只想"把我心灵的通常状态描绘出来……我觉得实现此举最简单、最可靠的办法莫过于把我那些孤独的漫步以及漫步时充盈于心间的遐思忠实地记录下来"。卢梭去世后，吉拉尔丹侯爵在卢梭卧室发现了一副纸牌，卢梭在纸牌背面随手记了些感想或者草稿，其中第一张纸牌就这样写道:"我的一生就是一串长长的遐想,由每天的散步将它分成篇章。"由此可见,"孤独"、"漫步"、"遐想"是卢梭晚年生存状态的真实写照,也构成本书的创作环境和内容特色。

《孤独漫步者的遐想》首先展示了孤独漫步者的自我审视和反省。"一个孤独者陷入沉思时,自然会更多地想到自己。"卢梭此时已经步入晚年,对死亡毫无畏惧,他只希望用晚年的全部余暇来丰富、充实自己:"我离开人世时虽然不可能比初入人世的时候更优秀——因为这是不可能的——但至少更有道德。"卢梭声称要"恢复先前被我称为'我的忏悔录'的那种严肃而真诚的自省",他承认自己犯下的过错:弃婴、说谎,但是他对自己坎坷人生的回顾比起《忏悔录》要模糊得多、大多作虚化处理,连书中提及的主要事件的时间都屡屡与事实相左。为此,有些评论家已经指出,如果把书中的内容简单地与卢梭本人的经历挂钩,追究史料的真实,其实是小看这本书的意义。和客观真实相比,卢梭更注重主观真实,注重记录自己内心思考的真实:"我将把自己的想法和盘托出,想到什么就说什么,前后连贯不多,就跟头一天与第二天的想法通常没有多少联系一样。"他已经超越个体的范畴,像奥古斯丁、蒙田那样,在更深的层次上,思考普遍的人性,探索人生的哲理和人类的命运。因此卢梭的反省往往成了哲学思辨,书中不少篇章几乎都能改用哲学标题冠名:论迫害与孤独(漫步之一)、论道德与宗教(漫步之三)、论真理与谎言(漫步之四)、论幸福(漫步之五)、论怜悯与善良(漫步之七)、论孤独与内心安宁(漫步之八)、论博爱与社会(漫步之九)等。从这个角度来看,可以说《孤独漫步者的遐想》比《忏悔录》更深刻、更彻底。

《孤独漫步者的遐想》也是一本充满美好回忆的书。年轻时,卢梭靠着丰富的想象力,躲避苦难的现实;老年的他则在回忆中寻找"宽慰、希冀和安宁"。圣皮埃尔岛上度过的欢乐时光、在深山幽谷采集标本的乐趣、真诚的善举给人带来的纯净无私的欢乐以及与华伦夫人初次相见等,这些文学史上著名的回忆洋溢着幸福的哲理,赞美人性本善以及顺从自然、享受人生的欢乐。卢梭不仅仅饱尝着"沉浸在这种迷人的沉思里"的甜美温馨,而且尽情体验写作的乐趣:色彩斑斓的描写、酣畅淋漓的抒发、接踵而至的思绪、层层剥笋般的分析,都通过富有音乐感的语句淋漓尽致地表现出来。飞扬的文思抹去真实与想象、历史与当今的界限,穿梭于不同时刻、不同的事件和人物之间,古人书上的一句话、路边的一棵草、一个下意识的绕道动作都是引发遐想的诱因,就像《追忆似水年华》中的小蛋糕那样。"人间只有易逝的乐趣",而写作能将这种乐趣永久保存下来,写作成为生命的体验,成为心灵的依托和补偿,它"必将唤起我在撰写它们时得到的温馨,使逝去的岁月重现在我眼前,也可以说是把我的生命延长了一倍"。难怪表示幸福欢快的词汇频频从卢梭的笔端淌出,单是plaisir(欢乐,愉快)一词就出现了84次,"漫步之九"中竟一发不可收拾,用了36次之多,jouir, jouissance(享受,享有)和bonheur(幸福)在书中出现27次,âme(灵魂)49次,cœur(心灵)126次,作者的欢欣之情溢于言表。

《孤独漫步者的遐想》还是一部讴歌大自然的名著。在卢梭之前,历代法国人——特别是古典主义作家——只关注人的内心世界,对自然没有兴趣;是卢梭首先将湖光山色、乡村旷野引入了文学的殿堂,但此举并非偶然:面对物欲横流、充满仇恨与争斗的社会,不甘沉沦的卢梭只有来到田间,走进树林,徜徉于山水之间,才能"荡涤……心中的一切杂念";孤独的卢梭只有在大自然的怀抱中才能找到心灵的净土,体验纯洁的欢乐。在卢梭的笔下,自然不再像令七星诗人沙龙绝望的"狠毒的继母",也不是让杜贝莱心惊胆战的"群狼出没的荒野",更不会像在维尼的《牧人之屋》中那样直言不讳:"人们称我是母亲,而我是一座坟墓";恰恰相反,茂密的树叶仿佛挡住了敌人对他的打击,"草地、河流、树林、孤寂、安宁……让我忘记了人们对我的迫害,忘记了他们对我的仇恨、蔑视、侮辱……使我在凡人从未遭遇过的最悲惨的命运中经常感到幸福"。卢梭受伤后从昏迷中苏醒时,"夜色已深。我瞥见了天空、几颗星星,还有稍许绿意。这最初的感受真是美妙的时刻。只是由此我才感到自己还活着……我觉得全身洋溢着一种美妙的宁静感觉,每当我回想这一时刻,我在平生所有乐趣中找不出任何能与之相比的东西"。于是,卢梭在大自然的怀抱中获得了新生。卢梭以他全部身心享受自然,经常进入物我两忘、与自然浑然一体的境界:"当我离开漫长、温馨的遐想,看到周围一片苍翠,鸟语花香,纵目远眺,那浪漫的湖滨,那清澈晶莹的开阔水面,我一时间竟把这些可爱的景色看成出于我的虚构,等到我慢慢认出自我和周围的一切,我已经分不清虚构和现实的界限了";"沉思者的心灵越敏感,就越能投入因自然的和谐而产生的心醉神迷的境界。甜美深沉的遐想占据了他的所有感官,他带着美妙的陶醉融入这片广袤美丽的天地里,感到自己已同天地浑然一体";"我仿佛融化在天地万物中,与整个大自然浑然一体"。在这种心境和氛围下,卢梭已经不单从艺术的角度欣赏比埃纳湖畔的原始浪漫风光,"烂漫的鲜花、缤纷的草地、清新的绿阴、小溪流水、灌木树丛、青翠的草木",而是在揭示、传达自己对自然的主观感受;孤独的漫步者根据自己的心境看待自然,通过自己感觉展现事物,同样清新的灌木,会因"自负的迷雾和尘世的喧嚣……(而)在我眼中黯然失色";深秋的田野依然翠绿宜人,但是"眼前的情景给人一种既温柔又凄凉的印象,与我的年龄、我的命运太相似了,我怎能不动情呢……精神仍然饰有几朵小花,不过已因忧伤而凋谢、因烦恼而枯萎了。我孑然一身,无依无靠,已经感到初霜的寒冷步步逼近",这种感觉与中国古诗中"感时花溅泪,别时鸟惊心"的说法可谓不谋而合。重视自然山水草木的生动感受、"景随情迁、情景交融、寓情于景",在描绘自然场景的同时刻画自己的情感世界,这些都成为卢梭留给浪漫主义的重要遗产,引导 19 世纪法国文学进入描写自然风光、抒发个人感情的新境界。

　　《孤独漫步者的遐想》的感人魅力还来自于卢梭的语言风格。卢梭的语言时而简洁有力、掷地有声:"老年人如果此时还需要学点什么,那么他唯一要学的就是如何去死";时而高昂激烈:"如果必须撒谎才能免遭酷刑,我宁愿面对酷刑";时而步步紧逼,气势夺人:"我当时怎能预知等待着我的命运呢? 如今我身陷其中,又怎能够理解它? 以我的常识,我那时怎么会料到竟然会有这么一天,我这个人,这个过去如此、现在依然如此的人,居然会被一口咬定是魔鬼、毒夫、凶手,居然会遭到人类的切齿痛恨,会为乌合之众所戏弄;我怎能想到遭人唾弃将是路人对我的全部敬意,怎能想到整整一代人会串通一气、乐于将我活埋呢?"遇到心理刻画,卢梭的笔触会十分细腻,比如恢复知觉时的感受:"从那个瞬间起我开始关注生命了,仿佛觉得我将自身微弱的存在注入我隐约看见的一切物体";叙事时也不乏清新活泼的笔调:"漫步之七"中在伊泽尔河畔吃野生果子和"漫步之九"中邀请漫步中偶遇的少女们玩转盘游戏的故事就是其中的两个例子。《孤独漫步者的遐想》中最富特色的,还是承载卢梭遐想的句型:它们随着卢梭的思绪起伏,有时像拍岸的湖水那样绵延不绝,有时像水面的涟漪那样从容不迫,有时候一个名词主语会带上一串定语、补语、状语,长达五六十字,峰回路转,环环相扣,把作者的剖析、感受和遐想淋漓尽致、丝毫不差地传达出来。《孤独漫步者的遐想》还是一部诗意盎然、展示卢梭诗人才华的杰作。回想起在圣皮埃尔岛度过的美好日子,他不由得慨叹:"这样的生活为何不能重现? 我为何不能到心爱的岛上度过我的余年……";想到华伦夫人:"啊! 如果我足以使她心满意足,就像她使我别无他求那样,那该有多好! 我们在一起度过的时光将会何等平静和甜美!"抒情的篇章、诗化的意境在书中比比皆是,《孤独漫步者的遐想》因此在文学史上享有"散文诗"的美誉,卢梭也被赞为 18 世纪最伟大的诗人之一。

当孟德斯鸠、伏尔泰、狄德罗批评封建制度，主张消除封建特权时，卢梭已经指出人类不平等的基础是私有制；当启蒙思想家推崇唯物论时，卢梭已经看到后者可能沦为资产阶级获取物质利益的工具；在理性主义登峰造极的时代，卢梭主张个性发展、崇尚情感、回归自然；卢梭还是18世纪少数几位敢于用真名发表全部作品的作家。《孤独漫步者的退想》作为这位追求真理、超越时代的作家的绝笔，把人们引入一代文豪的精神世界。尽管时光流逝，那儿的大自然依然生机勃勃，思想的花朵依然盛开；卢梭的退想引人入胜，他揭示的心灵高度令人景仰……细心的读者也许会注意到，《孤独漫步者的退想》以卢梭控诉世人沆瀣一气、阴谋迫害自己开篇，到"怀着深情"追忆年轻时代在华伦夫人身边得到的"纯净、丰盈的幸福"后突然中断，而卢梭是在将近三个月之后才去世的，那么他为什么不往下写？是力不从心，还是在暗示什么？卢梭给我们留下一个谜，一片退想的空间……我们理应想象：伟大的卢梭是幸福的。

本书的注释为译者参考原书注解以及有关资料所加。

2004年1月8日
于上海江湾

目　录

漫步之一

我就这样在世上落得孑然一身，除了我自己，再没有兄弟、邻里、朋友，再没有任何人际往来。最合群、最富爱心的人啊，竟然被众口一词地排斥在人类之外。他们恨透了我，寻找最残酷的手段来折磨我敏感的心灵，因此粗暴地扯断了把我跟他们联系起来的全部纽带。尽管如此，我原本还是爱人类的。只要他们人性未泯，就不会回避我的这份感情。如今他们终于如愿以偿地与我形同路人，成了陌生人，成为对我没有意义的人。可是我，与他们和这一切脱离了关系的我，又成了怎样的人呢？这正是有待我去探索的。只可惜在探索这个问题之前，必须先看一下我的处境。我一定得这么做，才可能从他们转而谈我自己。

不止十五年了①，我一直处在这种奇怪的境地，如今想起来还像一场噩梦。我总是想象自己消化不良，备受折磨，觉得自己老是做噩梦，总想着醒来后与朋友相聚，就能摆脱痛苦。是的，也许我得不知

---

① 1762年6月巴黎高等法院下令查禁《爱弥儿》，卢梭匆忙出走，开始长达八年的流亡生涯。此事件距离"漫步之一"的写作时间（1776年9月底、10月初）其实只有十四年多一些时间。如果从他与启蒙思想家决裂开始计算（1757年冬季），则相差十八年多。本书提及的时间大多与卢梭的实际经历略有差距。

不觉地从清醒坠入昏睡，更确切地说是从生坠入死。不知怎么地，我离开了事物的常轨，眼看自己扎进一团难以理解的混乱之中，什么也看不清；我越考虑自己的现状，就越不明白自己身在何处。

唉，我当时怎能预知等待着我的命运呢？如今我身陷其中，又怎能够理解它？以我的常识，我那时怎么会料到竟然会有这么一天，我这个人，这个过去如此、现在依然如此的人，居然会被一口咬定是魔鬼、毒夫、凶手，居然会遭到人类的切齿痛恨，会为乌合之众所戏弄；我怎能想到遭人唾弃将是路人对我的全部敬意，怎能想到整整一代人会串通一气、乐于将我活埋呢？这场不可思议的变故发生时，我猝不及防，起初大为震惊。内心的烦躁和愤怒将我推入一种谵妄状态，十余年之后才逐渐平复①；而在此期间，我一错再错，一误再误，傻事一桩接着一桩。我粗心大意，为主宰我命运的人们提供了太多的把柄，他们巧妙地逐一利用，终于无可逆转地注定了我的命运。

我拼命挣扎了很久，但是无济于事。我这个人既缺乏心计，又不懂抗争的窍门，既不会深藏不露，也不知道做事要谨慎，我为人直爽，开朗，性子急，脾气又躁：我越是挣扎，越是被束缚手脚，还源源不断地给他们送去新的把柄，他们对此是绝不会放过的。最后，我终于感到我的种种努力纯属徒劳，只是无谓地折磨自己而已，于是我做出了留给我的唯一选择，那就是听天由命，不再一味与命运抗争了。顺应天命给我带来了安宁，带来了与长期以来徒劳无益的痛苦反抗无法并存的安宁，使我的一切痛苦得到了补偿。

另一件事促成了这种内心的宁静。迫害我的那些人挖空心思地恨我，但是极度的仇恨使他们忘了一招：那就是应该不停地变着法子伤害我，逐步加大迫害的程度，从而不断维持、延续我的痛苦。如果

---

① 1766年，卢梭应英国哲学家大卫·休谟之邀，到英国避难。卢梭怀疑休谟故意陷害他，两人发生激烈争吵，这里显然是指这件事。

当时他们聪明地给我留下一线希望，那么至今还能把我攥在手里。他们只要设下小小的圈套，依然还能把我当作掌中的玩物，然后让我期望落空，一场绝不重复的折磨将给我留下深深的创伤。然而他们却过早地使出了全部着数；既然没有留给我任何余地，他们也就无计可施了。他们对我的肆意诽谤、贬低、嘲弄、指责不再可能增强，当然也不会缓和；我们是同样的束手无策，他们没法子变本加厉，我也在劫难逃。他们迫不及待地把我的苦难推到了极至，即使用尽人间的力量，辅以地狱里种种卑劣手段，恐怕也只能到此为止吧。肉体上的伤痛不会加剧我的苦恼，反而让我不再把苦恼放在心上。伤痛使我忍不住高声叫唤，但说不定会因此免去我呻吟，肉体上的剧痛将暂时遏止我心灵上的创伤。

　　既然大局已定，我还怕他们什么呢？既然他们再不能加剧我的恶劣处境，我对他们也就不再提心吊胆了。他们使我永远摆脱了不安与恐惧的苦恼：不管怎么说，这对我总是个宽慰。现实的痛苦对我起不了多大作用，亲身经历的痛苦容易对付，而对我担心出现的痛苦则不然。我那犹如惊弓之鸟的想象力把它们连接起来，反复掂量，加以推广和扩大。对我而言，等待痛苦要比经历痛苦难受百倍，威胁远比打击可怕得多。而一旦苦难来到，事实将立刻排除其中所有的臆想成分，还其本来的面目。我就觉得痛苦比原先设想的要轻得多，即使受折磨的时候，我也不禁感到轻松。有了这份心境，我不再担惊受怕了，也不必为期望而焦灼不安，单凭着日复一日的习惯，足以使糟糕透顶的处境变得越来越容易承受，感情随着时光流逝而日趋迟钝，他们再也没有办法把它弄活了。那些使出浑身解数、拼命迫害我的人竟然给我带来了这样的好处。他们再也左右不了我，今后我却可以嘲笑他们了。

　　我心情完全平静下来还不到两个月。很久以来我早已无所畏惧，可是还心存希望，这份时而给人温暖、时而令人泄气的希望，唤起万千思绪,使我激动不已。但是一件令人悲痛的意外事件①终于抹去了我心头这缕微弱的希望之光,使我看到今生今世我的命运已经万劫不复了。从此,我彻底地听天由命,这才找回了安宁。

自从我开始觉察这场阴谋的全部规模后,我就彻底放弃了在有生之年使公众回到自己一边的念头;即使他们回心转意,从今往后对我也不会有多大用处,因为它不可能是两相情愿的回归。人们即使回到我身边来也是白搭,因为他们再也找不着以前的我了。他们令我鄙视,跟他们交往只会令我感到乏味,甚至是一种负担,我离群索居比和他们在一起生活要幸福百倍。他们连根铲去了人际交往留在我心中的甜蜜感受。到了我这把年纪,这种乐趣不可能再度萌发新芽,实在是太迟了。从今以后,无论他们对我做出什么事,不管是施恩还是使坏,我都无所谓。不论我的同代人如何动作,我绝对不会将他们放在眼里。

尽管这样,那时候我对未来仍然抱有希望,我希望以后会有比较优秀的一代人,通过仔细考察这一代人对我的评判以及他们对我的所作所为,会轻易地识破这一代领军人物玩弄的阴谋诡计,还能够以我的本来面目看待我。出于这种希望,我写下了我的《对话录》②,并做了许多愚蠢的尝试,以使《对话录》传诸后世③。这份希望虽然遥遥无期,却像当年在世上寻找一颗正直之心那样,曾使我心潮澎湃;可是我把希望投向遥远的未来也无济于事,它照样使我沦为今人的笑料。我在《对话录》中谈了我这份期待建立在什么基础上。但我错了。好在我醒悟得相当及时,从而还能在我最后时刻到来之前得到

---

① 指本书"漫步之二"记述的那次飞来横祸。

② 《对话录》是卢梭在1775年写的三篇对话,针对世人的指责,为自己辩护。卢梭去世后,于1780年以《对话录:卢梭评判让—雅克》为题出版。

③ 1776年2月24日,卢梭担心《对话录》的手稿落入敌人之手,企图把它藏进巴黎圣母院的主祭坛中,但是没有成功。

一段无比平静、绝对安宁的时光。这段时光就从我现在所说的这一刻开始,而且我有理由相信,它再也不会被打断了。

不久以前我几经思考才想明白,指望公众回心转意实在是个错误,即使在另一个时代也做不到,因为在我的问题上,公众的态度受到那些憎恨我的团体中一茬接一茬的领头人物操纵。个人固然会死去,这些团体却不会灭亡。相同的激烈情绪在那儿传承不息,他们仇恨的烈火,如同煽动这股仇恨的魔鬼那样长久不息,总在熊熊燃烧。即使我的那些仇敌一个个都死了,这世上总还有医生和奥拉托利修会①的会员;即使最后只剩下这两个团体迫害我,我敢肯定他们决不会在我死后让我灵魂安息,就如他们从未在生前给我安宁一样。也许,随着时间的推移,我确实冒犯过的医生们可能会平息怒气,而我曾爱过、尊敬过、充分信任过而从未得罪过的奥拉托利修会的会员们,这些教会人士、这些半真半假的僧侣却永远不会手下留情;我的罪过是他们的极端不公正造成的,但是碍于面子,他们决不会宽恕我;由于他们将刻意维持、不断煽动公众对我的仇视,所以公众跟他们一样,也不会善罢甘休。

世间的一切对我来说都已经结束。再也不能对我施恩,也不能对我迫害了。我在这世上无所期待,也无所畏惧;如今我这个可怜不幸的凡夫俗子竟然在苦难的深渊得到了安宁,居然像上帝那样超然物外。

从今往后,一切身外之物都与我毫不相干。在这世上,我不再有邻人、同类和兄弟。这世界像一个陌生的星球,我大概是从自己居住的星球跌落至此。即使我在周围认出什么,那也只是一些令我苦恼、叫人痛心的东西;当我把目光投向身边接触的事物时,总会看到令我蔑视、令我愤怒的东西,看到使我心酸的痛苦。让我们把这些沉重负

---

① 奥拉托利修会由皮埃尔·德·贝卢尔红衣主教于 1611 年在巴黎创立。

担都从我的脑海撇开吧,我为此花费心思,只会徒增伤痛而已。我将只身一人度过余生,既然我只能在自己身上找到宽慰、希冀和安宁,所以我不应该、也不愿意只关注我自己。本着这种心情,我重新恢复先前被我称为"我的忏悔录"的那种严肃而真诚的自省。我将把我的余生用来研究我自己,预先准备一份我不久就得提交的自我汇报。让我们全身心地投入与我的灵魂亲切温馨的交谈中,因为只有灵魂是唯一别人无法从我身上夺走的东西了。如果我能在反复内省中理顺自己的心态,并能修正其中可能残留的缺陷,那么我的沉思就不至于没有任何用处,尽管我在世上不再有什么作为,但我还不至于完全虚度最后的光阴。我日常休闲散步时,经常沉浸在这种迷人的沉思里,遗憾的是我回忆不全了。我要把还能想得起来的写下来;以后我每次重温它们的时候,快乐之情将油然而生。只要我想到我的心灵理应得到的褒奖,我就会忘却我的不幸遭遇,忘却那些迫害我的人,忘却我蒙受的屈辱。

确切地说,这些文字只不过是一本记录我个人遐想的不成型的日记。大多是谈论我自己,因为一个孤独者陷入沉思时,自然会更多地想到自己。此外,我散步时掠过脑海的各种其他想法也会占有一席之地。我将把自己的想法和盘托出,想到什么就说什么,前后连贯不多,就跟头一天与第二天的想法通常没有多少联系一样。但是在我目前的离奇处境下,对那些日常给我心灵提供养料的感情和思想多一份了解,也就会对我的天性和脾气多一份新的认识。因此这些文字可以看成是我的《忏悔录》的补篇,但是我不再沿用这个名字,因为我觉得我没有什么可以忏悔的了。我的心灵在苦难的熔炼中获得净化,我仔细审视,几乎找不出什么可供指责的地方了。既然人间的一切感情已被彻底铲除,我还有什么可忏悔的呢?我用不着自夸,也不必自贬,因为从今以后我在人群眼里不复存在了。我和他们没有实际联系,也没有真正的交往,我的处境只能如此了。我想做点好事,结果总会变成坏事;我每做一件事不是害人,就是害己,于是自我克制就成为我的唯一义务,我将尽我所能恪守这一义务。但是尽管我的躯体趋于闲散,我的心灵却还充满活力,依然产生思想和感情,了断一切世俗的患得患失,反而似乎促进了内心的精神生活。对我来说,我的肉体只是一种累赘、一种障碍,我将尽可能早日摆脱它。

如此奇特的处境当然是值得研究,值得描述的,我的最后余暇就交付给此番探索。为了做成这件事,应该讲究方法,有条不紊地进行;但是这点我做不到,而且这么做也可能使我偏离自己的初衷,我原意只是考察我心灵的变化以及这些变化的来龙去脉。我对自身的观察有点儿像物理学家每天对大气状况的观察。我用气压计测我的心灵。这样的观测,只要运用得当,持之以恒,我也会获得跟物理学家同样精确的结果。但是我并不想做到那种程度。我只是满足于把观测结果记录下来,并无意使之形成体系。我做着跟蒙田①相同的工作,只是两人目的完全相反:他的《尝试集》纯粹是写给别人看的,而我的遐想录则是写给自己的。当我进入垂暮之年,当我即将离开人世时,如果我还能如我希望的那样仍然保持现在的心境,重读这些遐想,必将唤起我在撰写它们时得到的温馨,使逝去的岁月重现在我眼前,也可以说是把我的生命延长了一倍。尽管遭到世人仇视,我依然可以享受交往的乐趣;我将在风烛残年跟另一个时代的我相伴,犹如跟一个年纪稍轻的朋友在一起。

当初我写《忏悔录》和《对话录》的时候,老是在担心用什么办法使它们逃脱那些迫害我的人的魔爪,如有可能,使它们流传后世。如

---

① 蒙田(1533—1592),法国文艺复兴时期的人文主义作家。他把自己作为反映人类状况的一个典型来观察,在描绘自我的同时,描绘了人类的本质。蒙田的《尝试集》开创了新的文学体裁——随笔。卢梭深受蒙田的影响,本书中的某些篇章与蒙田的论述极为接近。

今我写这部东西，就不再受同样担心的折磨了，我知道担心是多余的，想要受到别人公正看待的愿望在我心头已经熄灭，只留下对我那些真正的作品以及那些可以还我清白的证件之命运的深深冷漠，更何况它们也许都被永远地销毁了。他们窥探我的所作所为也好，为我的文字感到不安也好，把它夺走也好，销毁也好，篡改也好，从今以后我都不在乎这些了。反正我既不把它们藏起来，也不公之于众。即使他们在我活着的时候把它们夺走，他们也夺不走我撰写时的那份乐趣，夺不走我对这些内容的回忆，夺不走造就这些遐想、其源头只能随我心灵一起枯竭的孤独的沉思。如果我从劫难伊始便不去和命运对着干，而是做出如今的决定，那么那些人的各种行径，那些骇人听闻的阴谋诡计在我身上就不会有任何效果，他们就无法用各种伎俩来扰乱我的安宁，就像今天这样，他们虽然得逞了，但扰乱不了我的心境；让他们拿我蒙受的屈辱去恣意作乐吧，不管怎样，他们都无法阻挠我享受自身的清白，平和地享尽天年。

漫步之二

于是我打算把我心灵的通常状态描绘出来，它正处在普通人决不会遇到的最离奇的境地，我觉得实现此举最简单、最可靠的办法莫过于把我那些孤独的漫步以及漫步时充盈于心间的遐思忠实地记录下来，那时候我完全放松头脑，思想不受阻挠、没有拘束地驰骋。一天当中，只有在这些孤独和沉思的时刻，我才是完全意义上的我，才属于我自己，没有牵挂，没有羁绊，真正可以说成了符合大自然心愿的人。

不久我就感到这项计划的实施开始得太晚了。我的想象力已经不那么活跃，不像过去那样，看到引人深思的事情就亢奋起来，我也不那么陶醉于遐想引起的激动中了；从今以后我想象力的产物是模糊的回忆多了，创造的少了，一种温和的疲惫感削弱了我所有的能力；生命之火在我身上渐渐熄灭；我的灵魂竭尽全力才能冲破它的那层旧壳；失去了达到我有权向往的那种境界的期望，我只能靠回忆来生存了。因此为了在迟暮之前潜心观察我自己，我至少得上溯好几年，那时候，我失去了人间的一切希望，在尘世找不到哺育我心灵的养料，因此慢慢习惯于用我心自身去喂养它，在我自己身上寻觅它的所有食粮。

这个源泉，我发现得太迟了，幸亏它变得如此丰富，不久就足以弥补我的一切损失。反躬自省的习惯终于让我失去了对所受苦难的感觉,甚至对它的记忆。我就这样亲身体会到真正幸福的源泉就在我们自身,无论谁都无法让懂得追求幸福的人真正凄惨潦倒。四五年以来,我经常领略到钟情和温存的心灵在沉思时所得的这种内心欢乐。有时我在独自一人散步时体会到的这种欢欣、这种痴迷的滋味,都是迫害者们赐予我的享受:要是没有他们,我就永远不会发现、永远不会知道在我身上的这份宝藏。而身处如此丰富的财富之中,怎样才能做一份忠实的记录呢? 为了回忆起这么多甜美的遐想,我没有描绘它们,而是再次坠入遐想之中。这种状态是回忆带来的,一旦完全中断对它的感觉,它马上就会消失。

我在计划为《忏悔录》写续集后的漫步中,对这种效果深有体会,尤其是我下面要谈的一次漫步。在那次漫步中,一起意外事故打断了我的思路,并在一段时间内把它引到另一个方向去了。

1776 年 10 月 24 日是个星期四,吃过午饭,我沿着林阴道一直走到绿径街,然后上了梅尼蒙丹山冈,从那里走小路穿过葡萄园和草地,来到夏罗纳村,一路欣赏两村庄之间的宜人景色;然后我绕了个弯,打算从另外一条路穿过同一片草地回去。我很乐于走过这片草地,宜人的风光总是激起我这样的喜悦和兴趣,我不时停下来,凝神观察生长在绿茵草场上的植物。我发现了两种巴黎附近相当罕见的品种,在这个乡里却长得非常茂盛。一种是菊科的毛连菜;一种是伞形科的柴胡。这一发现使我欣喜若狂,高兴了好长时间,直到又发现了一种更为罕见的品种,尤其是在地势偏高地区少见的品种,那就是水生卷耳,尽管当天发生了那起事故,我后来还是在随身携带的一本书里找到了它,收进了我的标本集。

我又仔细观赏了另外几种植物,它们开着花,我熟悉它们的科目,它们的形状和归类总是给我带来喜悦,最后我慢慢离开这些细微的观察,开始体验整片景色给我带来的同样很愉快但更为动人的感受。葡萄收获在几天前就结束了;城里的游客也已经打道回府;农民陆续离开田地，直到冬作才会重新回来。田野依然翠绿宜人，但有些地方已经开始凋零，几乎光秃了，到处呈现冬天临近时孤独的景象。眼前的情景给人一种既温柔又凄凉的印象，与我的年龄、我的命运太相似了，我怎能不动情呢。眼看着自己无辜而不幸的一生走向了暮年，可是心中依然充满着活泼的情感，精神仍然饰有几朵小花，不过已因忧伤而凋谢、因烦恼而枯萎了。我孑然一身，无依无靠，已经感到初霜的寒冷步步逼近，我那日渐枯竭的想象力再也无力塑造合我心愿的人，填充我心头的孤寂。我常常叹着气问自己：我在世上究竟做了些什么呢？我为了生活而降生，然而我未曾生活过就将死去。但这至少不是我的过错，对于缔造我生命的神灵，即便不能报以人们没容许我完成的善举，我至少可以献上那蒙受愚弄的善意，那圣洁但未生效的感情，以及经受了人们蔑视考验的耐心。想到这些，我的心不由软下来了；我把我的心灵历程作了一番回顾，从青年时期到成年岁月，从他们阻断我跟他人交往到如今这段了结余生的漫长的隐退的日子。我欣喜地回忆起我心中全部温情，回忆起心头如此亲切却又是如此盲目的眷恋，回顾几年来滋润我的心灵、给我安慰多于忧伤的思想；我准备尽量回忆起这一切，以便用与沉浸往事时几乎同样的喜悦来描写它们。整个下午就在这样平静的沉思中度过，这一天令我十分满意，我高高兴兴往回走的时候，突然发生了一件我接下来要讲述的事，将我从遐想的深处拖出来。

　　大约六点钟光景，我从梅尼蒙丹山冈上下来，差不多走到正对"风流园丁酒馆"①的地方，走在我前面的几个人突然一下子散开了，

---

　　①　18世纪，巴黎城四周设有关卡，商人交入市税才能进入城区。久而久之，巴黎近郊热闹起来，出现了一些小酒馆，起先是社会下层民众来这儿喝酒、跳舞。到了18世纪中叶，城里有钱人也喜欢到此娱乐。酒馆出名之后，附近地方就以此为名称。"风流园丁酒馆"现在指巴黎11区贝尔维拉一带，1860年划归巴黎市区。

我看见一条高大的丹麦狗迎面向我扑来。这条狗在一辆马车前撒腿飞奔,看见我时根本来不及收住脚或者绕开。我当时想唯一不被狗撞倒在地的办法就是高高跃起,而且刚好让狗在我身体腾空的一刹那从下面穿过去。这个念头来得比闪电还快,我既没时间去推理,也没时间实施,事故就发生了,它成为事故前我最后的一个想法。直到我苏醒过来以前,我没觉得被撞了,也没感到自己摔倒在地,更不知道随后发生的一切。

我恢复知觉的时候,天差不多黑了。三四个年轻人扶着我,向我讲述了刚才发生的事情。那条狗收不住它的冲势,朝着我的双腿直冲过来,那条狗的重量之大、速度之快,撞得我头先着地:上颌承受着我全身的重量,磕在高低不平的铺路石上,那里正好是下坡,脑袋着地的位置低于脚的位置,因此跌得就更厉害了。

那条狗所属的马车紧跟着驶过来,要不是车夫当即勒住马,肯定会从我身上碾过去。这些都是我从后来把我扶起、当我醒来时还抱着我的那些人的嘴里听说的。我在苏醒的瞬间处在一种非常离奇的状态,我非得在此作一番描述。

夜色已深。我瞥见了天空,几颗星星,还有稍许绿意。这最初的感受真是美妙的时刻。只是由此我才感到自己还活着。从那个瞬间起我开始关注生命了,仿佛觉得我将自身微弱的存在注入我隐约看见的一切物体。我全身心沉浸在眼前这一时刻,别的什么都想不起来;对自己身体状况没有丝毫意识,根本不知道刚才发生了什么;我不知道我是谁,又是在什么地方,既不觉得痛苦,也没感到害怕和不安。我看着自己的血流下来,就像看小溪流淌一样,根本没去想这是我自己身上的血。我觉得全身洋溢着一种美妙的宁静感觉,每当我回想这一时刻,我在平生所有乐趣中找不出任何能与之相比的东西。

他们问我住在什么地方,我当时答不上来。我问他们这是在哪儿,他们说是在奥特博纳①,那简直等于告诉我是在阿特拉斯山②。我得接着问我在哪个国家、哪个城市、哪个地区,结果还不足以让我想起自己的身份;我从那里一直走到林阴大道,才想起我的住所和我的姓名。有位我不认识的先生好心陪我走了一段,听说我住得那么远,就建议我在圣殿骑士团寺院③附近雇辆马车回去。我走得挺好,步履轻盈,既没觉得痛,也没感觉到哪儿有伤,尽管我咯了很多血。可是我冷得直打寒战,磕坏的牙齿格格作响,很不舒服。到了寺院,我想既然我走起来没事,那么与其在马车里被冻得要死,还不如继续这样走回去。就这样,从寺院到普拉特里埃街④,我走了半里⑤路,一路顺顺当当,避开障碍物和马车,择路往回走,就跟我平时身体健康时一样。到家了,我打开装在临街大门上的暗锁,摸黑走上了楼,终于跨进家门,再没出过别的意外,而直到这时我连自己被撞倒过以及随后发生的事还没有意识到呢。

我妻子看到我时发出的尖叫使我明白过来,我的伤势要比我所想象的严重得多。当晚还不觉得疼痛。第二天才有了以下的感觉和发现:我上嘴唇里面豁裂,一直裂到鼻子,幸好外面有皮肤包着,才没有完全裂成两半;上颚的四颗牙齿被撞歪了,那边脸全都肿起来,带着乌青块。右手的大拇指扭伤了,肿得很厉害,左手大拇指也严重受伤,左胳臂拧了,左膝盖肿得很厉害,严重挫伤,疼得根本无法伸展。然而尽管撞成这样,居然什么也没有折断,甚至连一颗牙都没有碎,这对此等撞击而言简直是近乎奇迹的幸运了。

----

① 奥特博纳:巴黎的小酒馆,地处巴黎 11 区圣摩尔街和奥贝康街的十字路口。
② 地处北非摩洛哥、突尼斯的山脉。
③ 如今是圣殿骑士团广场,位于巴黎第三区。
④ 普拉特里埃街地处巴黎市中心,靠近巴黎菜市场,卢梭从 1770 年 6 月返回巴黎后,就住在此地,直到 1778 年 5 月。这条路现已改称"让—雅克·卢梭街"。
⑤ 法国古里,一古里约合四公里。

以上就是对这次事故的如实记载。不出几天这件事就在巴黎传开了，但是被篡改得面目全非。其实这样的篡改我早该料到，只是没想到添加了那么多怪诞的细节，还有那么多模棱两可、吞吞吐吐的话，别人跟我谈及时带着一副可笑的神秘表情，所有这些谜团使我不安起来。我一向憎恨晦涩诡秘的事情，它们自然使我感到恐惧；这么多年来，我周围净是些不明不白的事情，缓解不了我的恐惧感。在当时所有的怪事中，我只提一件，不过足以让人推想别的怪事了。

　　我与警察总监勒努瓦先生从未有过任何来往，而他却派了秘书来打听我的消息，殷切地提出为我效劳，而此时此刻，他的那些帮助在我看来对我的康复并没有多大用处。他的秘书一个劲地催我接受他的帮助，甚至说如果我不信任他，可以直接给勒努瓦先生写信。这种急迫的劲儿，再加上推心置腹的神态，都叫我看出这里面必有蹊跷，可我怎么也猜不透。那次事故和紧随其后的高烧已经搅得我六神无主，再加上这件事，着实让我害怕。我千百次猜测、担心、忧愁，推断身边发生的所有事情。那不像一个万念俱灰的人的冷静态度，而更像高烧引起的狂热。

　　接着又发生一件事，彻底打破了我的平静。有位多穆瓦夫人几年来一直找我，我也猜不透为了什么。那些装模作样的小礼品，那些看不出明显意图、索然无味的频繁来访，都足以让我感到这后面有着不可告人的目的，只是没跟我挑明而已。她曾跟我说过要写一部小说献给王后。我跟她说了我对女作家的看法。她绕着弯子告诉我，她写这本书是为了恢复家业，她需要有人庇护；我对此没有什么好说的。后来她又说，她没法接近王后，因此决定把小说公开发表。这时已经用不着帮她出主意，因为她没有征询我的意见，再说即使我说了，她也不会听的。她说要先把手稿送给我看。我请求她千万别这么做，她也就算了。

有一天，还在我养病期间，我收到了她寄来的书①，都印刷好了，连装订都已完成，我看见她在序言里对我大加吹捧，如此牵强附会、矫揉造作，看得我很反感。从中流露的粗俗谄媚绝不会出自善意，在这一点上我的感觉错不了。

　　过了几天，多穆瓦夫人带了女儿来看我。她告诉我由于书中的一条注解，她的书非常轰动。我先前浏览这本小说时，看得快，没怎么注意到这条注解。多穆瓦夫人走后，我重新读了这条注解，琢磨其中的措辞，我这才明白她不断登门，她甜言蜜语以及在序言里对我大肆吹捧的用心何在。我认为，这一切的目的只有一个，就是使公众相信这条注释出自我的手，从而把它在那种情形下公之于世可能引起的对作者的指责转嫁到我的头上。

　　我没有办法辟谣，也不能消除它可能造成的影响，我能做的就是不再容许多穆瓦夫人及其女儿招摇过市、无谓地登门造访，不让谣言继续流传。下面就是我为此写给多穆瓦夫人的那张便条：

　　　卢梭不在家中接待任何作家，感谢多穆瓦夫人的盛情，并恳求夫人不再屈尊探访。

　　她回了我一封信，表面上客客气气，但写得却和人们在类似情况下给我的那些信如出一辙。我粗暴地在她那颗敏感的心上扎了一刀啦，从她那封信的语气看来，她对我怀有如此强烈、如此真挚的感情，这样断绝来往，她是经受不住的，非死不可啦。这世界就是这样，正直和坦率在任何场合都是骇人听闻的罪过；在同时代人们的眼里，我只要不像他们那样虚伪奸诈，那就是罪孽，我就是个凶狠残暴的人。

　　我已经好几次出门走动，甚至常常到杜伊勒里宫一带散步。遇

---

　　① 小说的题目是《青年女子爱弥丽警世哀史》，1777 年出版。

到好几个人,他们都露出不胜诧异的样子,我就看出还有一些我不知道的与我有关的传闻。最后我终于得知市面上都在传我被摔死了,这谣言传得飞快,而且那么煞有介事,以至于在我获悉半个多月以后,连国王和王后还都把它当作一桩确凿的事实来谈论。有些人特意写信告诉我,《阿维尼翁信使报》在刊登这个喜讯①的时候,不失时机地以悼词的形式,抢先抛出人们为我死后准备的侮辱和谩骂。

随之而来的还有更离奇的事,我也是偶尔听到的,所以无法知道任何细节。这就是有人办理过预订手续,以便刊印以后在我家里可能找到的书稿。我这就明白了,原来他们特意伪造了一部文集,等我死后,立刻就加在我的头上;理智健全的人不会那么傻,以为他们会如实地付印找到的每一页真实书稿;十五年来的经验早就使我不再有这种愚蠢的想法。

这种事一桩接一桩,又有好些同样令人震惊的情况紧随其后,它们再次惊醒了我原以为归复平静的想象力;人们不遗余力在我身边布下的重重疑云又引发了我心中本能的恐惧感。我费尽心思,对这一切前思后想,设法弄清这些对我而言早被人们搅得难以解释的谜团。这么多谜团导致的唯一不变的结果就是证实了我以前得出的所有结论:即我个人的命运和我的名声早已被这代人一致锁定,我再怎么努力也难以解脱,因为任何作品想流传后世,就非得经过某些人的手不可,而他们关心的是查禁作品。

这次我想得更远。那么多偶然因素集合在一起:我那些凶残的敌人受到所谓的命运眷顾而步步高升了,所有那些掌握国家大权的人,那些指导公众舆论的人,那些身居高位的人,那些从暗地里对我怀恨在心的人中精心挑选出来的有声望的人,他们沆瀣一气,都为了促成共同的阴谋。如此协调的配合实在非同一般,不可能是纯属偶

---

① 《阿维尼翁信使报》在1776年12月20日声称卢梭车祸身亡。

然。只要有一个人拒绝充当同谋,只要有一件事与之相反,只要有一点意外因素形成阻碍,就足以挫败这个阴谋。然而所有的意愿,所有的命数、运气,它们的一切演变都在巩固那些人的行为,如此惊人的合作有如奇迹一般,我不得不信这种合作的彻底成功是早就写在神谕上了。大量的细致观察,不论是过去的还是现在的,都在坚定我这个看法,使得我今后不由自主地把这件事看成人类理性所无法理解的上天的秘密之一,而我迄今只把它视为人类歹意的产物。

这种想法,不但没使我觉得残忍和心碎,反而给我带来安慰,让我安静下来,帮助我顺从天命。我达不到圣奥古斯丁①的境界,他认为如果是上帝的意志,即使被处死也心甘情愿。我认命的起因不那么无私,这是事实,然而却同样纯洁,而且在我看来,更无愧于我崇拜的那个完美的人②。上帝是公正的;他要我受苦受难,他知道我是清白的。这就是我信念的源头;我的心灵、我的理智向我呐喊,说我的信念决不会欺骗我。就让那些人、让命运去折腾吧,要学会毫无怨言地忍受;所有一切终将回到正轨,我的那一天也迟早会到来。

---

① 圣奥古斯丁,4 世纪基督教神学家,著有《忏悔录》和《上帝之城》等,宣扬"原罪说",认为只有信仰上帝才能得救,上帝之城将完全取代世俗政权。卢梭的《忏悔录》就是借用了圣奥古斯丁的书名。

② 即上帝。

漫步之三

"我勤学不辍以终老",梭伦①晚年经常反复吟咏这句诗。就某种意义而言,我在晚年也可以这么说;然而二十年来的经历教给我的却是一个十分可悲的道理:愚昧反而更为可取。逆境当然是位很好的老师;可是这位老师收取的学费很高,我们从它那儿得到的收益经常抵不上所付的代价。况且,我们尚未从这些姗姗来迟的课程中学到全部知识,运用的机会却往往已经消失了。青年是汲取智慧的时候,老年则是付诸实践的时候。经验总是带来教益,这点我承认,然而它只是在我们前面尚有时日的时候才有用处。快要咽气了,才去学习当初该如何生活,难道还来得及吗?

唉!我付出了如此沉痛的代价,到了这么晚,才对自己的命运和塑造我命运的别人的感情有所认识,可是这对我有什么用呢?我学会了更好地认识别人,但只能使我对他们把我推入苦海的体会更深;我学会发现他们设下的种种陷阱,却没能使我避开其中的任何一个。为什么不让我继续保留这种微弱但却甜蜜的信任呢?多少年来,它一直使我成为那些喧闹一时的朋友的猎物和玩偶,我处在他们的层

---

① 公元前6世纪雅典执政官和诗人,传为古希腊"七贤"之一。这行诗引自普鲁塔克的《梭伦传》。

层阴谋之中,竟然没有起过一丝疑心!是的,我上了他们的当,成了他们的牺牲品,但是我当时以为他们是爱我的,我的心陶醉在由此产生的友情中,以为他们对我也同样怀有情谊。但是这些甜蜜的幻想破灭了。时光和理智向我揭示了这个可悲的事实,使我感到了自己的不幸。它使我看清了我的不幸是无药可医的,我只能听天由命。就这样,我在这把年纪取得的这些经验,就我的目前境况而言,既没有眼前的好处,对将来也是毫无裨益。

　　我们出生落地就进了赛马场,一直到死才离开。已经到了赛程的终点,再去学如何更好地驾驭马车又有什么用呢?这时候需要考虑的,是如何离开赛场。一个老年人如果此时还需要学点什么,那么他唯一要学的就是如何去死。而这恰恰是我这种年纪的人想得最少的事;老年人什么都想到了,唯独却少了这一点。所有的老人都比孩子更眷恋生活,都比年轻人更不情愿离开生命。这是因为他们为了这个生命辛苦了一生,而在生命行将结束时却发现昔日的辛苦全是白搭。他们的全部牵挂、他们的全部财产、他们日以继夜辛勤劳作获得的所有成果,在他们离去之时统统都得舍弃。他们在生前没有考虑过留一点死时能带走的东西。

　　我悟出这番道理的时候还不算太晚。如果说我没能好好利用这番思考从中获益,那并不是因为我没有及时醒悟,或者说没有很好地消化。我从幼年就被扔进社会的旋涡里,早就亲身体会到我天生不适应在这种社会中生存,知道自己在这里永远达不到我的心所需要的那种境界。因此,我那炽热的想象力,不再在人间寻觅我感到无法找到的幸福,它越过了我刚刚开始的生命空间,仿佛飞进一个我完全陌生的环境,以便在一个能让我安顿的静处歇息。

　　这种想法得到我自幼所受教育的滋养,又被我一生的苦难和不幸所强化,它使我每时每刻都努力认识我的天性和用处,那份专注和细心超过了我所认识的任何人。我见过许多人,他们探讨哲理远远比我在行，但是他们的哲理可以说是与他们自己是不相干的。为了显得比别人更加博学，他们研究宇宙，了解宇宙如何排列，就像纯粹出于好奇去研究一部他们偶然看见的机器似的。他们探讨人性，是为了能头头是道地谈论一番，而不是为了认识自我；他们学习是为了教育别人，而不是为了启发自己。他们中好些人只想写一本书，不管什么书，只要受欢迎就行。他们的书一旦写好发行了，书的内容就再也引不起他们的丝毫兴趣了，除非是要使别人接受，或者遭到攻击时为它作一番辩护，除此之外他们压根儿不会从中汲取点什么为己所用，只要没有遭到驳斥，甚至连内容的真伪也不屑一顾。而我呢，当我期望学点东西的时候，那是为了了解自己而不是为了教育他人；我一贯认为，在教育别人之前，首先应当为自己获得足够的知识；而我一生中在人群中尽力进行的全部学习，几乎没有一样是不能拿到原先要禁锢我余生的荒岛上独自完成的。我们该做什么，在很大程度上取决于我们信仰什么；在一切与本能需要无关的事物中，我们的信念就是我们的行为准则。我本着这条我一贯恪守的原则，经常地、长时间地探索我生命的真谛，以便指导我如何度过人生，而我很快就不再为自己处世的无能而苦恼了，因为我感到不该在这样的世上追求这个真谛。

我出身于一个崇尚道德和虔诚的家庭里，随后在一位睿智、笃信宗教的牧师①家庭中幸福地长大，从幼年起我就接受了被别人可能称为偏见的原则和准绳，它们从未彻底抛弃过我。我还是童年的时候就得独自照料自己，我为爱抚所吸引，为虚荣心所诱惑，为希望所蒙蔽，身不由己地加入天主教，但我仍然是个基督徒，不久以后，习惯征

---

① 1722—1723 年间，卢梭曾在牧师朗贝尔歌家中寄宿。

服了我,我真心诚意地爱上了我的新宗教。华伦夫人①的教诲和她自身的榜样更加强了我的这份感情。我的青春年华在乡间中度过,乡村的孤寂,如痴如醉地研读好书,在华伦夫人身边促进了我情深意厚的天性,几乎把我变成费纳龙②式的虔信徒。隐居中的沉思,对自然的研究,对宇宙万物的思索,迫使一个孤寂者不停地奔向造物主,迫使他怀着甜美而焦灼的心情去探索他眼见一切之真谛,去探索他所感受到的一切之起因。当命运把我抛入人世的湍流之中时,我就再也找不到任何东西能使我的心得到片刻慰藉。对往日温馨时光的怀念始终追随着我,使我对能带来功名利禄,而且对唾手可得的一切只是感到冷漠和厌恶。惴惴不安的欲望令我犹豫不定,我希望的不多,得到的更少;即使看到了兴旺发达的曙光,我也感到,就算得到了我自以为寻找的一切,我依然得不到我内心渴望却说不清对象的幸福。就这样,早在那些灾难将我完全挤出人世之外以前,一切都在促使我疏远对这个世界的感情。一直到四十岁,我就在贫困和富有、在理智和迷茫之间沉浮,染上了满身的恶习,而心中却没有半点作恶的倾向;我盲目地生活,缺乏由我理性规定的原则,我疏忽自己应尽的本职,那不是出于轻视,而是因为常常了解得不太清楚。

从年轻时候起,我就把四十之年当作一个界限,在此以前可以有各种抱负,力求闻达;我抱定主意,一旦到了这个岁数,无论处在什么状况里,就不再为摆脱现状而苦苦挣扎,我将顺其自然地度过余生,也不再为未来操心了。时辰一到,我顺利地执行这个计划,尽管当时我的运气似乎还有望获得更加稳固的基础,我还是毫无遗憾地放弃

---

① 卢梭于1728年3月28日与华伦夫人初次见面,1731年到1738年间和华伦夫人共同生活。后因华伦夫人移情别恋,卢梭遂去了里昂。

② 费纳龙(1651—1715),法国大主教、作家、法兰西学院院士。他宣扬清静寡欲、宽以待人的寂静派观点,主张发扬社会道德,放弃绝对君权,以保障个人和社会的幸福。他为此得罪了路易十四和教会。

了,而且感到真正的快乐。我从所有那些诱惑、那些徒劳的期待中解脱出来,一心一意过起漫不经心的生活,让我的精神得到休息,这才是我最大的兴趣和最持久的爱好。我摆脱了上流社会及其浮华,我抛弃了一切装饰品、佩剑、怀表、白色长袜、包金饰物、精制头饰,只戴一顶普通的假发,穿一身宽大的粗布衣服;更重要的是,我从心底里铲除利欲和贪婪,而它们看重我摒弃的那一切。我也放弃了那时占据的职务①,因为我根本无法胜任。我开始誊抄乐谱,按页取酬,我对这项工作总是怀着始终不渝的兴趣。

我的改革并不局限于外表。我感到外表改革的本身就要求另外一种也许更艰巨,但却更有必要的改革,那就是观念的改造。我横下一条心,不改则以,一改就要彻底;我着手对我的内心进行严格审查,以期把它调整到我生命结束时所希望保持的那种状态,并贯穿我的有生之年。

我的内心刚刚经历了一场巨大的变革,另一个精神世界在我眼前展现;我开始感到人们不合情理的评判是何等的荒谬,不过那时候还没有料到我日后会深受其害;文坛虚名的浮云刚刚飘来,我就已经感到厌恶,我越来越需要的是另一种财富;我渴望为自己此后的人生事业,开辟一条比我最美好的半世人生刚走完的道路更为可靠的途径,所有这一切都迫使我做这次彻底的回顾,我很久以来就感到有此必要了。所以我就动手了,为了做好这件事,凡是取决于我的,我都不会忽略。

就在这个时期,我彻底放弃了社交生活,对孤寂生活产生了强烈兴趣,从那时候起,这种兴趣就没有衰退过。我要写的那部作品②,只

---

① 卢梭当时在法国财务总管杜班·德·弗兰格耶身边担任出纳,杜班·德·弗兰格耶是 19 世纪法国女作家乔治·桑的祖父。
② 指《萨瓦助理司铎的信仰自白》,1762 年在《爱弥儿》第四卷中发表。

有在绝对的隐居中才能写出,它需要旷日持久、安静平和的沉思,这恰恰是喧闹的社交所不能容忍的。这就强迫我在一段时间里换一种方式生活,后来我发现自己过得非常愉快,以后虽然不得已而中断过一阵子,但是一有可能,我就心甘情愿地接着过,愉快地守住这种生活;后来当别人强迫我离群索居的时候,我觉得他们孤立我、寒碜我,反而给我成全了凭我一个人的能力实现不了的幸福。

我怀着一份与此举的重要性和我内心对它的需要相当的热忱,投身于这项已经开始的工作。我那时跟几位现代哲学家①活在一起,他们跟古代哲学家大不一样:他们不是消除我心中的疑团,解答我无从下手的问题,反而在我认为最有必要了解的方面动摇我已经获得的所有信念,因为他们是狂热的无神论传道士,是非常专横的教条主义者,他们不能平心静气地容忍别人敢于在任何一点上与他们心存异议。我这个人讨厌吵架,也没有参与吵架的本领,所以常常只能苍白无力地为自己辩护几句;但是我从来不接受他们那种令人遗憾的学说;而对那些毫无宽容之心的人的这种抵抗,正是激起他们敌意的主要原因之一,当然他们也有自己的看法。

他们没有把我说服过,但他们却使我感到不安。他们的论点没有战胜过我,但确实使我动摇过;我一下子找不出有力的话来反驳,但是我觉得这样的话应该可以找到的。我责怪自己有错,但更怨自己愚蠢,因为我心灵对这些论点的反击能胜过我的理智。

我最后问自己:难道我就永远让这些巧舌如簧之人的诡辩摆弄下去吗?我甚至都不明白他们如此大肆宣扬、如此热衷于让别人接受的观点当真就是他们自己的观点?支配着他们理论的那种激情,叫人信这信那的那种兴趣,真让人捉摸不透他们自己到底信仰什么。

---

① 指的是卢梭在 1757 年以前的朋友:爱尔维修、狄德罗、达朗贝、格林姆、霍尔巴赫等人。

难道我们能在政党领袖们身上寻找什么诚意吗？他们的哲学是针对别人的，而我需要一种属于我的哲学。趁现在还有时间，让我尽全力去寻找吧，以便余生能有一条明确的处世准则。我到了成熟的年龄，理解力正强。转眼之间，我已未老先衰，如果一拖再拖，以后再做思考，就会无法集中全部精力；我的智力将已经丧失活力，我现在能尽量做好的事那时就不见得做得那么好了。我要好好抓住这个有利时机：此刻是我进行外表、物质改造的好时期，但愿它也成为我内心和精神变革的好时光。我要一劳永逸地确定我的观点、我的原则；让我在余生成为我深思熟虑后觉得理应要做的那种人。

我缓慢地推进这项计划，几经周折，但我仍尽一切可能全力以赴，专心致志。我强烈地感到，我余生的安宁和我整个命运都取决于此了。起初我陷入迷宫之中，那么多的障碍、困难、异议、曲折和黑暗，我曾多少次恨不得全盘放弃，不再做徒劳的探索，几乎准备照通常的谨慎法则去进行思考，而不再从我好不容易才理清头绪的原则中寻找了。然而这种谨慎法则对我而言是如此陌生，我感到自己根本不想得到它，如果拿它作为我的向导，简直就像驾着一叶既没有舵也没有罗盘的小舟，在风雨交加的大海上，寻找一座几乎无法接近的灯塔，而这灯塔又不会把我领向任何港湾。

我坚持下来了。我有生以来第一次鼓起了勇气。正是靠这股勇气，我才顶住了在那时开始围困我而我还毫无觉察的厄运。在做了也许任何一个常人都无法做到的最热忱、最诚挚的探索以后，我终于为我的一生选定了对我来说有必要拥有的所有观点；尽管我可能还会造成不良后果，然而至少我敢肯定，我的错误不能被看成是种罪过，因为我竭尽全力避免犯任何罪过。我并不怀疑，是的，我不怀疑童年时代的成见和深藏心底的期望曾使天平向最令我快慰的一边倾斜。人们很难不去信仰他们如此热切向往的事物，又有谁能怀疑，承认还是否认来世的审判，决定了大多数人对所希望或者所害怕的事物所持的诚意。这一切都可能使我判断错误，这我承认，但不能改变我的诚意，因为我生怕在每个问题上都出错。如果一切都归结于如何利用人的一生的话，我当然应该把它弄清楚，以便趁为时还不太晚，至少充分利用取决于我的那一部分生命，而不致完全上当受骗。但是以我当时的心情，我觉得这世上最可怕的事情，就是置我灵魂的永恒命运之安危于不顾，去享受什么我从未看出有多大的价值的人间幸福。

我还承认，对于我们这些哲学家唠叨了不知多少遍的、也是困扰我的这些困难，我没有能总是满意地解决。但是既然我决心在人类智慧如此鲜有作为的问题上做出自己的判断，尽管到处都遇到猜不透的疑团和无法应答的责难，我就在每个问题上都采取我觉得最直接站得住脚、本身最可信的观点，而不在那些我无力解答的责难面前停下来——那些责怪自然会遭到对立思想体系中同样强烈的异议的批驳。只有江湖骗子才会在这些问题上采取武断的态度；但重要的是有自己的主见，并且拿出全部的成熟去判断和选择。如此这番以后，如果我们仍然犯错误，那就完全没有理由自咎，因为责任不在于我们了。我不可动摇的这一原则就是我感到安全的基础。

我这番痛苦探索的结果与我后来在《萨瓦助理司铎的信仰自白》①中所记载的大致相仿。这本书遭到当代人可耻的践踏和亵渎，但是只要良知和善意还有重现人世的一天，它一定会在人间掀起一场变革。

从此以后，我在经过长期深思熟虑后采纳的原则中安定下来，并把这些原则作为我不可动摇的行动和信仰准则，不再去担心那些我无法解决、未曾料及、以及时不时在我脑海中不断翻新的责难了。它

---

① 《萨瓦助理司铎的信仰自白》于1762年在《爱弥儿》第四卷中发表，因为宣扬信仰自由，遭到巴黎最高法院查禁，卢梭被迫流亡瑞士。

们有时候使我感到不安，但是从未使我产生动摇。我总是对自己说：所有这些责难只不过是诡辩之词和故弄玄虚，相对我那些经过理性接受、内心确认，而且都带有当激情不再时为我内心默许的基本原则来说，根本算不了什么。在一些超出人类悟性的问题上，对一整套如此坚固、如此思考绵密、如此精心筑就，跟我的理性、我的感情和我整个人如此吻合，并且得到我对任何别的理论未曾给予的内心赞许的理论，难道一个我不能应对的责难就能把它推翻吗？不，我隐约看出我永恒的天性与这个世界的构成，以及我目睹的支配世界的自然秩序之间存在着契合，这决不是某些空洞的论断就能破坏的。我经过探索，结果发现了与之对应的一整套精神秩序，从中找到了承受生活中种种苦难的依托。如果换另外一种体系，我将无以为生，我将在绝望中死去。我将成为芸芸众生中最不幸的一个。因此，就让我坚持这个独自便足以使我在厄运和敌意中得到幸福的体系吧。

这一番思考以及从中得出的结论难道不像是出自天意，好让我对等待着我的命运早做准备，让我经受考验吗？假如在等着我的可怕的恐惧中，在我有生之年不得不面临的绝境中，我没有一个藏身之处以躲避残酷无情的迫害者，假如我在世间蒙受的耻辱得不到补偿，对理应归我的公正失去了希望，假如我眼看着自己任凭无人经历过的黑暗命运的摆布，我会变成什么样？又还会变成什么样子？当我天真得无忧无虑，以为世人对我只有尊敬和善意时；当我敞开心扉，满怀信任地向朋友和兄弟倾诉衷肠时，背信弃义的小人却不声不响地用在地狱深处锻造的罗网把我罩住。这种最难以预料的不幸让我猝不及防，对一颗骄傲的心灵来说是多么可怕；我陷入污泥之中却不知道是谁在害我，又是为了什么；在耻辱的深渊里，透过周围令人毛骨悚然的黑影，只能瞥见阴森可怖的东西；起初的震惊一下子就把我打懵了，要是事先没有积累足够的力量从摔倒的地方重新站起来的话，我就永远无法从这种意外不幸所造成的沮丧中恢复过来。

在多年动荡之后，当我清醒过来、开始反省的时候，我才感到我为对付逆境而积聚的力量是多么可贵。对于必须进行判断的事情，我都自有主见，然而把我的准则和我现实的处境做一番比较之后，我发现我把人们那种荒谬的评判以及短暂人生中的区区小事看得太重了。其实人生不过是一连串的考验而已，考验是哪种类型并不太重要，只要能产生预期的效果就行了，因此，考验越巨大、越沉重、越频繁，经受住考验的人就越能从中受益。所有一切最强烈的痛苦，对一个能从中看到巨大而可靠的补偿的人来说，也就失去了威力；而对获得的这份补偿的信念正是我从前面所说的沉思中得出的最主要成果。

是的，我觉得无数欺侮与无限凌辱从四面八方向我压来，担惊受怕、疑虑重重的感觉交替出现，不时来动摇我的期望，搅乱我的心境。我以前无法应对的种种有力的责难，更强烈地在我脑海浮现，趁我不堪命运重负、几乎陷入绝望之际，给我致命的打击。新近耳闻的议论经常萦绕我的脑际，为那些已经把我折腾得好苦的旧论据推波助澜。啊！我心里难受、郁闷，我不禁自问：如果在如此可怕的命运中，我的理智带给我的慰藉只不过是些幻想，如果我的理智像这样毁坏自己的作品，把它给身处逆境的我所准备的希望与信心的支柱统统推翻，究竟还有谁可以使我免于坠入绝望呢？而这世上仅仅能哄住我一个人的这些幻想又算什么支柱呢？当今整整一代人在为我独有的观念中看到的全是些错误和偏见，他们认为真理和事实都在与我的理论相反的体系里；他们甚至不能相信我采纳这些观念是出于善意，而真心诚意投身其中的我，也觉得碰到了难以克服的困难，我解决不了，但也阻止不了我坚持己见。这么说来，难道我是芸芸众生中唯一的智者、唯一的贤明？难道只要事物合我的心意，就能相信它们是天经地义的吗？难道我真的能对有些在别人看来根本不可靠、假如没有我的感情的支持，我的理性也会视其为虚妄的表象抱有信心吗？这能说是有见识吗？难道对待迫害我的那些人，接受他们的准则，旗鼓相当地跟他们战斗，不比固守我那一套虚幻的原则、听任他们进犯而不还击更好吗？我自以为明智，其实只是个傻瓜，是毫无价值的错误的牺牲品和殉难者。

多少次，在这些疑虑与动摇中，我走到了陷入绝望的边缘！如果我在这样的状态中呆上整整一个月，我这一生和我这个人也就完了。可是这样的危机，以前尽管频频出现，持续的时间却总是很短，而现在我虽然还没有完全从中摆脱，但已经十分罕见，一闪而过，根本无力搅扰我的安宁。有的只是些轻微的不安，触动不了我的心，就跟一根羽毛飘落在河中，改变不了水流的方向一样。我感到，如果重新质疑我先前认定的观点，那就意味着我得到了新的启发，或者说我有一种更成熟的判断力，或是产生了比当年更多的对真理的热忱；而在我身上并没有、也不可能产生以上任何一种情况，因此我没有任何站得住脚的理由去接受那些在我陷入绝望之际吸引我、徒增我苦难的见解，而抛弃在精力充沛之年，思想成熟之际，经过最严格的审查，在潜心追求真理之外别无其他兴趣的生活安定时期所接受的观点。今天我满心悲伤，精神因苦恼而萎靡，想象力受到惊吓，头脑也被困扰我的种种可怕的谜团搅乱，我的智力渐渐衰退，在惶恐不安的岁月中丧失了活力，难道我会无缘无故地摒弃我先前积累的力量，去相信我那日薄西山的理性，它使我不公正地陷于不幸，而不去信赖足以补偿我无辜蒙受的苦难的那部分充满活力的理性呢？不，我现在并不比当年就这些重大问题做出决定的我更明智、更有学识、更有诚意；我当时不是不知道今天困扰我的这些困难，但是它们没有阻止我前进，尽管今天出现了一些人们没有料到的新的困难，那不过是些形而上的诡辩而已，它动摇不了为古今所有智者所接受、为所有民族所承认、铭刻于心永远抹不去的永恒真理。在思考这些问题时，我明白了，人类的理解力受到感官的限制，不可能全面把握所有的真理。因此，我决定把自己局限于我力所能及的范围,不参与超过范围的事物。这个决定是合情合理的;我过去就采用了,而且在我的心灵和理智的一致赞同下坚持下来。今天这么多强有力的理由要求我坚持下去,我凭什么要放弃呢?继续下去会有什么危险?把它抛弃又会得到什么好处呢?如果我接受迫害我的那些人的学说,我是不是也要接受他们的伦理道德呢①?这种没有根基、从不结果的道德观,被他们在书本里或者在某些英雄气概的戏剧情节中故作庄重地卖弄一番,没有任何可以融入人们的心灵和头脑的东西;或者是另一种秘而不宣的残忍的道德观,是所有入会者的内部学说,成为他们唯一的行动准则,并且巧妙地用来对付我,而前面那套只是掩人耳目的面具。这种纯粹攻击性的道德观不用来防身,只适用于攻击。他们把我逼到如此处境,这样的道德观对我又有什么用处呢?只有我的清白在支持我度过苦难,如果我抛弃这个强大的力量源泉,代之以邪恶,我会给自己增加多少不幸呢?在害人的本领上,我能赶上他们吗?即使成功了,给他们造成痛苦,那又能缓解我什么痛苦呢?我将失去对我自己的尊重,到头来什么都得不到。

就这样,在和自己经过一番说理之后,我终于不再让那些迷人的论据、无法应对的责难,以及超出我的范围甚至超出人类思想范围的难题来动摇我的原则。我的思想处在我所能给它的最稳定的状态中,习惯了在我良心的保护下安身,外界的学说,不管是新的还是旧的,再也动摇不了它,也扰乱不了我的安宁,哪怕是片刻的干扰。我的思维开始迟钝,甚至忘记了我确立自己信仰和准则的推理过程,但是我决不会忘记我得出的结论,那是得到我的良心和我的理性赞同的,从今以后我将坚持下去。让那些哲学家来无端指责吧:他们只是在浪费时间、浪费精力。在我的余生里,在任何问题上,我都将坚持

---

① 指与他观点不一致的启蒙哲学家。以下文字都是针对他们。

我当年正确选择时就选定的立场。

　　这种心境使我坦然，我从中找到了目前处境下所需的希望和慰藉，我感到欣慰。当然，在这么彻底、这么持久、这么凄凉的孤寂中，整整这一代人又对我怀着一种始终明显、一贯强烈的敌意，不停地侮辱我，打压我，我有时确实免不了陷入沮丧；摇摇欲坠的希望、令人泄气的疑虑还不时来乱我方寸，令我满心悲哀。这时候我不可能再做必要的思考让我自己安定下来，我需要回顾过去的抉择；我做出决定时的那番细致、那份专注、那种诚挚，这时都重新回到我的记忆中，使我找回了全部信心。因此，我断然摒弃所有的新观念，就像抛弃那些徒有假象、只会扰乱我安宁的致命错误。

　　我就这样封闭于原有知识的狭隘圈子里，没有梭伦那样的福分，可以年事渐长而学习不辍，甚至还得避免那份危险的虚荣心，想学习我从今往后已经掌握不了的东西。然而如果说我已经不太指望获得什么有用的知识的话，但是就我的状况而言，自身必须的操行还有待我好好培养。现在正是用某种日后带得走的东西来丰富和充实我心灵的时候；到时候，心灵从冒犯、蒙蔽自己的躯体中解脱出来，看到无遮无掩的真理，它会明白令我们这些伪学究如此自负的知识是多么可悲。我的灵魂将为贪求知识、虚度人生岁月而哀叹。而耐心、温柔、顺从、正直、不偏不倚的公正，都是我们带得走的财富，我们可以借此不断充实自己，而不必担心死亡会使其丧失价值。我晚年所剩的时光都将投入这项专一的、必要的学习。如果通过自身努力修炼，我离开人世时虽然不可能比初入人世的时候更优秀——因为这是不可能的——但至少更有道德的话，那我就无比幸福了。

漫步之四

　　在我现在还偶尔一读的少数几本书里，普鲁塔克①的作品最吸引我，而且使我受益最多。它既是我童年时代的第一部读物，也将是我晚年阅读的最后一本书：他几乎算得上是唯一一位让我每次开卷都必有所得的作家。前天，我在他的伦理著作中读到了《怎样受益于敌人》。也是在同一天，在整理作家们赠予我的一些小册子时，偶然看见罗西埃教士②的一部日记，标题上写了几个字 Vitamvero impendenti，Rozier(献给献身真理的人——罗西埃)③。对这些先生的文字伎俩我早已领教过，绝对不至于上当受骗，我很清楚这些看似彬彬有礼的言辞，实际都是残忍的反话。可是他凭什么说这话？为什么这么挖苦我？我究竟给他抓住了什么把柄？为了充分利用普鲁塔克这位良师的教诲，我决定第二天漫步时就谎言这个问题好好反省一番，结

---

　　①　普鲁塔克，公元前 1 世纪古希腊传记作家。著有《希腊罗马名人列传》，是欧洲传记文学的先驱。还写有教育、道德、宗教等散文。其作品在 16 世纪被译成法语。卢梭在书中多次直接或间接地引用普鲁塔克的作品或伦理思考。
　　②　弗朗索瓦·罗西埃教士，植物学家，曾经主编《物理、自然史和艺术观察报》。1768 年左右和卢梭一起采集过植物标本。
　　③　这句话源自公元前 1 世纪罗马作家尤维纳利斯。卢梭把它作为自己的座右铭。

果再次证实我原来的观点：按照德尔斐神殿上《要有自知之明》的格言去做，真的不像我在《忏悔录》中想象的那么容易。

第二天，我带着这个计划走在路上，当我开始沉思时，一下子就想到我年少时撒的那个可怕的谎言，这桩事困扰我一生①，到了晚年还在使我这颗饱受其他折磨的心深感内疚。这个谎言，本身的罪过就够大了，而我对它造成什么后果始终一无所知，但是内疚使我尽量把它想象得非常严重，于是罪过也就更大了。然而，如果单从我撒谎时的心理状态考虑，这个谎言只不过处于害羞心理，绝没有一点要伤害受害者的意图。我可以对天起誓，就在这难以抗拒的害羞心理逼着我撒谎的一刹那，如果可能的话，我甘愿付出全部生命，来独自承受谎言引起的后果。这是一种我自己也解释不清的谵妄，照我自己的感受，我只能这么说，在那一刹那，天生的羞怯征服了心中的所有意愿。

这个不幸事件铭刻在我的记忆之中，它留下了难以熄灭的悔恨，引起我对谎言的由衷恐惧，使我的心灵从此摆脱这样的恶习。在我选座右铭时，我觉得我自己配得上这句话，就在我读到罗西埃教士的题词，开始进行更严格的反省时，我也毫不怀疑自己当之无愧。

然而，经过层层仔细解剖，我惊讶地发现竟然有那么多事是我杜撰的，我还记得，我把它们当成真的来讲，那时候还为自己热爱真理而自豪呢，以为自己在以世上无人能企及的公正，为真理牺牲了自己的安全、利益乃至自身。

最使我吃惊的是，当我回想起这些假造出来的事情时，我居然没感到丝毫真正的后悔。而我心里最痛恨的就是虚伪；如果必须撒谎才能免遭酷刑，我宁愿面对酷刑！那么，究竟是出了哪门子莫名其妙的纰漏，既无必要、也没有好处可言，我就这样随随便便地撒谎呢？

----

① 指卢梭十六岁那年当仆人时偷了一条丝带，却诬陷女仆玛丽永一事。

现在又是出于何种不可思议的矛盾,我竟不觉得丝毫的遗憾?而我还是被对一个谎言的悔恨不停地折磨了五十年的人哪!我从来没有对我的错误置若罔闻,道德的本能始终驾驭着我的行为,我的良心也正直如初,就算是良心可能因迁就我的利益而被扭曲,那么为什么,当一个人为激情所驱使,至少可以用意志薄弱来原谅自己的时候,我的良心能够保持正直,怎么在一些根本没有理由说谎的无关紧要的小事上,反而就失去正直了呢?我发现,对这个问题的解答关系着我在谎言一点上能否正确评价自己。经过一番仔细审察,我终于以如下的方式对自己做了解释。

记得曾在一本哲学书上读到过:说谎就是我们掩盖应该揭示的真相。从这条定义中不难推出这样的结论:某人不说出一个不必说出的真相就不算是说谎;但是如果在同样的情况下,某个没说出事实真相的人,讲了与真相相反的话,那么他是说了谎,还是没说谎呢?根据定义,恐怕不能说他在说谎。因为这就等于他不欠别人的钱,却把一枚假币送给别人,他也许是骗了那个人,但他什么也没偷呀。

这里需要研究两个问题,而且彼此都很重要。第一,既然并非每时每刻都有此必要,那么在什么时候、什么情况下,我们必须向别人讲出真相。第二,是不是存在这样的情况,我们可以进行没有恶意的欺骗。我知道,关于这第二个问题,答案是很明确的,书本上的回答都是否定的,反正提倡最严厉的道德不需要作者付出什么代价;而社会却做了肯定的回答,因为社会把书本上的伦理道德看成是无法实施的空话。我们就让这些权威自相矛盾吧,我要用自己的原则,设法为自己解答这两个问题。

普遍的、抽象的真理是一切财富中最可宝贵的。没有真理,人就成了瞎子;它是理性的眼睛。正是通过真理,人才学会立身处世,学会做该做的人,学会做该做的事,学会奔向人生真正的目标。特定的、个别的真理并不总是好的,有时候它会害人,但更多的时候是个良莠难辨的东西。一个人必须了解的、为自己的幸福所必需的东西也许为数不很多,但是不管数量多少,毕竟都是属于他的财富,不论在何处找到这份财富,他都有权要求得到,别人不能剥夺他,否则就是犯下最可耻的抢劫罪,因为这是人人公有的财富,献出这份财富的人并不因此被剥夺拥有权。

至于那些既无教益又没有任何实践用处的真相,连财富都算不上,怎么会成为对别人的欠债呢? 再说,既然财产只有有用才能成立,如果根本没有用,就不存在什么财产。哪怕一块不毛之地,我们都有权要求得到,因为我们至少可以在此地居住;但是一桩不起眼的事实,从哪方面看都无关紧要,对任何人都没什么影响的小事,不管它是真是假,谁都不会对它发生兴趣。精神世界跟物质世界一样,没有什么东西会一无是处。我们不会欠别人一样毫无用处的东西;如果真的欠别人什么,那总得是有用的,或者是可能有用的。因此,涉及公道的真理才是非说不可的,如果把真理一词用于毫无价值的事物,那就是对这个神圣名称的亵渎,因为那些事对谁都没有用、根本无需了解。真理如果失去了任何用途,哪怕是可能的用途,就不是非告诉别人不可的了,因此,对真理守口如瓶或刻意掩盖,不能算说谎。

不过,这种真的毫无结果、对任何事物都毫无用处的真理是否存在呢? 这是另一个有待讨论的问题,我待会儿再谈。现在让我们来谈谈第二个问题。

不说出真相跟说假话是完全不一样的两码事,然而可能产生同样的效果。因为每当产生的效果等于零的时候,两者的结果自然是一样的。只要真相无关紧要,那么背道而驰的谬误也无关紧要;也就是说,在同样情况下,说与真相相反的话来骗人,并不比不披露真相的骗人更不道义;因为两者都是毫无用处的真相,从这个角度看,谬误并不比一无所知更糟糕。我知道海底的沙子是白的还是红的,这与我不知道沙子的颜色是一回事,对我根本无所谓。既然不公道是指伤害了别人,那么我们没伤着任何人,怎么会是不公道呢?

但是,这些问题虽然这样简单了结了,但还不能提供任何可靠的实际应用,还缺乏很多必要的解释,难以在各种可能出现的情况下正确地运用。如果说,是否必须讲明真相仅仅取决于真相是否有用,那么我怎样来对此做出裁定呢?有利一方的事经常对另一方有害,个人利益又几乎总是与公共利益相冲突。这种情况下应该如何行事?牺牲不在场的人的利益而迁就你眼前谈话一方的利益吗?有利此方而有损彼方的真相,到底是说还是不说?应该用公共利益这架唯一的天平或者用兼顾各方利益的天平来权衡一切该说的话?我有把握充分了解事物之间的所有关系、按照公平的原则不偏不倚地说出我掌握的真相吗?此外,在仔细考虑对别人亏欠什么的同时,我是否也充分考虑了对自己、对真理本身亏欠的一切?如果我的欺骗对别人没有造成任何损害,是否就此可以说对我自己也没有伤害呢?从来不曾失去公道就能算得上一贯清白吗?

从这么多令人困惑的争论中脱身倒也不难,只要我们对自己说:无论会出现什么结果,让我们永远真实。公理本身存在于事实真相之中,如果我们把不存在的东西作为行动与信仰的准则,那么谎言总是极不公正的,而错误总是一种诈骗。无论真相会带来什么样的结果,我们说出来便是无罪的,因为我们没有夹杂自己的东西。

但这只是分清问题,并没有解决问题。问题的关键不在于判定永远讲真话好不好,而是是否在任何时候都必须讲真话,并且根据我考察的那条已经做出否定回答的定义,区别两种情况:一种是必须说出真相;另一种是不说真相但不失公允,掩饰不算撒谎;因为我觉得后一种情况完全是存在的。所以现在要做的事,就是寻找一条可靠的准则来认识、界定这两种情况。

这条准则如何得出,又如何证明它屡试不爽呢?在解决所有此类极为困难的道德问题时,我总是乐于依靠内心良知的指导,而不单受理性的启发。道德本能从来没有欺骗过我：它在我的心中纯洁如初，完全可以得到我的信赖；在我的行动中，它有时候面对我的激情会暂时沉默，但是在我回忆往事时，它重新左右着我的情感。由此可见，我对自我审视之严厉，也许抵得上来世的最终审判。

根据言语产生的效果来评判人们的言论，往往会失之偏颇。因为这些效果不总是感受得到或者易于了解的，而且它们变化无穷，就像发表言辞的场合环境多变那样。但是惟有说话者的意图才决定言论的效果，才可以确定其狡黠或善意的程度。说假话只有在蓄意欺骗时才叫撒谎；而且行骗的意图也远非总是和害人之心结合在一起，其目的有时还恰恰相反呢。因此单凭没有明确的损人意图不足以说明谎言是无害的，还必须保证这个谬误不应当对被牵连进来的人乃至对任何人构成任何形式的伤害。获得这样的保证是很难、很少见的；因而完全无害的谎言也同样很难、很少见。为了自身利益撒谎是欺诈；为了别人的利益撒谎是作弊；以损人为目的的撒谎叫做恶意中伤，这是谎言里最坏的一种。而对自己和别人既无损又无益的撒谎不能算撒谎：这不是谎言，而是虚构。

带有伦理道德目的的虚构叫做道德故事或寓言，因为它们的目的只是，或者只能是用感性的、赏心悦目的形式把有益的真理包装一下，在类似情况下，我们不太在意掩饰不过是真理外衣的谎言，而为寓言而说寓言的作者无论如何也不是在说谎。

还有一些虚构纯粹是游戏，就像大多数故事和小说那样，本身不含什么真正的教益，只是供人消遣。这样的虚构没有任何道德伦理的功用，只能根据编造者的意图予以评价，而当作者用极其肯定的态度把它们当作真实情况大肆散布时，我们也无法否认它们是真正的谎言。然而又有谁对这样的谎言有过顾忌呢？又有谁严厉斥责过谎言的编造者呢？譬如说，如果《尼德圣堂》①有什么道德意义的话，这种意义也被淫荡的细节和色情的场面所冲撞、所破坏了。作者为了给作品抹上端庄体面的油彩，又做了些什么呢？他假装说这部作品译自希腊文原稿，而把这部手稿的发现过程说得天花乱坠，让读者们对他说的事信以为真。如果这不算谎言，那么请问什么才叫谎言呢？然而又有谁会想到控告作者行骗，有谁会因此把他看成是骗子呢？

有人会说那不过是开个玩笑，说什么作者虽然语气那么肯定，但并不想说服谁，事实上他也没有说服过谁，他本人就是这部所谓的希腊作品的作者，而不是什么译者，公众对此片刻都没有怀疑过。但是这么说没有用。我会这样回答：这类毫无目的的玩笑只是个愚蠢的儿戏，撒谎者信誓旦旦的时候，尽管没有人信他的话，但是改变不了说谎的性质；我认为必须把为数众多的头脑简单、容易轻信的读者与知识公众区分开来，前者听了作者煞有介事、一脸真诚讲述的希腊文手稿的事，确实感到敬佩，放心大胆地喝下了盛在古瓶里的毒药，而这毒药如果是用现代新瓶盛着端上来的话，他们至少会有所提防。

这些区别，不管在书本里是否存在，至少在真诚对己的人的心中是一清二楚的，他们不愿做任何有愧良心的事。为自身的利益说假话，跟为损害他人而说假话同样都是撒谎，尽管罪过轻一些。让不应该享有的人得到好处，就是在破坏公正的秩序；把一件可能受到赞扬或指责、定罪或解脱责任的行为，错误地归于自己或别人，也是有失公道；因此，一切有悖真相、不论以哪种方式损害公正的东西，都是谎言。这就是明确的界限；但是所有与真相相背，却与公正没有任何关系的话，只能算是虚构；我承认，谁要是把纯粹的虚构当作谎言而内

---

① 这是孟德斯鸠于1725年写的一部言情小说，与《波斯人信札》风格相似，但没有后者那样犀利、幽默。小说在当时很受欢迎，达朗贝称之为"散文诗"，对18世纪作家产生过持久的影响。在意大利的声誉甚至超过孟德斯鸠的名著《论法的精神》。

疚,那他的道德感比我还要强。

所谓出于好意而编造的谎言也是真正的谎言,因为出于利人或者利己的目的说谎,和为了损人而说谎一样,也公正不到哪儿去。谁要是不顾事实去赞扬或指责某个确实存在的人,那就是撒谎。如果只涉及自己想象中的人物,那当然可以随心所欲地说,不算撒谎,除非他对杜撰的事实的道德性质作出评判,而且是错误的判断;因为如果这样,他虽然没有对事实真相撒谎,但是对道德真相撒了谎,而后者远比前者更值得尊重。

我见过世人所谓的这种诚实人。他们的所有真实性在无聊的闲谈中表现得淋漓尽致,如实讲述时间、地点和人物,不允许自己有任何虚构,不允许美化任何细节,哪怕是丝毫的夸张。只要不牵涉自身利益,他们叙事的忠实程度的确无懈可击。可是如果谈及某些与他们相关的事件,或者讲述的事触及他们自身的时候,他们就使尽一切着数,把事情说得对他们最有利;这时候如果撒谎能帮助他们,但又不便直接说出口,他们就会耍手腕,使别人不仅接受谎言,而且还抓不住他们的把柄。那是出于谨慎啊:永别了,真实!

我心目中的诚实人却恰恰相反。在一些根本无足轻重的事情上,他很少去理会别人如此看重的真实。他会无所顾忌地捏造事实来逗乐周围的人,但不会对任何人——不管是健在的还是去世的人——造成或褒或贬的不公正的评判。而任何对某人有利或有害、给他带来尊敬或蔑视、赞扬或指责,任何有悖公正和真理的言辞,都是他绝对不会想、不会说,也不会写的谎言。他是个坚定不移的诚实者,哪怕损害到他的自身利益,尽管他在无聊的闲谈中并不怎么以诚实自诩。他的诚实在于他不设法欺骗别人,在于他同样忠实于指责他或者赞誉他的事实,绝不为自己的利益或为了损害敌人而进行欺骗。我所说的诚实人与另一种诚实人的区别就在于:世人所谓的诚实人严格忠实于任何无需他们付出代价的真相,但不会超越这个范围,而我所谓的诚实人则相反,在需要为真相牺牲自我的时候,他就愈忠心耿耿地为真相奉献一切。

但是有人可能会问,这种模棱两可态度怎么能跟我赞许的对真理的挚爱相一致呢?这种挚爱容得下这么多杂质,不就是假的了吗?不,这种热爱是纯洁真实的;但是它只是对正义之爱的一种表现,虽然常常有些虚构的成分,却决不是虚伪的。在他的心目中,正义和真理是一对同义词,使用时不分彼此。他心中崇尚的神圣的真理根本不是一些无关紧要的事实或者毫无用处的名称,而在于把欠每个人的东西,是谁的就还给谁,把真正属于每个人的东西,功绩或罪过、荣誉或指责、赞扬或非难,统统还给每个人。他对任何人都不虚伪,因为他的公正不容许他这样做,他也不愿不公平地损害任何人,也包括他自己,因为良心不容许他这样做,而且他不会把不属于他的东西占为己有。他最为珍惜的是他的自尊,这是他最难以舍弃的财富,如果要他以这笔财富为代价去赢得别人对他的尊重,他会感到这才是真正的损失。因此,他有时也会在某些无关紧要的小事上毫无顾忌地撒点谎,而且不觉得自己在撒谎,但是目的决不是利他利己或者害人害己。在有关历史事实、人类品行、正义、人际交往、有用的知识有关的问题上,他一定会竭力避免出差错,对自己对别人都如此。在他看来,除此之外就算不上谎言。如果《尼德圣堂》是一本有益的书,所谓希腊手稿的故事就不过是个无辜的虚构;而如果这是一本危险的书,那么这种杜撰就成了理应受惩罚的谎言。

这些就是我的良心在谎言与真理问题上所遵循的法则。我的心早在我的理性采纳这些法则以前就不由自主地照着做了,完全是出自道德本能。那次罪恶的撒谎,不仅使可怜的玛丽永姑娘深受其害,也留给我无法抹去的悔恨,使得我在以后生活中不仅避免再撒这类谎,而且也不再撒会触及他人利益和名声的任何形式的谎。我将排除这类谎言的原则推而广之,就省去了仔细权衡利害的麻烦,也用不着划清害人的谎言与出于善意的谎言之间的界限了；这两种谎言在我眼里都有罪，不允许自己犯。

在这件事上和在其余事上一样，我的禀性对我的生活准则，或者说对我的生活习惯起过很大影响，因为我这个人很少按照什么规矩做事，或者说在任何事情上，除了随心所欲之外，不太循规蹈矩。我从来没有预先想好要说谎，也从未为自己的利益撒过谎；不过经常会因为害羞而说谎，为了在一些无关紧要的小事上，或者最多只涉及我一个人的事情上摆脱窘境而说谎，比如谈话的时候，我的思路比较迟钝，谈吐不风趣，不得不借助虚构，才能有话可说，以免谈话冷场。当必须开口说话，而一时又想不起什么有趣的事情时，我就现编一点故事，免得一言不发；但是编的时候，我尽量小心，免得编出谎言；也就是说这些故事不会损害公正和应该揭示的真相，最多只是些对他人、对我自己都没多大关系的虚构。我希望的是在这种虚构中，至少用道德真理来替代事实真相，也就是要很好地表现人心的自然情感，始终从中得出某些有用的教益，总之，要使之上升为道德故事或寓言；然而这就要求有更为敏捷的才思和更加伶俐的口才，才能达到让无聊的交谈为进行有益的教导所用，可我又偏偏做不到。而谈话的速度往往比我思维更快，差不多总是迫使我未经思考就开口了，经常说些违背我的理智和我的内心想法的蠢话，可是往往在我作出评判之前，蠢话已经脱口而出，也就无法再更改。

依然还是受我的原始、无法抗拒的本能驱使，在一些意外的瞬间，我常常因为害羞和腼腆而说谎话，但我不是故意的，而是急于应答，谎言抢在我的意志前面说了出来。可怜的玛丽永留给我的深刻回忆足以阻止我再说害人的谎，却可阻挡不了为摆脱窘境而说些只牵涉到我自己的谎话。这类谎话跟能够改变别人命运的谎话一样，也是违背我的良心和原则的。

我请老天为我作证，假如我在事后立刻能收回这类旨在为我自己开脱的谎话,说出压在心头的真相,并且不因为改口而再次遭人耻笑的话,我是心甘情愿这样做的;然而我怕自揭短处出丑,碍于面子,我没有纠正,我真心悔过自己的错误,可是缺乏改正的勇气。有个事例可以说明我的意思,从中可以看出,我撒谎既不是想得到什么好处,也不是为照顾自己的自尊,更不是出于贪欲或恶意,我只是因为一时尴尬,因为难堪,有时也明明知道旁人了解底细,说谎根本帮不了我什么忙。

　　不久以前,富尔基埃①先生破例请我带上太太去开饭店的瓦加辛夫人那儿吃午饭,他和他的朋友博努瓦去,那位夫人和她两个女儿也在座。大伙正吃着,不料那位出阁不久、已有身孕的大女儿忽然拿眼睛直瞪着我,问我是否有过孩子。我尴尬得满脸通红,回答说我没有这样的福气。她环视满座的宾客,狡黠地微笑着:这一切的意思实在是很清楚,连我都心知肚明。

　　很显然,即使我有意欺骗,我也不会做出这样的回答,因为我从在座宾客的情绪上看得很清楚,不管我怎样回答,根本不会改变他们在这个问题上对我的看法。他们料到我会否认,甚至是在故意诱使我矢口否认,使我撒谎,以便从中取乐。我还没有傻到这种地步,连这点都感觉不出来。过了两分钟,我才想出来我应该这样回答:"一个年轻女人对终身未娶的男子提这样的问题,未免不大得体吧。"如果这样回答,我既没有撒谎,也没有招认什么,用不着脸红,反而使她成为取笑的对象,还给她一个小小的教训,让她以后别再那么放肆地盘问我。然而我根本没有这么做,该说的话没有说,而不该说的话却说了,对我一点好处都没有。因此很显然,这个回答没有出自我的判断和我的意愿,完全是情急之下脱口而出的。从前我丝毫没有这种窘迫的感觉,我总是坦率地承认自己的过失,不感到那么惭愧,因为

────────────

① 富尔基埃是卢梭的朋友,版画家。

我不怀疑人们能看出来我在弥补这些错误,我也感觉到自己内心深处具备这种品质;但是那敌意的目光刺伤了我,使我心烦意乱:我越是不幸,也就越害羞,我一直是因为害羞才撒谎的。

我一直对谎言怀着本能的憎恶,这种感觉在写《忏悔录》的时候尤为深切。因为那时候只要我稍起说谎之心,说谎的诱惑就会频频袭来,难以抵挡。然而,对我不利的事我没有避而不谈,一桩也没有隐瞒,反而出于一种我自己也说不清道不明的、也许是出自一种不屑模仿他人的秉性,我觉得自己是倒过来撒谎,因为我没有过于宽容地为自己开脱辩护,而是过度严厉地谴责自己;我的良知向我保证,我日后受到的审判将不会比这种自我评判更为苛刻。是的,我以令人骄傲的高尚心灵这么说,而且也感觉到了:我在这部作品里倾注的诚实、真实、坦率,达到了不比任何人逊色的地步,甚至走得更远,至少我是这么想的;我感到身上的善多于恶,把一切都说出来对我有利,于是我就都说了。

我从没有少说点什么,有时倒是多说了点,不过不是夸大事实,而是在描绘事实所处的情景时说多了,这类谎言,与其说是故意,倒不如说是狂热想象的结果。其实我不应该把它称作谎言,因为添加进去的这些东西没有一件是谎言。写《忏悔录》时,我已经老了,早已厌倦了我曾经一一尝过的虚妄的人生乐趣,心中实在觉得它们空虚。我是依照记忆写回忆录的,而我的记忆时断时续,或者只提供些不完整的片断,为了填补这些空白,我只能想象一些细节,作为回忆的补充,但是从来不会与回忆背道而驰。我喜欢滔滔不绝地叙述我经历的幸福时刻,不时地用温柔的眷恋之情带来美化之词去点缀它们。那些已经淡忘的事情,我觉得它们应该是怎样的,就怎样说,说不定当真就是那个样子,但是记得起来的事情,我从来不会把它说反了。我有时给真实情况添一些不相干的迷人细节,可是我从来没有代之以谎言,达到掩饰恶习或者窃取美名的目的。

如果说有些时候,我在描绘自己侧面时不知不觉地隐瞒了丑恶的一面,这种保留却被另一种更奇怪的保留弥补了:我在隐善方面时常是比隐恶方面下更多的工夫。我的天性就是这样奇怪,别人要是不信,也完全情有可原;然而再怎么不可置信,这的确是真的:对于自身的恶习,我常常说得淋漓尽致,相反很少宣扬我善行的可爱之处,有时候完全隐去不说,因为我觉得善行太美化我了,如果这样写《忏悔录》,别人会觉得我在给自己唱赞歌呢。描写自己青年时代时,我没有炫耀过我禀赋中的那些优秀品质,甚至删去了一些过分突出这些品质的事实。我现在还记得童年时的两件事,当初写《忏悔录》的时候也想到过,仅仅出于刚才提到的那个原因,我把它们都省略了。

　　我当年差不多每星期天都到巴基①的法齐②先生家,他是我的姨夫,在巴基开了一家印花棉布作坊。有一天,我正在轧光机房的晾干棚旁观看那铸铁滚筒,我很喜欢看它们闪闪发光的样子,不由得把手指放上去,正当我满心喜悦地抚摸滚筒光滑的表面时,小法齐把飞轮转了一点点,正好把我两只最长的手指卷进去,这足以把两个指尖轧伤,两片指甲也黏在滚筒上。我发出一声尖叫,法齐赶紧把飞轮转回去,但是指甲还是黏在滚筒上,血沿着手指往下淌。法齐吓坏了,他惊叫起来,撒开飞轮过来抱住我,恳求我别再叫了,还说这下他可完了。我虽然疼得厉害,却被他的痛苦所感动,就没再吭声。我们两人来到蓄水池边,他帮我把手指洗干净,敷上青苔止血。他两眼含泪求我别告发他,我答应了。我坚守诺言,二十多年以后仍然没有人知道,究竟出了什么事,使我两个指头落下了去不掉的伤疤。我在床上躺了三个多星期,两个多月时间里没法用手,坚持说指头是被滚落下来的大石头砸伤的。

---

① 在日内瓦附近的乡下。
② 安托尼·法齐,1719 年娶卢梭的阿姨为妻。

Magnani mamenzogna! Or quando e il vero
Si bello che si possa a te preporre①

　　然而我对这起事故的感受分外深刻,因为那时正赶上平民集中操练的时光,我本来应该身穿制服,和另外三个同年的孩子排成一列,跟我们所住的街区的连队一起操练。而我只能躺在床上,听着连队跟我那三个伙伴在鼓声中从我的窗下走过,心里多痛苦啊。

　　另外一个故事跟这个差不多,不过那时我年龄大了一些。

　　我常跟一个叫普朗斯的伙伴在普朗官区②打棒球。有一次玩的时候我们发生口角,打起架来。在厮打中,他的棒槌在我没戴帽子的脑袋上敲了一下,敲得那么准,要是下手再重一点,我的脑浆肯定被打出来。我顿时倒在地上。看到血顺着头发往下淌,这个可怜的男孩慌极了,那情景是我一辈子从没见过的。他以为把我打死了,便扑到我身上,抱住我,把我紧紧搂在怀里,一边哭一边尖叫。我也以全身的力量抱住他,跟他一起哭,那是一种难以言传但不乏甘美的感觉。后来他开始替我止血,但是我的血不断流出来,眼看我们两条手绢还不够用,于是他就领我上她母亲那里,她母亲在附近有座小花园。这位好心的夫人看到我伤成这样差点儿晕过去。不过她还是鼓起勇气替我包扎,她仔细洗净伤口,把在烧酒里泡过的百合花敷在上面,那是我们家乡普遍使用的敷伤良药。她和她儿子的眼泪深深打动了我,以至很长一段时间里,我把她看成我的母亲,把她儿子看成

_____

　　① 原文是意大利文,意为:宽宏大量的谎言啊! 何时真相能够美得让我们放弃你呢? 出自意大利诗人勒·塔索(1547—1595)的《被解放的耶路撒冷》(1580年)。索夫罗尼为了拯救基督徒,承认她没有犯过的罪行。卢梭晚年十分喜欢勒·塔索的诗作,从1772年起着手编译。

　　② 位于日内瓦西南的小镇。

44

是我的手足兄弟,直到日后彼此失去联系,才慢慢忘记了他们。

对于这件事,跟上一件事一样,我也守口如瓶。类似的事一生遇到不下百次,但是我在《忏悔录》里只字未提,甚至连念头都没有起过,因为我实在不想在书中刻意突出我性格中的善良。不,每当我说一些与我所知的真相相反的话时,那都是些无关紧要的小事,而且这样做总是因为难以启齿,或者为了写作的痛快,从来不会出于图一己私利或者是想讨好谁、损害谁的动机。如果有朝一日,谁要是真能不偏不倚地读一读我的《忏悔录》,他一定会感到,跟承认一件更加严重但是说出来不那么不光彩的罪恶相比,我在书里承认的一切更令人丢脸,说出来更加痛苦;我之所以没有说那类罪恶,是因为我没有犯过。

从这些思考中可以得出结论:我公开信奉的真实,更多地建立在正直和公正的基础上,而不是基于事物的真实性。在实践中,我更多遵循的是我良心提供的道德准则,而不是抽象的是非概念。我经常信口编造,但我很少撒谎。因为我遵照了这些原则,所以给别人抓住不少把柄,但是我没有损害过任何人,也没有给过自己不应得的好处。只有从这方面看,我才觉得真理是一种美德。换了任何别的角度,对我们来说,它便只是玄而又玄的东西,没有善恶可言。

然而我觉得自己心里并不满意,因为这样的区分不足以使我自认为完全是无可指责的。在仔细衡量我哪儿有负于人的时候,我是否充分考虑有欠于己的地方呢?如果说对别人要公正,那么对自己也要真实如一;这是一位正人君子对自己尊严应有的一种尊重。当我因自己言谈乏味而不得不添加一些并无恶意的虚构时,我就错了,因为不该为了取悦他人就贬低自己;而当我为写作的乐趣所驱使,给真实的事情添上杜撰的点缀时,我就是错上加错了,因为用无稽之谈来点缀真相,实际上就是歪曲了真相。

然而使我更难以得到原谅的，还是我所选的那条座右铭①。这条座右铭要求我比任何人都更严格地信奉真理，为此，我随时牺牲我的利益和爱好还不够，还需要牺牲我的软弱和天生的腼腆。必须在任何情况下都保持有勇气和力量坚持真理，献身给真理的口和笔，永远不能说出、写出任何虚构和杜撰的东西。这才是我在选择这条令人自豪的座右铭时本应想到、并在勇于遵循它的期间不断提醒自己的一点。我的谎言从来不是来自虚伪，而是出于软弱，但是这并不能为我开脱。有一颗软弱的心灵，最多只能避免作恶，如果胆敢侈谈信奉什么高尚的美德，那就是狂妄、冒失了。

　　如果不是罗西埃教士启发了我，我也许永远不会在头脑里进行这番思考。要想把这些想法付诸实践，也许已经太晚了些；但对于纠正错误、把我的愿望纳入正轨来说，至少还不算太迟，因为从今以后，这一切都取决于我了。因此，从这一点和所有类似的事情上来看，梭伦的那句名言适用于任何岁数的人：学会智慧、诚实、谦逊，学会不高估自己，是永远也不嫌晚的，哪怕是从敌人那里学得这一切。

---

　　① 指"终身献给真理"。

漫步之五

在我住过的所有地方中(我有过不少迷人的住处),只有比埃纳湖中的圣皮埃尔岛最能使我感到一种真正的幸福,并给我留下温馨异常的眷恋之情。这座小岛在纳沙泰尔被称为土块岛,即使在瑞士也很不出名。据我所知,没有一个旅行家提起过它。然而它景色宜人,所处的位置特别适宜喜欢把自己禁锢起来的人,因为我也许是世上唯一命中注定要独处的人,但我不相信这种自然的嗜好为我一人独有,尽管这种嗜好我至今没有在别人身上看到过。

比埃纳湖畔和日内瓦湖畔相比,湖滨的岩石和树林离水更近,因而更原始些、也更浪漫①一些,但是湖边的风光同样秀丽。如果说这里少了些田地和葡萄园,少了点城市和房屋,但有更多自然的葱茏、更多的草地和林木掩映的幽静处,景色反差更为频繁,地势起伏绵延。湖畔令人心旷神怡,可是没有便于车马通行的大道,游客也就很少光顾。然而对喜欢尽情陶醉于自然美景中的孤独遐想者来说,是很有吸引力的,除了雄鹰尖叫、小鸟叽叽喳喳的啼啭、山涧飞流直下的轰鸣之外,再也没有任何声响打破这儿的寂静!这片美丽的水域

---

① 卢梭在《孤独漫步者的遐想》中两度运用"浪漫的"这个词语,因而被称为浪漫主义文学奠基人。

大致呈圆形，环抱两座小岛，一座岛上有居民，种了庄稼，方圆约两公里；另一座则小些，空旷而荒芜；人们不断在小岛上取土，去修补波浪风暴袭击给大岛造成的损失，到头来，小岛必定给毁了。由此可见，弱肉总是给强食了。

岛上只有一所房子，不过很宽敞、舒适、实用，跟小岛一样，属于伯尔尼救济院的产业，一位税务官连同他的家眷和仆人住在那儿。他在岛上开了一个饲养场，养了很多家禽，还搭了一个鸟棚，修了几片鱼塘。岛虽小，地形和地貌却变化多端，因此这儿的景致千奇百怪，长着各种作物。有农田、葡萄园、树林，还有果园；肥沃的牧地上，浓荫斑斓，四周灌木林立，贴着水边，长得碧绿青翠；沿岛的纵向有一座高高的平台，种着两行树，平台中央搭了一个漂亮的大厅，到了收摘葡萄的季节，每个星期天湖岸附近的居民就来这儿聚会、跳舞。

我是在发生莫蒂埃石击事件①以后，躲到这座岛上来的。岛上的日子实在迷人，在这儿生活太适合我的天性了，于是铁了心在此度过余生，我不担心别的，就怕人们不让我实现这个愿望，反而非要计划着把我送到英国去②，我对此已经有了预感。我忧心忡忡，多么希望人们把这个避难所当作我终身的监狱，把我一辈子关在这里；我期望他们打消我离岛的任何可能和希望，切断我同陆地的任何联系，这样一来，我对世上发生的事情会一无所知，继而忘掉这个世界的存在，别人也会忘记我的存在。

人们只让我在岛上呆了两个月③，而对我来说，哪怕呆上两年，两

---

① 1765年9月6日，村民们在牧师的煽动下，向卢梭的住宅投掷石块。9月12日，卢梭被迫躲到四公里外的圣皮埃尔岛。

② 从1765年起，朋友们就建议卢梭去英国避难。其中包括英国朋友大卫·休谟。

③ 卢梭9月12日来到小岛，10月25日离开，逃往斯特拉斯堡，实际逗留了六个星期，而不是两个月。

个世纪,甚至永生永世住下去,我都不会感到片刻的厌倦,尽管这里除了我的伴侣①,来往的就只有税务官、他的太太和仆人。说句老实话,他们都是好人,不过也就如此而已,而这恰恰是我需要的。我把这两个月看成一生中最幸福的时光,真的太幸福了,足以使我满意一生,心里片刻也不作他想了。

这到底是一份什么样的幸福呢?享受这样的幸福又是怎么回事?我料想世人难以猜出,就算看了我的描写也猜不出。所有这些享受中,难能可贵的 far niente② 是我想尽情体味的最首要、最基本的一种,在岛上的这段时间,我所做的一切实际上就是一个潜心消闲的人必须做的、却又其乐无穷的工作。

人们巴不得让我与世隔绝,作茧自缚,没有外援就不可能从人们眼皮底下溜走,没有周围的人帮忙就不能同外界联系或者通消息,这种期望,我承认,使一生颠沛流离的我萌发了在此恬静地度过余生的希望;想到我有的是时间来随心所欲地安顿自己的生活,所以一开始没有做任何安排。突然来到小岛上,我孤身一人,两手空空,之后才叫来女管家③,接着把书和简单的行李运来。我用不着把行李打开,心里很高兴,大小箱子照运到时的样子,原封不动地搁在那儿。我在打算了此一生的地方住着,而那样子却像去宿客栈、第二天就得启程那样。这一切东西原本都很好,若想整理得更好,反而会搞糟了。最让我得意的就是我的书一直封在箱子里,手头连笔墨也没有。每次收到那些倒霉的来信不得不提笔回复的时候,只好嘟哝着向税务官借文具,用后赶紧归还,满心指望下次无需再借了。我的屋子里没有

①　指黛莱斯·勒瓦瑟。卢梭 1745 年结识勒瓦瑟,1749 年开始同居,1768 年办理手续正式结婚。从 1745 年到 1751 年间,共生了五个孩子,都被送进弃婴堂,卢梭因此受到猛烈抨击。黛莱斯·勒瓦瑟跟随卢梭颠沛流离,此时已经五十五岁。

②　意大利语,即:闲逸。

③　即黛莱斯·勒瓦瑟。

这些讨厌的废纸和旧书本,而是堆满了花花草草;因为那时候我刚迷上植物学,这种爱好还是狄维尔诺瓦博士①启发的,不久成为一种嗜好。那时候我不想再做什么正经工作,只想做些合我心意、连懒人都喜欢干的活儿消遣。我着手编《圣皮埃尔岛植物志》,想写尽岛上所有的植物,不能有丝毫疏漏,而且要足够详细,这样才能打发我的余生。听说有个德国人就一块柠檬皮写了整整一本书;而我会给草地上的每粒草种、树干上的每片苔藓、岩石上的每块地衣写一本书;哪怕是一根草茎、一点儿枝叶我都非详细描写不可。为了完成这个美好的计划,每天早晨和大家一起吃过早饭后,我就手握放大镜,腋下夹着我的《自然分类法》②,出发去考察岛上的某个小区,我为此曾把全岛分成若干方块,准备在每个季节依次浏览。每次观察植物的构造和组织、观察雌雄器官在开花结果过程中所起的作用,看到那么新奇的机理时,我是那么地欣喜若狂、那么地痴迷,那种奇妙的感觉真是无与伦比。以前我对植物特性的差异一窍不通,当我在普通种属上验证差别,期待着发现更为罕见的种属时,心里喜滋滋的。夏枯草两根长长的雄蕊分着岔,荨麻和墙草的雄蕊富有弹性,凤仙花果和黄杨包膜破裂了,这无数种结果过程我还是头一回看见呢,满心喜悦,我真想问一声,有人见过夏枯草的触角吗?就像拉封丹问人家是否读过《哈巴谷书》③一样。两三个小时以后,我满载而归。如果饭后下雨,这些东西也足够我在家消磨一个下午了。在上午剩下的时间

---

① 让·安托瓦尼·狄维尔诺瓦博士是医生、汝拉山植物专家。卢梭在莫蒂埃村和他相识,他向卢梭传授了植物学的基础知识。

② 《自然分类法》(1735)是瑞典博物学家林内(1707—1778)的著作。林内最早发现了植物有性繁殖的现象,卢梭在"漫步之五"中做了仔细观察,十分崇拜卢梭的达尔文在《植物园》(1789)中称之为"植物的情爱"。林内的学说在18世纪下半叶影响颇广。

③ 此系卢梭之误。拉封丹曾经问每个遇到的人是否读过《巴录书》,卢梭误写为《哈巴谷书》。《巴录书》是次经中的一卷,《哈巴谷书》是《圣经》中的一卷。

里,我就跟税务官、他的妻子和黛莱斯一起去看他们的工人和庄稼,经常也动手干一阵子活;伯尔尼那儿时常有人来看我,他们常常看到我骑在树权上,腰挎一个袋子,往里面放果子,袋子满了就用绳子放下来。经过一个上午的活动,加上心情愉快,使得午饭成为一种很惬意的休息;但是如果饭吃得时间太长,天气又十分晴好,我就等不及了,别人还没有散席就悄悄溜掉,独自跳上一条小船,如果风平浪静,就把船划到湖心,我直挺挺地躺在船上,仰望天空,任小船随波荡漾,有时一连几个小时沉浸在千百种朦胧、甜美的遐想之中。遐想虽然没有明确、一贯的目标,照我看来却比所谓人生乐趣中最温馨的感受还要好上几百倍。西下的夕阳提醒我该回家了,而我常常离小岛已经很远,只好奋力划桨,才能赶在天黑前回家。有时候,我不走开阔的湖面,而是沿着小岛青翠的岸边徘徊,那里湖水清澈,绿荫宜人,我常常忍不住下水畅游一番。但我走得最多的路线还是从大岛划到小岛,在那里弃舟上岸,度过整个下午,不是局限在柳树、泻鼠李、春蓼和各式各样的灌木之间散步,就是坐到绿草覆盖的沙丘上,那儿开满了欧百里香、小花,甚至还有以前人们播种的岩黄芪和三叶草,最适合养兔子,兔子可以在那里平安地繁衍,用不着担惊受怕,也不会伤害别的什么。我跟税务官说了这个想法,他就从纳沙泰尔弄来了几只,公的母的都有,我连同他妻子、一个妹妹,还有黛莱斯,一起浩浩荡荡地开赴小岛安置它们,在我离开以前,兔子就繁殖开了,如果能熬过严冬,想必会很兴旺。这个小小的殖民点的建立俨然成了一个节日。我得意扬扬地把同伴和兔子从大岛带到小岛,比阿耳戈号的领队①还要神气;我还骄傲地注意到:那位一向怕水、见水就头晕的税务官太太,在我的带领下放心地上了船,一路上没有露出半点惊慌的神色。

---

① 即希腊神话中率领五十名英雄前往科尔喀斯去寻找金羊毛的伊阿宋。

当湖面波涛汹涌无法行船时,我整个下午就在岛上东走西跑,随处采集标本,有时在最僻静而迷人的地方坐下来尽情遐想,有时坐在土台或土丘上,环视美丽的湖水和岸边的迷人景色。湖岸的一侧近山环绕,另一侧是丰腴肥沃的平原,纵目远眺,直到被远处淡淡的青山挡住视线为止。

黄昏时分,我便从岛上的高处退下来,信步走到湖畔沙地上,找个幽静的地方坐下;涛声阵阵,水波徐来,深深吸引着我,荡涤我心中的一切杂念,我的心沉浸在美妙的遐想之中,夜幕经常就这样在我不知不觉中来到了。湖水一波又一波涌来,涛声连绵不断,一阵强过一阵,不断冲击的我耳朵和眼睛,弥补我心中因遐想而平息的内心活动,足以使我欢欣地感到自身的存在,而无需费神思索。有时候看着湖水,我会在刹那间想到世事无常,可是这种淡薄的想法很快消失在运动不息的湖水里,湖水给我抚慰,用不着我任何感情的投入,就能牢牢地吸引着我,以至到了时辰,看到约定的信号,我得狠狠心才能离开。

晚饭后,如果夜空晴和,我们总是要结伴到土台上散散步,呼吸湖畔的新鲜空气。我们在楼台里歇息,嬉笑,聊天,唱几支老歌,那实在比现在那些不伦不类的歌曲强,然后心满意足地回家睡觉,除了期望明天也是同样快乐,别无其他奢望。

撇开那些令人讨厌的不速之客的来访,我在这岛上的那段日子就是这样度过的。但愿现在有人告诉我,究竟什么东西如此迷人,能够在我心中激起如此强烈、亲切、持久的思念?十五年过去了①,每当我想起这个可爱的地方,我仍然心潮澎湃,难以自持。

我在漫长人生的荣辱变迁中发现,享受最美妙、快感最强烈的时期,回忆起来却不能最吸引我、最感动我。这种短暂的狂热和激情,

---

① 卢梭 1765 年居住在圣皮埃尔岛,距离 1778 年去世,最多为十三年。

无论多么炽热，而且正因为是太炽热，只能是生命线上散落的几个亮点。它们是如此罕见、如此短促，成不了一种状态，而我怀念的幸福并不由一些转瞬即逝的片刻组成，它是一种单纯而恒久的状态，这种状态本身不给人任何强烈的快感，但随着状态持续，它的魅力与日俱增，直到最后到达无与伦比的幸福之境。

世间万物都处在不息的波动之中。没有任何东西能保持永久、确定的形式，所以我们对外界事物的感情，必然会和这些事物一样消亡变迁。我们的感情不是超前，便是落后，或追忆不复存在的过去，或去预想常常不太会发生的未来，总而言之，其中没有什么实在的东西可以作为心灵的依托。因此，尘世中只有逝去的欢乐；而持久的幸福，我怀疑是否存在过。在我们享受过的极度欢乐中，几乎找不到这样的时刻，我们的心可以真正对我们说：但愿这一时刻永远继续下去；而我们又怎能将这种短暂的状态称作幸福呢？它让我们的心焦灼不安、空虚迷茫，不是怀念过去的事，就是对未来还抱有期盼。

假如真有这么一种状态，我们的心灵能够在那里找到坚实的基础，得到完全休息，把整个生命集中起来，用不着缅怀过去、跨入未来；时间对心灵已经失去意义，此时此刻可以永远持续下去，看不出它的绵延，又没有一丝更替的痕迹，心中没有别的感受：没有失去，没有享受，没有快乐，没有痛苦，没有欲望，也没有恐惧，唯一感到的是自身的存在，而且单凭这个感觉就能完全充实我们的心灵；只要这种状态持续着，处在其中的人就能自称是幸福的，那不是生活乐趣给我们带来的存在缺憾、贫乏、相对的幸福，而是一种充分、完满、丰盈的幸福。这就是我在圣皮埃尔岛，躺在随波漂流的小船上，坐在波涛汹涌的湖畔，或是在景色秀丽的河边，看着流过砂砾的潺潺溪水，独自一人浮想联翩时所常处的状态。

在这样一种状态下，我们享受什么呢？绝不是享受任何身外之物，绝对没有，而是享受我们自己，享受我们自身的存在；只要这种状态持续着，我们便和上帝一样知足。摒弃任何其他感情而感受到自身存在，其本身就是一种极为可贵的知足与安宁的感觉，对于一个懂得排除种种不断使我们忽视人生、不停地扰乱人生温馨的世俗情欲的人而言，这种感情足以使他体味到自身存在有多么珍贵，多么甜蜜了。但是大多数人时时受到各种情感的诱惑，很少体会过这种状态，他们只是在短暂的片刻不完全地领略过，因而只留下模糊不清的概念，感觉不到其中的魅力。但是按照目前的社会情况，如果他们一味追求那种心醉神迷的甜美状态，由此厌倦社会生活，不履行社会生活不断产生的需求要求他们履行社会职责的话，恐怕也不是一件好事。不过一个被排斥在人类社会之外，在尘世上不可能对他人对自己再做任何有益有用之事的不幸者，他可以在这种状态中找到人生的一切幸福，得到命运和他人剥夺不了的补偿。

不错，这份补偿并不是任何心灵在任何情况下都能感受的。为此，心灵必须平静，没有任何情欲来扰乱它的安宁。感受者必须有心境，另外加上周围事物配合。既不是一种绝对的平静，也不能过于激动，而是一种均匀、温和的内心运动，没有冲动，也没有停顿。没有运动，生命只会陷入昏睡。而运动不匀或者太剧烈，则会把我们吵醒；它使我们想起周围的一切，毁掉遐想带来的那份甜美，将我们逐出内心世界，我们又被置于命运和他人的枷锁之下，感受自己的苦难。绝对的静止引发悲伤，它展示着死亡的形象。因此必须借助欢快的想象，它自然而然地浮现在被上苍赋予这种天赋的人的脑际。于是不靠外力产生的运动在我们自己的内心展开。不错，内心虽然少了些宁静，但是当那些轻盈、甜蜜的念头轻轻掠过心灵的表面，而不搅动灵魂深处的时候，也会产生同样惬意的感觉。只要达到足够的思考，我们就能忘却所有的痛苦，把自己回忆起来。这种遐想在所有我们能安静下来的地方都能细细品尝；我经常在想，如果在巴士底狱，哪怕在看不见任何东西的单人囚室，我照样能尽兴地做梦。

然而必须承认，这类遐想如果在一个丰饶、孤寂的小岛上进行，那就更好、更令人愉快了；小岛与外界其余部分自然地隔绝，到处是一派欢快的景象，没有什么会勾起辛酸的往事，与岛上屈指可数的居民的来往亲切温和，不过也没有热络到没完没了占去我时间的程度；我终于能整天毫无阻碍、无所顾忌地做合我口味的事情，或者无比庸懒地闲着。对一个面临种种令人发指的事情包围、却能用轻松的幻想充实自己，能借助自己真实感受到的一切来满足自己的幻想者来说，这机会想必是美好的。当我离开漫长、温馨的遐想，看到周围一片苍翠，鸟语花香，纵目远眺，浪漫的湖滨，清澈晶莹的开阔水面尽收眼底时，我一时间竟把这些可爱的景色看成出于我的虚构；等到我慢慢认出自我和周围的一切，我已经分不清虚构和现实的界限了：所有的一切都在让我感到，在这段美好的日子里，我度过的孤独沉思的生活是多么珍贵。这样的生活为何不能重现？我为何不能到心爱的岛上度过我的余年，永远不出岛，永远不见一个陆地居民？见到他们，我就想起那么多年来他们兴致勃勃地强加于我的种种不幸！如果不出岛，我很快会彻底忘记他们，他们也许不会再这样忘记我，不过，只要他们没法来搅乱我的安宁，那又有什么关系？摆脱了喧闹的社会生活所孕育的种种尘世欲念，我的灵魂将频繁飞越现世的氛围，提前开始跟天使们交谈，并希望不久之后加入他们的行列。我知道，人们不会把这个美妙的避难所还给我，他们起初就不愿让我去那儿。但是他们至少阻止不了我每天展开想象的翅膀飞到那里，无法阻止我一连几个小时品尝如同仍然住在岛上的那份喜悦。在岛上，随心所欲的遐想是我做的最惬意的事，而想象自己就在岛上，我不正在做同样的事吗？我甚至还更进一步：我在抽象单调的诱人的遐想之外，添上一些使遐想更为生动的迷人景色。当年我沉醉其中时，常常体会不出它们代表什么；而现在遐想越深入，景色也就描绘得越生动。跟我当年身临其境相比，我现在更加融入其中，心情更加舒畅。不幸的是,想象力逐渐衰退,回想这些景色越来越难,持续的时间也没那么长了。唉!一个人开始离开躯壳时,他的视线反而被躯壳阻挡得最厉害!

漫步之六

　　我们任何一个不经意的动作，只要我们善于寻找，差不多总能在内心找到它的起因。昨天，我经过新林阴大道前往让蒂耶附近的皮埃弗河畔采集标本时，走到离地狱门①不远的地方，我向右一拐，经过田野，沿着枫丹白露大道登上那条小河边的高地。这段行程本身并没有什么，可我想起来，我已经好多次这样下意识地绕弯的时候，就在自己身上寻找这么做的原因了。当我终于弄清楚时，我忍不住笑了。

　　在林阴道拐角处，地狱门外边，夏季每天有个妇女设摊卖水果、甘草汁和面包。这女人有个小男孩，长得很可爱，可是腿瘸了，他挂着两条拐棍，一瘸一拐，乐呵呵地向行人行乞。我跟这小家伙算是早就认识了，每次路过那儿，他都会过来冲我说一番好话，我自然少不了掏几个子儿给他。刚见到他的时候，我被迷住了，非常情愿拿钱给他，好一阵子，我都乐意这么做，还常常高兴地逗他开口，他满带稚气的唠叨听起来挺顺耳。这种乐趣一步步变成习惯，不知怎么地又成了某种义务，我很快感到有些不悦了，尤其每次得听他那套开场白，他总是忘不了叫我一声卢梭先生，表明他跟我很熟；其实他这样做反

_____

　　①　巴黎的旧城门，即今日的当菲尔—罗施洛广场，位于巴黎十四区。

而让我觉得他对我的了解并不比教唆他这么做的人更深些。从此以后，我不太愿意打那边经过了，到最后，每次走近这条小道时，我不由自主地绕道而行，养成了习惯。

这是我思考自己为何绕道时才发现的原因，因为在此之前，我根本没有清楚地意识到这些。这次观察使我陆续想起好多别的事情，它们都证明了，我对自己大多数行为的真正初衷，并不像我一贯想象的那样，都了解得那么清楚。我知道，也体会到，行善是人心所能体味的最真实的幸福；然而这种幸福早就不是我能问津的了，我的命运如此悲惨，谁会有选择地指望我去办一件有实效的真正的善事呢？那些主宰我命运的人，他们最关心的就是只让我看到事物骗人虚假的表象，所以，出于美德的动机只是个诱饵，旨在引诱我堕入他们为我布下的圈套。我明白这一点；我知道从此唯一能做的一件善事就是什么都不做，免得在不知不觉中做了不愿意做的坏事。

然而我从前有过比较幸福的时刻，我常常可以照自己的心愿使另外一颗心高兴起来；我可以毫无愧色地为自己作证，每次品尝这种乐趣时，我总觉得它比任何别的乐趣都甘美。这种禀赋是如此的强烈、真实、纯洁；我内心深处没有任何跟它相斥的东西。但是我常常会感到，我发自内心的善举，因为随之而来的义务的锁链，变成一种负担：于是快乐消失了，我继续关心照顾别人，然而当初的快乐已经荡然无存，只感到一种不堪忍受的尴尬。在我短暂的幸运时期，很多人有求于我，只要帮得上忙，我从未拒绝任何一个人。这些善举出于一片真心，却招来了一连串义务的锁链，我始料不及，再也挣脱不了其桎梏。我最初的善举，在受益人的眼里，只不过是一笔订金，以后还得接着付；只要哪个不幸的人把受益的锚钩扔到我身上，一切就成了定局，我起初自觉自愿做的好事竟成了他无限的权力，他以后需要什么，我就得提供什么，哪怕是力不能及也不能免除。就这样，一种无比甜美的享受后来演变成代价高昂的制约。

当我不为公众所知、默默无闻地生活时，这些锁链还不太沉重。但一旦我这个人因写书出了名——这当然是个大错，为此我吃尽了苦头——我这里就成了总问讯处，所有落难的人或者自称如此的人、所有物色猎物的冒险家、所有口口声声崇拜我而实际上变着法子控制我的人，统统都来了。这时我才有机会认识到，天性中的一切美德，包括行善的美德，只要不够谨慎、不加选择地在社会上运用或者流传，就会变质，其损人的程度，常常不亚于它们起初的有益程度。这么多惨痛的经验慢慢改变了我的禀性，更确切地说，把我的禀性限定在应有的限度内，它们教会我不盲从行善的天性，如果这样行善只会助长他人邪恶的话。

不过，我并不后悔有过这些惨痛的经历，因为它们引起我的思考，使我对自己、对自己在各种场合所作所为的真正动机有新的认识；而对这些场合，我时常抱有数不清的幻想。我发现如果想高高兴兴地做一件好事，我必须是自由自在、不受拘束的；而想剥夺我行善的全部乐趣，只要将行善变成我的一种义务就行了。因为义务会使最甘美的享受变成沉重的负担，就像我在《爱弥儿》①中所说的那样——我好像这么说过——我倘若在土耳其生活，当公众大声疾呼要求丈夫履行其义务的时候，我一定是个不称职的丈夫。

这就大大改变了长期以来我对本人道德的认识；因为顺从自己的天性、受天性的驱使，给自己找些行善的乐趣，这算不上什么美德：美德在于当义务有所要求时，我们能战胜自己的天性，去做义务规定的事，这是我不如世人的地方。我天生敏感、善良、悲天悯人几乎到了软弱的地步，任何宽宏大量的行为都使我感到振奋；只要能打动我的心，我就会富有人情味，仁慈大方、乐于助人，这是出于我的喜好，甚至说是出于激情。如果我是天下最有势力的人，那我一定会是最

---

① 《爱弥儿》中其实没有这句话，它出现在《忏悔录》第五章中。

善良、最宽容的一个；我只要有能力报仇，心中报仇的欲望就会全部熄灭。如果只是触及我个人利益，我很容易做到不偏不倚；但若有损于我热爱的人们的利益，我就会举棋不定。我的义务和感情发生矛盾时，前者很少能战胜后者，除非我必须抑制情感；于是，我经常是个强者，但是要我违背天性行事，那是永远办不到的。不管是别人请求我、义务要求我、甚至是必须得这么做，只要我的心不吭声，我的意志也就只当闻所未闻，我不会听从指挥。我看见了邪恶在威胁我，我宁可让它降临也不手忙脚乱地设法避免。我开始时也努力过，但是很快就烦了，累得筋疲力尽，没法坚持下去。不管是什么事，只要做起来没有乐趣，我很快就做不下去。

不仅如此，一件事只要带有强制性，哪怕符合我的愿望，也足以打消我的愿望，如果强制性再厉害些，就会令人反感，甚至化为强烈的厌恶；因此别人强求我做好事，我会感到痛苦；没人要求的，我却会主动去做。纯粹不图回报的好事，无疑是我乐意干的。但是如果得益人以此为理由要求我继续做下去，不然就要恨我，如果他以我当初乐于给他施恩为由，命令我永远向他行善，那就让人难堪了，这份乐趣也会烟消云散。如果我退一步这么做了，那也是出于软弱和羞愧，已经毫无真诚可言，我非但不会因此为自己喝彩，反而在心里自责违心地去做好事。

我知道在施恩者和受惠者之间是存在着某种契约，甚至还是所有契约中最神圣的一种。施恩者和受惠者结成了一种关系，比普通人之间的关系更紧密些，也就是说受惠者只要默默地心存感激，只要他没有违约，施恩者就必须保证继续善意相待，在力所能及的情况下有求必应。这不是明文规定的条件，而是两人刚刚缔结的关系所产生的必然结果。一个人如果在别人首次对他有所求时便予以拒绝，那么被拒绝者是没有什么抱怨的权利的；然而在相同情况下，一个人拒绝了曾经给过某人的恩惠，就是使这个人有权期待的希望破灭；他欺骗、违背了他自己挑起的期待。人们觉得这种拒绝含有一种难以言明的不公正性，比前一种拒绝更难以接受。然而这种拒绝毕竟也是一颗喜欢独立的心的自然反应，它不会轻易放弃这份独立。我偿还债务，那是履行一项义务，而我捐赠则是给自己一种快乐。以履行自己义务为乐，起源于高尚品德养成的习惯，来自我们本性的快乐达不到如此高的境界。

有过这么多惨痛经历之后，我学会了早早预见到我最初的行为会引起的后果，于是，因为害怕自己贸然投入后会受到束缚，我常常放弃我想做、也能做的好事。这种担心当然不是一向就有的，恰恰相反，我年轻时非常乐于做好事；那时候我还觉得那些受我恩惠的人并不是出于利害关系，而是出于感激才喜欢我的。然而我一旦开始落难，在这方面和任何其他方面一样，情况就大不一样了。我生活在新一代人中间，他们跟前一代人全然不同，我发现别人对我的感情变了，我对他们的感情也起了变化。我在截然不同的两代人中看到的同样一些人，可以说是两代人先后同化了。譬如夏梅特伯爵①，我以前那么尊敬他，他也那么真心地爱我，可一旦成为舒瓦瑟尔②圈子的成员，他立即为亲戚谋到了主教职位；又譬如巴莱神甫③，原来受过我的恩惠，又是我的好朋友，年轻时是个诚实的小伙子，靠出卖、欺骗我在法国开了一家修道院；又譬如比尼斯神甫④，原来是我在威尼斯时的下手，我的行为自然博得他的一贯的爱戴和尊敬，然而一旦涉及自己的利益，居然连腔调和态度都变了，不惜昧了良心，不顾一切地谋

---

① 夏梅特伯爵，原名约瑟夫·德·孔济埃，喜爱音乐，曾经是卢梭的好友。
② 舒瓦瑟尔(1719—1785)，1758 年任法国外交国务秘书，后任陆海军大臣。
③ 巴莱神甫是卢梭的好友，曾在华伦夫人家弹琴为卢梭伴奏。
④ 比尼斯神甫是卢梭在法国驻威尼斯使馆任职时结识的同事、好友。

取巨利。甚至连穆尔杜①也颠倒黑白。他们跟所有人一样,原来都是那么真诚坦率,现在却都成了这样;正是在这一点上,时代变了,人也跟时代一起变了。唉!那些人身上有过使我对他们产生感情的东西,现在只能看到与此相反的了,我怎么还能对他们保持原有的那份感情呢?我不恨他们,因为我不知道什么叫恨;但是我忍不住要鄙视他们,无法不向他们表示理所当然的鄙视。

也许,在不知不觉中,我自己也变得太厉害了些。什么样的性格能够经受我这样的处境而始终不变呢?二十年的经历告诉我,天性赋予我心的优秀品性,由于命运和支配我命运的那些人的作用,变得既损己又损人了,别人提议我行善,我只能把它看做为我设下的陷阱,底下肯定隐藏着祸害。我知道,不管行善的效果如何,我至少是花了一番诚意的。是的,这份诚意一直是有的,但是内在的魅力已不复存在了;而一旦失去了这种刺激,内心只能感到冷漠,我很清楚我不会做真正有用的事情,而只能干骗人的勾当。理智的否定,再加上自尊心的愤怒,只能使我产生厌倦和抵触情绪;而在正常情况下,我原本会怀着满腔热忱去做的。

有些逆境能使心灵变得高尚和坚强起来,而有的逆境则会打击、扼杀心灵:我就是深受后一种逆境的折磨。在我这样的逆境里,只要稍为有一点不善的酵母,逆境就会使它极度膨胀,把我变得疯疯癫癫;然而实际上它只把我弄成无用的人。我既然对自己、对别人都做不了什么好事,那就干脆什么都不做;因为这种处境是被迫的,我这样做也就无可指责了;它使我毫无内疚地随心所欲,让我品尝到一种温馨的感觉。也许我做得有些过分,因为我避开了一切可以有所行动的机会,连只做善事的机会都放过了。然而我坚信别人不会让我

---

① 保罗·穆尔杜是日内瓦的牧师,从 1754 年起认识卢梭,对卢梭极为崇拜。卢梭曾经将《忏悔录》的一份手稿托付给他。

看到事情的真相,所以我就避免从事物的表现去判断它们;不管别人用什么花招去掩饰行为的动机,只要我能接触到,我就可以肯定那是骗人的。

似乎从童年时代起,命运就为我布下了头一个陷阱,使我长期以来轻易地跌入所有别的陷阱。我生来就容易轻信别人,整整四十年间,这份信任从来没有落空过。我突然面临另一种类型的人和事,千百次地受骗上当却从来没有觉察到,二十年的经历也不足以使我看清自己的命运。可是一旦明白过来,知道人们对我装模作样、不遗余力的姿态都是谎言和虚伪的时候,我便迅速走向了另一个极端:因为人一旦脱离自己的天性,那就没有什么界限能约束他了。从此以后,我讨厌人类,在这一点上,我的意愿和他们的意愿互相较劲,它使我远远地离开他们,超过了他们全部阴谋诡计所能达到的程度。

他们无论怎么做都是徒劳的,因为我对他们的反感再厉害,也不会发展到强烈憎恨的地步。想到他们为了拴住我,不得不受到我的牵制,我真的很可怜他们。我也许算不上倒霉,而他们倒确实是不幸的;每当我静心思量,我就觉得他们很可怜。也许这样的判断包含着骄傲的成分,我觉得自己比他们高出许多,根本犯不着去恨他们。他们至多只能引起我的蔑视,绝不可能发展到仇恨的地步;说到底,我太爱我自己了,所以不会去恨任何人的。恨别人,那就是缩小、压制我自己的存在,而我则希望把它扩展到整个宇宙。

我宁愿避开他们而不去恨他们。一看见他们,我的感官就受到刺激,无数道残酷的目光都印在我的心里,让我感到难以承受;然而引起这种不适的根子一旦消除,不适的感觉立刻就荡然无存了。我硬着头皮应付他们,是因为他们出现在我面前,而绝不是出自我对他们的回忆。如果我不再看见他们,对我来说,他们就像根本不存在似的。

不过只有在事关我自己的时候,我才对他们漠不关心;因为倘若涉及他们之间的相互关系,他们依然能引起我的关注,使我激动,就像看到舞台上的人物那样。除非我的道德完全泯灭了,否则我对正义不会无动于衷。非正义和邪恶的场景依然使我怒火中烧;不含夸张和炫耀成分的道德的行为,总能叫我高兴得直打哆嗦,还会动情地流下泪水。但是这一切必须经过我亲眼目睹、亲自评判才行;因为在经历了我自己那些遭遇之后,再叫我根据别人的判断接受什么,或者根据别人的信念来相信什么,除非是我丧失理智了。

　　如果人们对我的形体外貌,也像对我的品格、天性那样一无所知的话,那我还会毫无痛苦地生活在他们之中。只要我在他们看来绝对是个陌生人,那么跟他们交往甚至会使我感到高兴。如果我可以不受拘束地凭天性喜好行事,如果他们从不来管我,我还是喜欢他们的。我会对他们持有一份普遍的、纯粹自私的善意;我可以自由地、主动地为他们做那些他们出于自尊或者碍于各种惯例限制而难以做到的一切,但是绝对不会形成某种特别的眷恋,而且绝不会戴上任何义务的枷锁。

　　假如我仍然是自由的、无名的、与世隔绝的——我命中注定如此——,我只会做好事:因为我心中没有一点邪恶欲念的萌芽。如果我能像上帝那样隐身、像上帝那样无所不能,我会跟他一样乐善好施、仁慈善良。力量和自由造就了杰出之士,软弱和奴性只会养成平庸之辈。假如我拥有吉瑞斯的魔环①,它一定能把我从他人的束缚中解救出来,而使他人受我的支配。我时常幻想,我将拿那枚指环来干什么呢?因为正是这一点上,滥施淫威的企图与权力相差无几。我有权满足自己的意愿,能够为所欲为又不会受任何人欺骗,这样下去我还会期待些什么呢?只期待一样东西,就是看到天下的人都心满意足。看到公众的至上幸福足以始终不渝地打动我的心,为此献身

---

① 吉瑞斯,古希腊传说中的牧童,他戴上金魔环,可以隐身。

的强烈愿望是我最持久的热情。我会永远公正、不偏不倚,我会永远善良而不软弱,我也能避免盲目地怀疑别人和仇恨别人;这是因为,如果我能看清人们的本来面目,能轻易地揣摩人们心底的想法,我也许觉得很少有人好到值得我倾心去爱,也很少有人坏到值得我切齿痛恨的地步,看到他们的恶意,我甚至会怜悯他们,因为我清楚地知道,他们意欲害人的同时也害了自己。也许在心情欢畅的时刻,我有时像孩子似的做些惊人之举;我没有丝毫利己的动机,完全以我自然的喜好为准则,因此即使有时候不徇私情严肃执法,但我宽大为怀、秉公决断的事更是不计其数。作为上帝的使者及其法律的执行者,我会在我的权力范围内,做出比圣徒传记载的和有关圣美达公墓的奇迹①更睿智、更有用的奇迹。

只有在一点上,来无影去无踪的遁身术可能对我产生一些难以抵抗的诱惑;而我一旦误入歧途,谁知会被这种诱惑引到什么地方?如果我自以为不会受这种法术的诱惑,或者说理智会阻止我在致命的斜坡上滑下去,那是对本性和自我不够了解。我在别的事情上很能把握自己,惟独在这个问题上陷入困境。一个能力超群的人应该超越人性的弱点,否则各种超常的力量只能使他实际上不如常人,甚至比他不具备超人力量时还不如。

我左思右想,觉得还是在我没有干出傻事之前,趁早把指环扔掉为好。如果别人非要歪曲地看我,如果看见我就会激起他们不公正的欲望,为了不让他们看见我,我就得避开他们,而不是藏在他们中间。应该是他们在我面前藏起来,应该是他们掩盖自己的阴谋诡计,

---

① 圣美达公墓地处巴黎拉丁区。1731 年夏天,数十个独眼、瘸子等残疾人,来到圣美达公墓冉森派教徒巴利的墓边,大声叫喊、蹦跳、抽搐,以期治愈残疾。不明真相的民众也参与其中,闹得沸沸扬扬。1732 年国王下令封闭该公墓。公墓入口处贴着国王的禁令:"朕禁止上帝在此显圣。"

躲避阳光，像鼹鼠那样钻进地缝里去。至于我，如果他们能看到我，就让他们去看好了，但是他们不可能做到：他们所看见的永远是他们塑造的那个让—雅克，是他们照自己心愿、为了随心所欲地痛恨而塑造的让—雅克。我如果还为他们对我的看法而感到苦恼，那就是我的错了：我根本没必要真正关注此事，因为他们看到的根本不是我。

从这番思考我得出的结论是：我这个人从来不适应这个到处充满束缚、义务、职责的世俗社会，而我独立的天性使我永远不能适应一个希望在群体中生活的人所必须接受的约束。我只要能够自由地行动，我就是善良的，我只会做好事；但是我一旦感觉到束缚，无论出于必然还是人为，我立刻会反叛，或者说，我会发犟脾气，于是我就成了无用的人。如果我必须违心地做一件事，我是绝对不会做的，不管造成什么样的后果；我甚至不按自己心愿行事，因为我软弱。我避免行动，因为我的全部弱点在于行动；我所有的力量是那么地消极，我全部罪过在于无为，很少是因为行为不轨。我从来就认为人的自由不在于随心所欲，而在于可以不做他不愿做的事；这就是我一直要求获得的、是我经常保存的那种自由，我因此成为同代人最不能容忍的异端。因为他们活跃、好动、野心勃勃，他们讨厌在别人身上看到自由，自己也不需要什么自由，只要能为所欲为，或者说凌驾于别人的意愿之上，他们一生都会强求自己做他们自己都反感的事，并且为了发号施令而用尽一切下贱的手段。因此，他们的错不在于把我当作无用之辈排斥在社会之外，而是在于把我当作害群之马从社会驱逐出去：我没做过什么好事，这我承认，但是要说干坏事，我一辈子还不曾有过这样的愿望，而且我不信，世上确实还有坏事比我做得少的人。

漫步之七

　　漫长的遐想录刚刚起头，我就觉得它接近尾声了。接踵而至的是另一种乐趣，我整日深陷其中，甚至没有时间去遐想了。我那股痴迷的劲儿近乎荒唐，想起来就忍不住笑自己；但是我依然很投入，因为就我的处境而言，我已经没有别的行动准则，凡事只能无拘无束地顺从我的嗜好。我对自己的命运无可奈何，有的只是天真无邪的嗜好；从今以后，人们对我的评判对我起不了任何作用，因此最明智的办法莫过于在力所能及的范围内，无论在公共场合还是在私下，只做自己喜欢做的事，除了我的兴致，没有别的准则，而行动范围大小完全取决于我身上剩下的一点力气。这样一来，干草成为我的全部粮食，植物学成为我唯一的工作。我在瑞士曾经向狄维尔诺瓦博士学了些植物学的皮毛，那时候我已经上了年纪，后来在旅途跋涉期间，为了初步认识植物界，我采集过不少标本。但是，我年过六旬，又定居在巴黎，想要大规模采集标本，体力已经不够了，再说我忙于抄写乐谱，不再需要干别的活儿，于是我放弃了采集标本这种不再必需的消遣；我卖了植物标本，卖了书，有时在巴黎近郊散步时看到一些常见的植物，我也就满足了。在这段时间里，我所知道的那点知识几乎都忘光了，远比记住它们快得多。

　　忽然之间，我已经过了六十五岁，尽管原有的那点记忆力已经荡然无存,尽管早就没有到乡间漫游的余力,没有向导,没有书籍,没有花园,也没有标本簿,这种狂热却又在我身上萌发了,那股劲头比第一次还要大,我认真地拟了一个周密的计划,打算熟读穆雷①的《植物界》,并且认识世上所有的植物。我无法把那些植物学的书买回来,就准备抄写借来的书,并决心再编一本标本集,比第一本还要丰富,囊括所有海洋植物和阿尔卑斯山的植物,还包含所有的印度树木,我总是先从海绿、细叶芹、琉璃苣、千里光开始,毫不费劲,我熟练地在鸟笼里采集标本,每次碰上一株没见过的草,我便兴高采烈地自语道:"瞧,又多了一样!"

我并不想为自己的这种兴致作什么辩解,我总觉得我的行为是非常合情合理的,我深信,就我目前的处境而言,投身到令我感到愉快的消遣中,是个很明智的举动,甚至可以说是一种高尚的美德:这是一种不让我心中萌发任何报复或仇恨念头的办法;处在我这样的命运,心里一定得没有半点怨气才可能找到一份消遣的心情。这也是我以自己方式来报复迫害我的人:我不理他们、自得其乐,其实就是对他们最严厉的惩罚。

是的,理性允许我,甚至可以说要求我全身心地投入到吸引我的爱好中去,也没有任何阻力妨碍我这么做;然而理性并没有告诉我为什么这个爱好会吸引我,也没有告诉我在这种既无利可图又没有进展的无谓的研究中,究竟是什么样的魅力,使得我这个已经背时背德,说话颠三倒四,行动迟钝,记忆力衰退的老头,竟然来搞年轻人的工作、来学习小学生的功课呢?这也正是我想弄明白的怪事;我觉得这一点要是搞清了,它将为我在余生致力于认识自己带来一些新的启示。

---

　　① 约翰·安德鲁斯·穆雷是瑞典博物学家,于 1774 年在格丁根再版林内的著作《自然分类法》,并且用拉丁语写了题为《植物界》的导言。

我有时候会思考得很深，但是很少感到乐趣，几乎总是出于无奈，好像迫不得已似的：遐想使我身心放松，得到消遣，而思考却使我精疲力竭，心情沮丧；对我来说，思考总是一件艰辛而无趣的差事。有时候，我的遐想在沉思中结束，但更多的时候，则是思考变作遐想；在这样的神游时刻，我的心灵插上了想象的翅膀，带着超乎一切快感的狂喜，在天宇徜徉翱翔。

　　只要我品尝到这种纯真的乐趣，其他任何事情对我而言就一概索然无味了。可是我一旦出于莫名其妙的冲动投身文学事业，马上就感到脑力劳动的劳累，感到那该死的名声带来的厌恶，与此同时，我感到我那甜蜜的遐想在渐渐枯竭和冷漠；不出多久，我被迫为自己倒霉的处境操起心来，我再也找不到以往五十年间代替了财富和荣耀的那种心旷神怡的感觉；只要我付出点时间，这份感觉就能使我在闲暇之中成为天下最幸福的一个人了。

　　我在遐想时甚至还得担心，担心被我的不幸命运所吓懵的想象力，最终会把思绪转向苦难的一边，担心那绵延不绝的痛苦会一步步揪住我的心，使我最终不堪重负而垮掉。在这种情况下，与生俱来的本能使我避开一切令人悲伤的念头，强迫我的想象力平息下来，将我的注意力集中到身边的事物之上，使我平生第一次细细地观察自然的景象，而在此之前，我还只是大致从整体上观察过它。

　　乔木、灌木，各种植物是大地的饰物和衣裳。再也没有比布满乱石、泥泞、沙土的光秃秃的不毛之地更为凄凉的景象了。而在潺潺流水和百鸟啼啭中披上婚纱的大地生机勃勃，它通过自然三界的和谐，向人们献上一派充满生机、情趣盎然、妩媚无限的景象，这是世间唯一百看不厌、百感不倦的景象。

　　沉思者的心灵越敏感，就越能投入因自然的和谐而产生的心醉神迷的境界。甜美深沉的遐想占据了他的所有感官，他带着美妙的陶醉融入这片广袤美丽的天地里，感到自己已同天地浑然一体。于是，一切个别的事物他都视而不见；任何事物，他只能从整体上去看、去感受。必须用某种特殊的状况来限制他的思想和想象力，才能使他一部分一部分地观察这个他力图从整体上看待的宇宙。

这正是我心情沮丧时所做的自然反应，它把所有的注意力集中在周围的事物上，以保留随时可能在日益加深的沮丧中挥散殆尽的一点余热。我无精打采地在树林和山岭间游荡徘徊，不敢去思想，生怕触动我的痛处。我不愿意把想象力用在令人痛苦的事物上，于是就让我的感官沉湎于周围给人轻快而甘美印象的事物中。我的目光不停地从这个转向另一个，周围的世界变幻无穷，不可能没有格外吸引我的目光、使我久久凝视的东西。

我爱上了这种眼睛的休憩，它在厄运之中让我的精神得到休息、娱乐、消遣，使我暂时忘却痛苦。眼前这些事物的性质在很大程度上促进这种消遣，使它更加迷人。芬芳的气味、绚丽的色彩、最优美的形态似乎各不相让，竞相吸引我们的注意。你只要喜欢这份乐趣，就自然会沉浸在如此甜蜜的感觉中；如果说所有身临其境的人并不都能体会到那种效果的话，那是因为有些人缺乏对大自然的敏感，而绝大多数则是因为满脑子装着别的念头，对触及他们感官的事物只能浮光掠影地浅尝。

另外一个原因也促使这些高雅人士远离植物界，那就是他们习惯于把植物仅仅看成是药物药品的来源。德奥夫拉斯特①的看法就不同，这位哲学家称得上是古代唯一的植物学家，正因此如此，他几

---

① 德奥夫拉斯特，公元前 3 世纪希腊逍遥学派哲学家，先后师从柏拉图和亚里斯多德。他的原名是提塔莫斯，德奥夫拉斯特是亚里士多德给他起的名字。他以把自然界分成植物界和动物界进行研究而著名，现存九卷本的《植物历史》、《植物起因》以及一些涉及自然、心理的论著。其中的《性格论》对法国 17 世纪文学产生一定影响。

乎不为我们所了解;然而靠了那位名叫狄奥斯克里德①的药方编纂名家以及他后世的阐释者们,医学牢牢把持了整个植物界,植物都精简成了药草,人们从中只看到肉眼根本见不到的东西,也就是张三李四任意赋予它们的所谓药性。人们不能设想植物组织的本身就值得我们注意;那些一辈子摆弄瓶瓶罐罐的学究瞧不起植物学,照他们的说法,如果不研究植物的效用,那么植物学就是一门没有用处的学科,也就是说,如果你不放弃对自然的观察,不一心一意地相信人类的权威,那就毫无用处。其实,大自然从来不骗人,也从没有讲过那样的话,而人却是骗子,他们下了很多定论,硬要我们相信他们的话,而这些话往往又建立在别的权威之上。你要是在一块色彩缤纷的草地上停下来,细细观察灿烂的花朵,看到你的人准会把你当作见习医生,向你讨草药去治孩子的疥癣、成人的疥疮或马的鼻疽呢。

　　这种讨厌的偏见在别国已经被部分铲除了,特别是在英国;多亏了林内,他把植物学从药物学派中分离出来,让它重新回到博物学之中,恢复其经济用途。然而在法国,这项研究在上流社会中还鲜为人知,人们对它的了解依然停留在非常无知的程度,以致有位巴黎的才子,在伦敦看到一座植物收藏园种满了奇花异卉,最多只赞叹地喊道:"多美的药草园哪!"如此说来,首位药剂师非亚当莫属,因为很难设想哪座园子的植物会比伊甸园更齐备了。

　　这些药用的观点当然无法使植物学研究变得饶有兴趣:它们只会使绿茵失去润泽,使花朵失去鲜艳,树林失去清新,连自然的葱茏、摇曳的树阴都变得淡而无味,令人讨厌;而那些只知道把植物放进臼中捣碎的人,当然不会对优美迷人的自然产生什么兴趣,当然也不会在用来灌肠的草药里寻找牧羊女的花冠。

---

　　① 狄奥斯克里德,公元前1世纪希腊医生,毕生从事植物研究,主张使用药草治病。他在《药物论》中对数百种药草做了描写、分类,并且阐明药性和制药的方法。

所有这类药用学说决不会玷污我心中的田园风景；什么汤剂药膏根本和它沾不上边。我仔细观察田野、果园、树林以及其中众多的植物的时候，经常这么想，植物界真是大自然赠给人类和动物的粮食仓库啊。但我从来没有想到要在这里找什么药品。在大自然丰富多样的物产中，看不见有哪一样在向我表明它有这样的用途，而且即便大自然真的规定它有这样的用途，它就会像选择可供食用的植物那样，告诉我们如何进行选择。我甚至觉得，我在林中高高兴兴地漫步时，如果非要我去想什么发烧、结石、痛风，或是癫痫之类的疾病，那简直败兴透了。此外我并不想在人们赋予这些植物的神奇的药效上挑起争论，我只想说一句，假定这些药效果然是真的，而病人却久治不愈，那纯粹就成了恶作剧；因为人类得的疾病不计其数，还没有一种是二十种草药根治不了的。

把什么都跟我们的现实利益联系起来，到处求功利或者找药物，而身体健康时就总是用冷漠的态度看待整个大自然，这种想法我从来没有过。我觉得在这一点上我和其他人截然相反：一切牵扯到我躯体需要的东西都使我悲哀，都使我的精神堕落，只有在把肉体的利益完全抛弃之后，我才能找寻到真正的精神乐趣。因此，尽管我是相信医学的，尽管药品给人带来惬意，然而只要想到与自己的肉体有着某种关系，我就无法再品味到这种纯粹的、摆脱功利的沉思所带来的快意，我的灵魂就无法再振奋起来，就不会翱翔在自然的怀抱中。此外，我对医学虽然从未有过多大的信赖，但对我所尊敬、所爱戴的医生却是充分信任过的，我曾经将自己的躯壳交给他们全权处理。我以十五年的经验教训为代价长了知识；现在我只听从大自然法则的支配，在自然中恢复了我原先的健康。即使医生们对我没有其他不满，单凭这一点，他们对我刻骨仇恨也就不足为怪了，因为我活生生地证明了他们的医术是自夸的，他们的治疗根本没有效果。

不，任何个人的、任何与我肉体利害有关的事都不能真正地占据我的心灵。只有忘掉自己的时候，我的沉思和遐想才最为甜美。我感到无比陶醉，感到一种难以言喻的欣喜，我仿佛融化在天地万物中，与整个大自然浑然一体。当人们还是我兄弟的时候，我曾打算过寻找世俗的幸福；由于这些打算总是涉及整体，我只能在公众的幸福中才感到幸福，而我从来没想去寻找个人的幸福，直到发现我的兄弟们竟然专从我的痛苦中寻求他们的幸福；为了不去恨他们，我必须避开他们；于是我逃到我们共同的母亲身边，藏在她的怀抱里以逃避她的孩子们对我的袭击；我就这样孤独起来，或者像他们说的那样，变得不合群，变得愤世嫉俗，因为我宁愿过最孤单原始的生活，也不愿意与那些只知道背叛和仇恨的坏人交往。

我被迫不再思考，害怕会不由自主地想到自己的不幸遭遇；我被迫克制住剩下的那点依然迷人但已开始枯竭的想象力，因为这么多的忧患终将把它吓倒；我被迫设法忘却那些对我无耻中伤、倍加凌辱的人，生怕愤怒之情最终会使我对他们恶毒起来，然而即使这样，我还是不能把全部心事都集中在自己身上，因为我外向的心灵总是爱把它的情感、它的存在推广到别人身上，同时我也不能再像过去那样，一头扎进大自然的广阔海洋中，因为我精力已经衰竭松弛，再找不到相当明确、固定、力所能及的目标，成为我牢靠的依托；我感到精力不济，无法在我从前为之欣喜若狂的混沌世界中畅游了。我已经差不多没有思想了，只剩下一点感觉，而我理解力也仅限于身边离我最近的事物了。

我逃避世人，寻求孤独，我不再想象，更少思考，然而我生来就是天性活泼、远离萎靡忧郁的人，因此我开始关心周围的一切，出于十分自然的本能，我格外喜欢最赏心悦目的东西。矿物界本身没有什么可爱迷人的东西；它丰富的宝藏埋藏在大地里面，也许是为了躲过人们的视线，免得引起他们的贪欲。它们的存在是一种储备，当人心日益败坏、对比较容易到手的真正的财富失去兴趣时，它们可以作为一种补充。那时,他就不得不借助技艺,不得不辛勤劳动来摆脱贫困;他在大地的深处到处寻找,他冒着生命危险,以牺牲健康为代价,到地底下去探寻想象中的财富,却把他懂得享受时大地主动向他提供的真正财富撇在一边。他躲避自己已不配正视的阳光和白昼,把自己活活深埋、辛苦地劳作,因为他已不配在阳光下生活。在那儿,采石场、竖井洞、锻铁炉、熔炉,数不清的铁砧、铁锤、烟雾、火焰取代了田间劳作的宜人场景。在井下有毒气体中日渐消瘦的凄惨的面容、那些黑乎乎的铁匠、那些丑陋的独眼苦力都是地下矿场造成的景观,它们取代了地面上的绿树、鲜花和蓝天,取代了相恋的牧羊人①和壮实的农夫。

我承认,出去找点沙子石块,装满口袋和工作室,然后摆出一副博物学家的派头,这是很容易办到的事;然而那些仅仅热衷于这种收藏的人,通常都是些无知的阔佬,他们无非从中找些卖弄炫耀的乐趣而已。若要从矿物研究中得益,那必须是个化学家和物理学家;必须做大量艰苦、代价昂贵的实验,必须在实验室里工作,在令人窒息的烟雾和蒸汽里冒着生命危险,通常还要损害自己的健康,把大量的金钱、时间花在煤炭、坩埚、锻炉或者蒸馏瓶上。而这番凄惨而劳累的工作,最后得到的往往是虚妄的骄傲多于学识;那些最平庸的化学家,哪一个不是凭着也许偶然发现的一些不起眼的化学组合,就自以为洞察了大自然的全部伟大奥秘呢?

动物界比较容易为我们掌握,无疑也更值得好好研究一番。但是这种研究不也是困难重重、令人困惑、让人厌恶和劳累吗?特别对一个孤独的人来说,无论是嬉戏还是协助工作,他都不能指望得到任何人的援助。如何观察、解剖、研究、认识空中飞翔的鸟儿、水中的游

---

① 相恋的牧羊人也许来自卢梭非常喜欢的田园牧歌小说《阿斯特莱》,这部长篇小说在 17 世纪初风靡一时。

鱼，还有那些比风更轻快、比人更强大的走兽？它们又不愿意送上门来让我研究，我也没有力量去追赶它们、逼着它们就范。于是，我也只能研究蜗牛、虫子、苍蝇；我可以成天气喘吁吁地追赶蝴蝶，制作昆虫标本，解剖逮着的老鼠，或者解剖碰巧捡到的动物死尸。离开解剖，就谈不上动物研究；人们通过解剖才学会把动物分类，区分它们的类属。若想通过它们的习性和特性来研究动物，就必须拥有鸟笼、鱼塘和动物园；那就必须想办法强迫它们聚在我的周围。我既没有兴趣，也没有办法囚禁它们，可它们自由行动时，我的身子又没有那么灵巧，能跟在它们后面奔跑。于是我就只能等它们死了再研究，把它们肢解、去骨，随意地翻弄它们还在抽搐的脏腑！解剖大厅的场面是多么可怕啊！那发臭的尸体、那惨白的烂肉、那血水、令人恶心的肠子、吓人的骨骼，还有那恶臭的水气！说实话，让—雅克是决不会上那儿去找他的乐趣的。

烂漫的鲜花、缤纷的草地、清新的绿阴、小溪流水、灌木树丛、青翠的草木，你们来帮我洗净已被这些丑陋的东西玷污的想象力吧！我那颗对一切剧烈波动已经冷漠的心，今后只有敏感的事物才能触动它；我只剩下一点感觉了，尘世的痛苦或欢乐，只有通过这点感觉才能传递给我。我被身边这些令人愉快的事物吸引了，我对它们仔细观察、慢慢思考、一一比较，终于学会了把它们分类。就这样，我自然也成了植物学家，成了研究大自然的植物学家，其目的只是为了不断找出热爱大自然的新的理由。

我并不打算学什么东西：已经为时太晚了。再说，我也从没有见过学问多了会有助于生活幸福。但是我只想找一些消遣，一些可以让我轻松享受到、可以排遣我的痛苦的甜美而简单的乐趣。我无需什么花销，也不费什么精力，就可以在花草之间漫步徘徊，将它们逐一看过，比较它们各自的特性，发现它们的相似或者差异之处，最后是观察植物的组织，以便探索这些生命机体的生长进程和活动规律，有时还能成功地找出它们的普遍法则和不同结构的成因与目的，并且全身心地陶醉在对那只给我缔造这一切享受的生命之手的赞叹和感激之中。

跟满天的星斗一样，植物也仿佛被慷慨地播撒在大地上，用欢乐的诱惑和好奇吸引人们去研究自然；然而星球离我们太远，必须具备初步的知识，借助各种仪器、机械，很长很长的梯子，才能靠近它们，才能为人力所及。而植物则自然地存在着。它们长在我们脚下，甚至可以说在我们手心里生长；如果说有时候它们的主要部分长得实在太小，肉眼看不清的话，借助仪器将它们放大比使用天文仪器简单得多。植物学是悠闲懒散的孤独者的专业：一把小刀和一个放大镜便是他观察植物所需的全部工具。他慢慢溜达，随意地从一个目标转向另一个目标；他兴致勃勃地、好奇地观察每一朵花，一旦领悟到花朵的构造规律，他就能毫不费劲地品尝到观察的乐趣，跟以付出高昂代价才取得的乐趣相比，绝不逊色。这种悠闲的工作自有一种魅力，惟有激情完全平息的人才能感受到，只要有了这种魅力，就足以使生活变得幸福和甜蜜了；不过，只要里面掺入了某种功利或虚荣的动机，为了担任某个职务或著书立说，只要我们为了教导别人而学习，为了要成为作家或教授而采集标本，那么所有这些温馨的魅力就立刻烟消云散了。我们只把植物看成是满足我们欲望的工具，我们在研究中就再也得不到任何真正乐趣，我们就不再想求知而只为了卖弄知识，这时候，身在树林却俨然站在世俗的舞台上，我们一心想着如何博得他人的赞赏；要么就是局限在研究室、至多不会超出花园范围的植物里面，我们不到大自然去观察树木花草，而只关心体系和方法；而体系和方法都是些永远争不清、辨不明的问题，既不能使我们多认识一种植物，又不会对博物学和植物界做出任何真正的贡献。因此，植物学者争名夺利激起的仇恨和妒忌，跟其他学科的学者们如出一辙，甚至有过之而无不及。他们使这项愉快的研究变了味儿，把它搬到城市里、学院里,就跟异国植物栽进收藏家的花园那样,难免蜕化变质。

某种截然不同的心境使我把这项研究看成是一种嗜好,它填补了已经离我而去的各种嗜好所留下的空白。我翻山越岭,深入幽谷丛林,图的就是尽量忘却人类,尽量躲避坏人对我的伤害。我觉得在树林的浓荫下我被世人遗忘了,我自由自在、心境平和,好像不再有什么敌人了;我还觉得茂密的树叶挡住了他们对我的打击,使我不去想这事了,我甚至还傻乎乎地认为,我不去想他们,他们也不会想到我了。我从这样的幻想中尝到了一种莫大的甜蜜,如果我的处境、我软弱的性格和我的需求允许的话,我会全身心地沉溺于这种幻想中的。我的生活越是孤寂,就越需要某种东西去填补其空虚。不受人力强制的大地把自然的产物从四面八方奉献到我的眼前,它们取代了我的想象力不愿意设想、我的记忆力不愿去追忆的东西。我乐呵呵地到荒野寻找新的植物,这种快乐盖过了摆脱那些迫害我的人所带来的快乐;来到杳无人迹的地方,我更加纵情地呼吸,仿佛是到了不再受他们仇恨折磨的避难所。

我终身都不会忘记那天到克莱克法官①的罗贝拉山庄②附近采集标本的场景。那天我只身一人,独自走在山间曲折的小道上,穿过一片片树林,跨过一块块岩石,最后到了一个十分僻静的地方,我一生中再没见过比这更荒凉的景色了。黑色的松树和巨大的山毛榉枝桠交错,不少树老死了,倒伏在地上,乱七八糟地交错着,形成一道无法逾越的路障,封死了这个狭窄的地方;这黑压压的屏障只留下几处空隙,看过去尽是些笔直削下去的岩石,还有我趴在地上才敢看一眼的令人毛骨悚然的绝壁。山谷的裂缝处不时传来猫头鹰、鸱鸮和白

---

① 他是纳沙泰尔邦民事法庭的法官。
② 莫蒂埃村附近的一个山庄,地处汝拉山脉。

尾海雕的尖叫;幸而有些不多见但是熟悉的小鸟稍稍缓解这荒凉寂静的恐怖。正是在那里,我发现了带锯齿根的七叶石芥花、仙客来、鸟巢花、大株的拉泽花,还有另外一些使我迷恋、狂喜了很久的花草。我被周围的景物深深感染了,竟不知不觉地忘了研究植物和花草,我坐在柔软的石松和苔藓上恣意遐想起来;我以为自己是在一个与世隔绝的隐蔽处,迫害者们再也找不到我了。骄傲之情油然而生,很快融入了这种遐想。我把自己比作是发现某个荒岛的旅行家,洋洋自得地思忖道:我一定是进入此境的第一人;我差不多把自己看成哥伦布第二了。可正当我这样美滋滋地想着,忽然听见不远处传来一阵撞击声,那声音挺耳熟的;我侧耳细听,同样的声音反复不绝,而且越来越快。我有些吃惊,好奇地站起来,穿过茂密的灌木林,向声音传来的方向走去,就在离我刚才还以为是初次有人迹的地方仅二十步远的峡谷里,我看见了一座织袜厂。

我发现它时心中那种复杂矛盾的骚动,真是难以形容。我最初的反应是返回人世的高兴,因为刚才我还以为自己是孤单一人呢,但是这丝快意消失得比闪电还快,取而代之的是一种久久的痛苦,就算我躲进阿尔卑斯山的岩洞里,也逃不出那帮执意折磨我的人的魔掌。我当时真的认为,在这座工场里,没有卷入蒙莫朗牧师①发起的那场由来已久的阴谋的人,恐怕连两个都不到。我赶紧撇开这种忧郁的想法,到后来,我不禁为我那点幼稚的虚荣心以及为此遭到滑稽的惩罚而感到好笑了。

不过,说真的,谁又能料到会在绝壁下发现一座工厂呢!世界上也只有在瑞士这个地方,原始的自然和人类工业会这样地混杂。这样说来,整个瑞士也只是一座大城市,有着比圣安东尼街②还宽阔、还

---

① 莫蒂埃村的牧师。
② 地处巴黎第四区。

78

漫长的大道,其间遍布森林,山脉挡道,一座座房屋零星散布,由英式花园沟通起来。讲到这里,我又想起前不久,迪·佩鲁、德谢尼、皮里上校、克莱克法官和我一起到夏斯隆山采集标本,我们在山顶上看到七个湖①。听说山上只有一幢房子,倘若事先没人告诉我们房子住着书商②,我们是绝对猜不到房屋主人的职业的,而且听说他在瑞士的生意做得不错。我觉得这一类的事比任何旅行家的描写都更能说明瑞士这个地方。

还有一件同样性质或者说差不多相似的事情,也可以让人很好地了解一个颇有特色的民族。我住在格勒诺布尔的时候③,经常到城外采点小标本回来,当地的律师波维埃先生常陪着我,倒不是因为他也喜欢或者通晓植物学,而是因为他自告奋勇当我的保镖,他对自己约法三章,尽可能寸步不离地跟着我。有一天,我们在伊泽尔河附近一块长满刺柳的地方散步。我看到树上有些果子熟了,便好奇地尝尝味道,果子带着一种很爽口的微酸,我就吃了起来解渴;波维埃先生站在一边,他没有吃,但也没有说什么。这时突然来了他的一个朋友,看到我在啃果子,便冲着我说:"哎!先生,您这是在干什么呢?您不知道果子有毒吗?""这果子有毒?"我惊叫起来。"当然了,"他继续说,"谁都知道这东西有毒,所以本地没有人会想吃它的。"我看着波维埃先生,问道:"那您为什么不提醒我呢?""啊,先生!"他用非常恭敬的口吻回答道,"我不敢如此冒昧。"对多菲内省人的这种谦卑,我不禁笑了起来,可我不再享用我的小吃了。我以前认为,到现在也依然认为,任何可口的天然食物都不会伤身,只要别吃得太多就

---

① 夏斯隆山虽然高达一千六百米,但在那儿其实看不见七个湖(纳沙泰尔湖、比埃纳湖、莫拉湖、莱蒙湖、茹湖、布勒内湖和圣普宛湖)。

② 这个书商也许是卢梭杜撰的。

③ 1768 年 7—8 月。

不会有问题。可是我得承认，在那天余下的时间里，我对自己的身体留了点神：除了心里有点忐忑外，没出什么事。我晚饭吃得很香，觉睡得更安稳，虽然头天吃了十五、二十来颗可怕的小果子，第二天早上起来还特有精神；第二天，格勒诺布尔满城的人都对我说，这种果子是有毒的，吃一点就会中毒的。我觉得这件事实在太有趣了，每次想起来，我都禁不住笑波维埃律师①那种奇怪的谨慎。

只要看到在当地采集的标本，我马上会想起为采集标本的所有旅行，想起植物所在地给我留下的各种不同印象，想起当时引发的感想以及所有穿插其中的轶事，所有这一切都给我留下了深深的印象。我再也看不到这美丽的风光，森林、湖泊、灌木、岩石，还有山峦，它们的景象始终打动着我的心；我虽然不能重游这些可爱的地方了，但我只要翻开我的标本簿，它马上就会把我带回那些地方去。我在那里采集的零星碎片也足以让我回忆起种种妙不可言的景象。对我来说，这本植物标本集俨然是一部采集日记，它使我怀着新的喜悦重温当年的一切，它能产生类似光学仪器的作用，把往事再次重现在我的眼前。

正是这条无关紧要的想法构成的链子，使我迷上了植物学。它把令人快慰的想法都聚集起来，注入我的想象。草地、河流、树林、孤寂、安宁，特别是从中得到的休憩，通过这条链子，不断地在我的回忆中重现。它让我忘记了人们对我的迫害，忘记了他们对我的仇恨、蔑视、侮辱，忘记了他们对我一片诚挚温柔之情报以的种种迫害。它把我带回到静谧的住处，带回到那些曾和我生活过的淳朴善良的人之中。它唤醒了我的青春岁月，唤醒我纯真的乐趣，让我再次重新去品尝这一切，并使我在凡人从未遭遇过的最悲惨的命运中经常感到幸福。

---

① 《孤独漫步者的遐想》发表后，波维埃律师曾经撰文为自己辩解。

漫步之八

在仔细思考自己在一生中各种境遇里的心情的时候,我非常诧异地发现,我那多变的命运,与它们通常带给我的欢乐或者痛苦的感受,竟是如此不成比例。各种短暂的春风得意的时刻几乎没有给我留下一点儿亲切、持久的愉快回忆;恰恰相反,在我一生苦难深重的日子里,温存、动人、甜美的感情却总是洋溢在我的心头,它们抚慰我悲伤的心上的累累伤痕,似乎将痛苦化为快感;现在只记得这种快感,当时经历的苦难已经统统忘记了。我觉得,我对人生的甘美体味最深,我真正觉得自己在生活,是我的感情,也许可以说,在命运的压迫下收敛专注于自己内心的时候,而不是那些逐渐分散到外界、其实本身并不值得别人推崇备至、但那些所谓幸福的人却一意追求的事情。

当我身边的一切很正常,当我对周围的一切,对我的生活环境感到满意的时候,我会把满腔挚爱倾注在这个环境中。我那颗外向的心灵蔓延到其他的事物,各式各样的兴趣总是吸引着我,无数可爱的眷恋不断占据着我的心,把我弄得魂不守舍,可以说是忘掉了自身的存在,我全身心地投入到跟我不相关的事情里去,心潮跌宕起伏,一刻不得平息,尝尽了世态炎凉、人间沧桑。此番风雨动荡的人生既没有给我留下内心的平静,也没有让我的躯体得到休息。表面上我很幸福,但仔细想想,其实没有一份感情禁得起推敲,没有一种感情真的让我得到满足。无论对别人还是对我自己,我从来没有完全满意过。社交的喧嚣使我头昏脑涨,孤独寂寞让我烦恼;我不停地需要变换环境,可是无论到哪儿,我都感到不自在。然而我那时候到处受人欢迎、青睐、款待,得到人们的关爱。我没有敌人,没有人对我心怀恶意,也没有人嫉妒我。人人都想为我效劳,我也常常以替许多人效劳为乐,我虽然没有财产,没有地位,没有保护人,更没有人所共知的出众的才干,但却享受着与这一切相关的好处,在我看来,谁的命都没有我好,不管他处在什么境地。那么究竟还缺什么会让我不幸福呢?我也不清楚;但是我知道我那时候不幸福。我今天又还缺些什么才算是人世间最不幸的人呢? 那些人为此费尽了心机,该做的都做绝了。然而即使在这样可悲的处境里,我也不会跟他们当中最幸福的人交换命运、换一种活法;我宁可在无边的苦难中保持自我本色,也不愿与那些飞黄腾达之流中的任何一个为伍。如今我孑然一身,真的只有用自身的养料来充实自己,但是这种养料是不会枯竭的;虽然可以说我只是在徒劳地思索,我那干涸的想象力和渐渐熄灭的思想不能为我的心再提供什么养料,我还是能自给自足的。但是我愤懑苦恼的心灵因身体器官的老化而日渐衰竭了,在巨大的沉重压力下,再也没有力气像过去那样冲破那层老朽的躯壳了。

逆境迫使我们反躬自省,也许正因为如此,绝大多数人才觉得逆境难熬。而我只犯有因软弱而导致的过失,自省给我带来了安慰,因为我从未起过图谋不轨的念头。

但是,除非是傻瓜,稍微审视我的处境,怎么会看不出我的处境正如他们一手炮制的那样可怕呢? 怎么会不因痛苦绝望而送命呢? 然而我没有这样,我本是人世间最敏感的人,却能正视我的处境,丝毫不为所动;我不挣扎,甚至没有做过任何努力,几乎是无动于衷地看着自己处在谁见了恐怕都会害怕的处境中。

我是怎样做到这一点的呢？因为当我开始怀疑这场自己早已不知不觉陷进去的阴谋的时候，我的心境远远没有这样平静。这个新的发现使我震惊，无耻行径和叛卖行为让我猝不及防。哪一颗正直的心能预料到这样的痛苦吗？只有罪有应得的人才能预见到这些。我掉进了他们在我脚下设下的一个又一个的陷阱里，我愤懑、暴躁，甚至陷入一种谵妄，不知道自己在干什么，脑子里晕头转向，人们不停地把我拽入骇人的黑暗中，看不见一丝能帮助我辨别方向的光明，找不到任何依托和落脚之处，使我能够站稳脚跟、抵御这种揪住我不放的绝望心情。

　　在这么可怕的处境下如何才能幸福平静地生活呢？我依然身处逆境，并且比以往任何时候都陷得更深，而我却找到了安宁和平静；我过着幸福而宁静的生活；看到那些迫害我的人无休止地白白折磨自己，我觉得好笑；我心境平和，一心扑在我的花瓣啦、花蕊啦和那些孩子气十足的玩意儿上，对那些人，我连想都不去想。

　　这个转变是如何形成的呢？那是在不知不觉中自然而然、毫无痛苦地形成的。令人可怕的是起初的惊讶。我原以为自己值得受人爱戴尊敬，觉得自己配得上受人们的推崇和宠爱，可是突然之间我变成了前所未有的怪物。我看见整整一代人都争先恐后地持有这种奇怪的看法，不做什么解释，没有丝毫犹疑和愧意，而我连这种奇怪变化的缘由都无从得知。我拼命挣扎却越陷越深。我要迫害我的那些人把话说清楚，可是他们总是沉默不语。经过长期徒劳的痛苦煎熬之后，我不得不歇歇喘口气。然而我还是抱有希望，心里想："这样一种愚蠢的盲目，这种荒谬的偏见不可能感染到整个人类，总有一些有头脑的人会拒绝这种胡言乱语，总有正直的灵魂会鄙弃这种阴谋和叛卖行为。我要去寻找，也许到头来会找到这样一个人；而我只要找到此人，他们就会哑口无言了。"但是我的寻觅纯属徒劳，我根本没有找到这样的人。这是个网罗天下的联盟，没有遗漏，也不可能逆转，我确信自己的余生将在这可怕的放逐中度过,而且永远不能看破其中的奥秘了。

正是在这样可悲的处境里,长期焦虑不安之后,我不仅没有陷入似乎是命运最终决定的绝望,而是得到了安详、宁静、平和甚至是幸福,因为每一天的生活都使我愉快地回想起前一天的生活,而对于明天,除了希望过上同样的日子,我别无他求。

这种超然物外的态度来自何处呢?它只有一个来源:那就是我学会戴上必然要戴的枷锁而毫无怨言。那就是说我以前还努力抓住成千上万的东西,在这些依托都相继落空、只剩下孤零零一个人之后,我才恢复了我的常态。我能在四面八方的压力下保持平衡,那是因为我不再依附任何东西,依附的只是我自己。

当我激烈地与舆论抗争的时候,其实我还是不知不觉地把自己置身于舆论的枷锁之下。每个人都希望得到他所尊敬的人的尊敬,只要我对人们,至少对某些人心存好感时,他们对我做出的评价就不会让我无动于衷。我觉得公众的判断通常是公正的,但是我没有看到这种公正却是偶然的结果,他们观点所依据的法则不过来自他们的激情或者是激情造就的偏见;即使他们做出正确的判断,这些正确的判断也往往出自坏的原则,比如他们假装推崇某人某项功绩的同时,会在其他方面恣意诽谤同一个人,那不是出于公正心,而是为了摆出公允的姿态。

但是,经过长时间徒劳无益的探寻之后,我发现他们毫无例外地固守着那种恶意创造的最不公正、最荒谬绝伦的思想体系;我发现他们对待我的时候,没有一个脑袋里还有理智,没有一颗心里还有公道;我看到整整一代人全都卷入他们引路人的无名怒火中,疯狂地反对一个从来没有对任何人作恶、也不想作恶,从来没有恶意报复的不幸人;我苦苦寻求公正之士,到头来还是一无所获,最后不得不熄了灯笼,高声叫道:"这样的人不再有了";这时候,我才开始发现在这个世界上我是孑然一身,我才懂得对我来说,我的同代人只是一堆完全靠外力推动的机器,我只能根据物体运动的法则来计算他们的行动。不管我猜测他们心中有何种动机、何种激情,这种动机和激情都不能以我所能理解的方式来解释他们对我的所作所为。因此,他们的内心状态对我来说毫无意义了。在我眼里,他们只是一团以不同方式运动的物体,一团对我不讲任何道德的物体。

在我们所面临的一切苦难中,我们看重其效果,但更注重其动机。屋顶落下的一片瓦也许会使我们伤得很重,但它远不如一颗坏人蓄意投来的小石子那么令我们痛心。打击本身有时候会落空,但是恶毒的动机却从来不会脱靶。在命运给我们造成的伤害中,肉体的痛苦最容易忍受;当不幸的人们不知该把他们的痛苦归咎于何人的时候,他们就把它归到命运头上,把命运比作人,给它添上眼睛和思想,于是可以说命运在故意折磨他们。这就好比一个输了钱的赌徒,火冒三丈却不知该向谁发泄。他想象是命运故意跟他作对,故意折磨他;泄恨的对象找到之后,他就发作起来,冲着这个臆想的敌人倾泻怒火。但是一个聪明人则把遭遇的种种灾难看成是必然要承受的打击,他不会这样盲动;他痛苦时会叫喊,但不冲动,也不愤怒;面临打击,他仅仅感到皮肉之痛,他所受的打击尽管伤害他的肉体,但是丝毫伤不到他的心。

做到这一点已经很不错了,但是如果就此停滞不前,那显然是不够的。祸害被除掉了,但是根子还留着。因为这个根子不在与我们无关的别人身上,而是在我们自己身上;我们要在自己身上下工夫,才能把它连根拔掉。这是我开始反省的时候就深深地感到的。我曾经想方设法解释我遭遇的一切,我的理智告诉我这些解释都是荒唐的,我因此明白了:我既然无从了解、也无法解释这一切的原因、手段、方式,那么它们对我也就没有任何意义;我应当把我命运的所有细节看成是纯粹命中注定的举动,根本不必去揣摩什么方向、意图、道德动机之类的东西;我只要服从就行了,因为思考和反抗都无济于事;我在这世上唯一该做的事就是把自己看成是一个完全被动的人,决不该把仅剩的那点用来承受命运的气力去徒劳地反抗命运。这就是我常对自己说的话,我的理智和心灵都赞同这种说法,但是我总感到我的心还在嘀咕。这种嘀咕是从哪儿来的呢?我寻找起来,很快找到了源头,那是我的自负心对人们发泄愤懑之后,还忍不住在跟理性较劲呢。

这个发现并不像人们想象的那样容易做到,因为一个无辜受害者老是把小人物的傲气看成对正义的纯洁的热爱。但是真正的源泉一旦探明,便很容易枯竭,至少很容易改变流向。对于骄傲的心灵来说,自尊是它最大的动力;而自负心富于幻想,乔装打扮一下,看上去就跟自尊一模一样;但是这种骗局最终露出,自负心无处藏身时,我们也就不用怕它了,我们虽然很难遏制住自负,至少可以比较轻松地驾驭它。

我从来不太自负,但是自从我跻身世俗,特别是成为一个作家以后,一度滋长了这种造作的情绪;跟别人相比也许不算太厉害,但是我自负得也已经够可以了。由此而来的惨痛教训很快把它局限在原先范围之内;它起初曾经反抗过不公正,到最后只剩下对不公正的蔑视。经过一番自省,我的自负心斩断了使之变得苛刻起来的与外界的联系纽带,放弃跟别人攀比,摆脱偏好,以善待自身为满足;它重新化为一份自爱之心,恢复到自然的本性,把我从舆论的桎梏中解脱出来。

从此以后,我就重新找回了心灵的安宁,甚至可说是一种无比的幸福。因为无论在何种环境里,有了这份自负才使我们经常痛苦不已。而当自负心闭上嘴,理性代替它发言时,理性就会宽慰我们,告诉我们这些苦难光靠我们是难以避免的。只要苦难不直接落到我们头上,理性还能把它化解;因为只要我们不去想它,我们就一定能避开最严厉的伤害。对于不把苦难放在心上的人来说,苦难算不了什么。对于一个承受苦难时只看到伤害本身而不深究罪恶意图的人,对一个不靠他人恩赐获得地位的自尊的人来说,冒犯、报复、亏待、凌辱或者不公正都算不了什么。不管人们怎样看待我,他们都改变不了我;不管他们有多大的能量,不管他们玩弄什么险恶的诡计,不管他们做什么,我都不予理睬,依然如故。是的,他们对我的态度确实影响到我现实的处境。他们在我与他们之间设下的那道障碍确实夺走了我晚年维持生计所需的一切物质来源。连金钱对我也毫无用处了,因为钱提供不了我必需的服务;他们跟我没有什么交往,没有互相的帮助,没有任何联系。我孤独一人处在他们中间,我唯一的生活来源就是我自己,而就我这把年纪和这样的处境而言,这点来源实在太菲薄了。这些灾难是巨大的,可是自从我学会默默忍受以后,它们对我就失去了全部威力。真正感到有需求的情况总是很少的。是前瞻和想象把需求扩大了,也正是这种连绵不绝的感觉使得我们忧心忡忡,倍感不幸。对我来说,尽管我知道明天还会受折磨,只要今天不痛苦,那就没什么,我就会平静下来。我很少为预见到的痛苦担心,我只为此时此刻亲历的痛苦而难受,于是乎,我的痛苦就化解到微不足道的地步了。我孤独一人卧病在床,可能会因贫困潦倒、饥寒交迫而死,谁也不会为我难过。但是只要我自己也不难过,只要我也像别人一样,不管自己命途如何潦倒,都没有丝毫的不安,这一切又有什么关系呢?尤其在我这样的年龄,学会用漠然的态度去看待生与死、疾病与健康、财富与贫穷、荣誉与诽谤,难道是件无关紧要的小事吗?别的老人都无所不虑;我却一无所虑;不管发生什么事,我都无所谓。这份冷漠不是出于我的明智,而是我敌人的杰作。让我们学会利用这些好处来补偿他们对我的伤害吧。是他们使我面对逆境泰然处之,此举带给我的好处反而比他们倘若开恩不伤害我要大。如果我没有经历过逆境,我会总是惧怕它,现在我战胜了它,就不再怕了。

正是有了这样的心态,尽管我的一生屡遭挫折,我却能保持达观乐天的性格,就像过着极尽荣华富贵的日子一般。除了在某些短暂的时刻,触景生情会勾起我心中最痛苦的忧虑,在剩下的时间里,我的心受到天性的支配,陶醉在吸引我的情感中,受到感情的滋养,因为我的心就是为此而生的,我跟引发并具备这些感情的想象中的人们一起享受它们,就好像这些人真的存在一样。这些人物是我创造出来的,他们为我而存在,所以我不担心他们会出卖我或者抛弃我。我的不幸存在多久,他们就会存在多久,他们足以使我忘记自己的不幸。

所有的一切又把我带回到幸福甜蜜的生活,我是为这种生活而来到人世的。我四分之三的生活是这样度过的:喜滋滋地全身心投入到有教益,甚至是令人愉快的东西里去;与合着自己心愿创造的种种突发奇想的生灵在一起,同他们的交往丰富了我的感情;或者只和我自己在一起,对自己感到心满意足,已经享受到我觉得应该得到的幸福。而所有这一切都出自我的爱己之心,与自负心毫不沾边。而我有时回到人群中间,而在这些可悲的时刻,情况就截然不同了,他们那奸诈的抚慰、夸张可笑的恭维或者居心叵测的谄媚,使我成为他们手中的玩偶。这时候不管我如何应对,自负心总在作怪。透过他们拙劣的伪装,我看到他们心里充满仇恨和憎恨,我心痛欲裂;而想到自己竟然傻乎乎地受骗上当,悲痛之上更是平添了一份幼稚的气恼,这些全是愚蠢的自负心的产物啊,我知道它有多愚蠢,但是我控制不了它。为了练就承受这种侮辱嘲讽的目光的本领,我做过异乎寻常的努力。我曾经无数次走过公众散步场所,来到人群稠密的地方,唯一的目的就是锻炼自己承受这种残酷的嘲弄的能力;可是我不仅没有达到目的,甚至毫无进展,所有这些艰苦的努力都白费了,我还和从前一样容易发慌、伤心、愤怒。

我是一个无论如何摆脱不了自己感官制约的人，从来不懂如何抵抗感官印象的作用；只要某样东西作用于我的感官，我的心灵就会跟着受触动；但是触动是短暂的，只要引起这份触动的感觉不存在了，它就随之消失。看到一个满怀仇恨的人，我就会深感不安；可是此人一旦消失，这种感觉也就马上停止；从不再看见他的那一瞬间起，我就不再去想他了。我知道他不会放过我，但这没用，反正我不会再去为他分心了。只要不是我眼下感受的痛苦，它就不会对我有任何影响；而不在我跟前的迫害者，对我来说，也就等于没那回事儿。我知道自己这种态度给那些支配我命运的人带来的好处。那就随他们摆布我的命运吧。我宁可毫无反抗地任他们折磨我，也不愿为了防备他们的打击而不得不想着他们。

我一生中唯一的痛苦来自感官对我心灵的这种影响。在见不到人的那些日子里，我不考虑我的命运，没有什么命运的感觉，我不再痛苦，我幸福、满足，没有杂念，没有任何障碍。然而我很少能避开某些感觉得到的伤害，在我最意想不到的时候，哪怕瞥见一个手势、一道阴森的目光，或者听见一句恶毒的话，碰到一个心怀敌意的人，足以使我惊慌失措。遇到这种情况，我所能做的就是尽快忘记这一切，尽快脱身。令我心烦的东西一消失，我心中立刻释然；我一旦孤身独处，马上就能找回内心的平静。如果说我还有所担心的话，那就是害怕路上碰见别的什么使我痛苦的东西。这是我唯一的苦恼；但它足以搅乱我的幸福。我住在巴黎城里。我出了家门，就向往乡村和那儿的寂静，但是要走那么远的路，在我能够纵情呼吸之前，一路上已经遭遇那么多使我揪心的东西，没等我找到我寻求的避难所，大半天已经在恐惧中过去了。要是人们让我走完这段路，就算是万幸了。摆脱恶人纠缠的那一时刻真美妙，一旦来到林木苍翠之间，我就觉得自己走进了人间的天堂，我品尝着油然而生的强烈欢欣，就像是芸芸众生中最幸福的一个人。

我还记得很清楚,在我短暂的春风得意的日子里,同样的孤独漫步,今天看来是如此甘美,当时却显得那么枯燥乏味、那么无聊。那时我在乡间做客小住,有时也一个人出去到户外活动,呼吸点儿新鲜空气,我像小偷那样悄悄溜出去,到公园或田野里散步;但是我根本不能像今天这样饱尝幸福的安宁,而是随身带着沙龙里那些萦绕我脑际的无聊念头;我想着被我撇在那儿的宾朋,这种思绪跟随着我。尽管是独自一人,自负的迷雾和尘世的喧嚣却使清新的灌木在我眼中黯然失色,它们扰乱了遁世隐居的宁静。我逃进树林深处也是枉然,一大群讨厌的人到处跟着我,把我面前的大自然整个儿遮住。只是在摆脱了社交界的狂热和他们可悲的纠缠之后,我才重新体会到大自然的全部魅力。

　　当我确信这无意识的最初冲动是无法遏制的时候,我就放弃了一切努力。每次受到伤害时,我任凭自己的热血沸腾,任凭愤怒左右我的感官,反正我无力制止或推迟这阵最初的爆发,我就任其自然发作。我要做的只是在它产生任何后果之前,竭力阻止它发展下去。双眼放光、满脸通红、四肢颤抖、令人窒息的心跳,这一切都是生理反应,理智是无能为力的;但是最初的爆发自然地宣泄之后,人们才能逐步恢复知觉,重新主宰自己;长期以来,我这样努力过,可是一直做不到,幸而到后来有了些成效。我不再费劲做徒然的反抗,我便让理性去行动,等待取得胜利的那一刻,因为只有在我听得进去时,理性才会对我开口。唉!我这是在说什么呢?我的理性?我把胜利归功于它,也许是大错特错了,因为胜利几乎没有它的份。一切都来自那变化无常的性格,狂风刮来便跌宕起伏,风一旦收住就归于平静。我天性中热烈的一面使我躁动,而懒散的一面令我平息。我听凭自己冲动,任何冲击都会激起我强烈而短促的反应;冲击一旦消失,反应立刻停止,决不会有什么波澜在我心中持续下去。命运的一切安排、人类的一切诡计对于这样的人都是奈何不了的。要想使我永远陷于痛苦之中，那就得每时每刻给我新的痛感，因为一旦中断，不管中断的时间多么短暂，都足以让我回复自我。只要人们能作用于我的感官，他们怎么摆布我都行；可一旦出现松懈，我马上就恢复为本来的我；这种状态——不论别人如何折腾——是我最恒定的一种状态，在这种状态里，我无视命运刻薄而品尝到幸福。我就是为这种幸福而生的。我曾在一篇遐想里已经提到过这种状态。这种状态对我是如此适合，我再也别无所求，只求它继续下去，只怕它遭到侵扰。人们过去加于我的痛苦，现在无论如何都伤害不了我；唯一还能让我感到不安的，就是怕他们还可能让我受痛苦；但是我确信他们已经耍不出什么新着数让我永远沉浸在痛苦之中，因此我对他们的种种阴谋付之一笑，我照样自得其乐，根本不把他们放在眼里。

漫步之九

　　幸福是一种尘世里的人似乎享受不到的永久状态。世间万物都处在不停的运动中，没有一样东西能以固定不变的形式存在。我们周围的一切都在变化。连我们自己也在变化，谁也不能担保自己明天还爱着今天所爱的东西。因此，我们争取尘世幸福的所有打算都是空想。还是让我们在快乐来临时就尽情享受它；让我们小心，别因为我们的差错而远离这份快乐，但是也别做什么计划把它留住，因为这样的计划只是纯粹的痴心妄想而已。我很少见过幸福的人，甚至一个都没有看见过；但我经常看到心满意足的人，在所有曾经打动我的事情里，这是最使我满意的一件了。我想这是感觉作用于我内心情感的必然结果。幸福不挂什么招牌；要想认识它，就得到一个幸福的人的内心世界去寻找；但满足感可以从一个人的眼神、举止、口吻、步态里读出来，它仿佛还能传递给目睹这种快乐的人。难道还有比看到整个民族沐浴在穿越人生重重迷雾的短暂而强烈的快乐之光里，心花怒放地欢度节日更加酣畅淋漓的享受吗？

　　三天前，P先生①把达朗贝先生写给乔弗朗夫人的颂词②拿来给

---

　　①　大概是日内瓦人皮埃尔·普雷伏，当时约二十六岁，经常去看望卢梭。

　　②　乔弗朗夫人（1699—1777），18世纪著名的贵夫人，她主持的沙龙在欧洲闻名遐迩，众多的艺术家、作家、思想家——包括达朗贝、爱尔维修等——经常来此聚会。她还资助狄德罗支持的《百科全书》计划。

我看,他的那份热心使我觉得有些异常。没读文章之前,只听他哈哈大笑了一阵子,说什么颂词通篇都是滑稽可笑的新词和文字游戏。他一边读一边笑个不停,我一本正经地听着,他发现我没有学他的样,这才不再笑了。这篇文章里篇幅最长、也最下工夫的一段是描写乔弗朗夫人如何喜欢和孩子在一起,如何喜欢逗他们说话。作者从这种态度得出人性善良的论证。但是他并不就此罢手,他实在是要指责所有不以此为乐的人生性邪恶,他甚至声称,如果就这一点去审问被判处绞刑或车裂的人,那些人都会承认自己没有爱过孩子。这种论断放在颂词里就产生了一种奇怪的效果。就算这种说法言之有理,可是在这种场合讲这些话合适吗? 用酷刑的场面和歹徒的形象去玷污对一位可敬的夫人的赞美,这应该吗? 我一眼看出这种卑劣伎俩所包含的动机。P 先生念完颂词后,我告诉他哪些地方我认为写得不错,然后我补充道,写这篇文章的时候,作者心里一定是仇恨多于友情。

第二天虽然寒冷,但天气晴朗,我外出散步,一直走到了军事学院附近,想看看那里长得正茂盛的苔藓。我一路上都在想着昨天的来访和达朗贝先生的那篇文章,我断定这段节外生枝的文字插在那儿绝非无缘无故,他们平常什么都瞒着我,现在却装模作样地把这本小册子送给我看,凭此就足以看清其用心何在。我曾经把我的几个孩子都送进了育婴堂,这就足以把我歪曲成不近人情的父亲,然后再把这种看法加以渲染,渐渐就得出一个显而易见的结论,那就是我仇恨孩子;我一步步追踪这样的逐层推理,不禁赞叹起人类颠倒黑白的高明手段,因为我根本不相信还有人比我更爱看娃娃们在一起嬉笑玩耍了;我走在街上,或者在散步途中,经常会停下脚步,怀着别人不能分享的莫大的兴趣看着孩子们游戏打闹。也就在那天,P 先生来访前一小时,我的房东苏斯瓦家两个最小的孩子就到我这儿来过,大的大概只有七岁。他们发自内心地过来和我拥抱,我也非常温柔地抚摸着他们,虽然年龄相差如此悬殊,他们看来确实很高兴和我呆在一起;看到自己这张老脸并没有引起他们讨厌,我也由衷地感到欣慰。小的那个孩子甚至显得很开心,一再和我亲近,这使得比他们更孩子气的我更加偏爱他,看到他回家去,我更加依依不舍,就像是我亲生孩子一样。

我知道,人们指责我把孩子送进育婴堂,一番添油加醋之后,居然把我歪曲成不通人性的父亲,谴责我仇视孩子。然而我之所以下决心这么做,主要是怕不走这一步,他们的命运会不可避免地坏上千百倍。如果我不在乎孩子的前途,在没有办法亲自抚养他们的情况下,我本来可以把孩子交给他们的母亲,任她把孩子宠坏,或者把孩子交给他们的舅家人,那他们一定会把孩子变成魔鬼。我现在想起来还不寒而栗。穆罕默德对赛伊德①的所作所为,与日后人们可能对我孩子做出的事相比,根本算不了什么。他们后来为我设下的种种陷阱充分证明,他们在这件事上早就预谋好了。说实话,我当时远未料到会有那些恶毒的阴谋,但是我觉得育婴堂的教育对孩子们来说危险性最小,于是就把他们送进去了。如果今天还要这么做,我还会这样处理的,而且疑虑会更少些;我很清楚,只要我养成习惯来发展我的天性,那么哪个当父亲的都不及我那样体贴孩子。

如果说我对人心有了进一步的了解,那是因为我乐于观察孩子。可也就这同一份乐趣,在我年轻时却阻碍我对人心的了解,因为我那时候和孩子们玩得那么开心,那么舒畅,想不到去研究他们。后来上了年纪,看到自己衰老的脸会吓着孩子,我就尽量不去打扰他们;我宁可自己舍弃一点乐趣,也不愿去破坏他们的欢乐;我满足于在一边看着他们做游戏和小小的恶作剧,这些观察使我取得了有关天性的

---

① 伏尔泰的悲剧《穆罕默德》中的人物。赛伊德是穆罕默德的养子,穆罕默德爱上赛伊德的妻子,迫使他离婚。

最初、最真实冲动的知识，而我们的学者对此却一无所知，由此，我的牺牲从中得到了补偿。我在作品中写的一切，已经证明我是那么细致入微地进行研究，如果没有兴趣是不会乐此不疲的。要是说《新爱洛伊丝》和《爱弥儿》出于一个不爱孩子的人之手，那不免是天下最荒唐的事情了。

我从来都是个缺乏机智、又不善辞令的人；自从遭遇不幸之后，我的舌头越来越笨，脑子越来越迟钝了；我找不到思路和确切的词语，而与孩子们交谈，最需要斟酌选择自己的措辞。而更使我为难的，是听众们专注的神情，是他们对我所说的话的各种不同理解，是他们给予的重视：因为我专门为儿童写了几部书，所以我的每句话就被奉若神谕了。这种极度的困惑，加上自我感觉到的无能，使得我局促不安、不知所措；我真觉得在随便哪位亚洲帝王面前，我也会比在一个得不停地拿话逗他的娃娃面前自在得多。

还有另外一个不便之处使我同孩子们更加疏远：自从不幸降临以来，我见到他们时，虽然还是那么高兴，但是跟他们的关系没那么亲近了。孩子们不喜欢衰老，老态龙钟的样子在他们眼里是很丑的，看到他们流露出来的反感，我很伤心；我宁可不去爱抚他们，也不愿让他们产生拘束或厌恶。这种只有真正富有爱心的人才会产生的动机，对于我们那些男男女女博学之士来说，是根本不存在的。乔弗朗夫人很少在意孩子们在她身边是否感到乐趣，反正只要她自己跟孩子们在一起时感到开心就行了。在我看来，这样的乐趣毫无意义；快乐不能为双方共享，就无快乐可言；以我这样的处境和年龄，已经看不到孩子们和我一起心花怒放了。如果我还能遇到这种情况，那么，这种已经变得很少的乐趣必将会更为强烈：那天早上我抚摸苏斯瓦家的孩子时，就感到了这种欢乐，这不仅是因为领着那两个孩子来的保姆没有强迫我，我没有感到非得在她面前说些什么，而且因为从见到我那时候起，快乐的神情始终没有离开那两个孩子，他们跟我在一起,看不出有丝毫的不悦或者厌烦。

　　噢!要是还有这样短暂的时刻,让我享受发自内心的纯洁的抚爱——哪怕是个还在襁褓中的婴儿给我的抚爱——要是我还能在别人眼中看到因为和我相处而产生的愉快和满意,那么,这些短暂而甜蜜的感情宣泄将抵消我多少的苦难和不幸!啊!那时候我就用不着到动物中寻找人类拒绝向我投来的善意的目光了。这样的目光我很少碰到,不过它们在我的记忆中总是十分珍贵的。下面就是一个例子,要是在另外一种处境下,早就会被我忘了,但是它给我留下了强烈的印象,因为它实实在在地描绘出我的悲惨处境。两年前,我在新法兰西咖啡馆①附近散步以后,继续往前走去,然后我往左拐,想绕蒙马特尔高地走一圈,于是从格利尼盎古村穿过去。我漫不经心地走着,沉浸在遐想之中,也没有留意身边的情况,忽然之间,我觉得我的膝盖被人抱住了。我低头一看,原来是个五六岁的小男孩,他使劲抱住我的膝盖,十分亲昵、十分温柔地看着我,我的五脏六腑都激动起来。我心想,要是我的孩子,他们也会这样待我的。我把孩子抱起来,忘情地吻了他几下,然后继续赶路。我边走边想,心里头总觉得少了点什么东西。渐渐产生一种需要,要使我转身往回走。我责备自己不该这样扔下孩子就走;我觉得他的举动虽然没有什么明显的理由,不过却能看出一种不可小看的灵感。最后我还是禁不住这个念头的诱惑,我转身向孩子那边跑去,又亲了亲他,给他一点钱,向恰好打我们身边走过的小贩买了几块南泰糕饼,然后我开始逗他说话。我问他爸爸在哪儿,他指了指正在箍桶的那个人。我正打算离开孩子跟他父亲说话,忽然发现一个脸色灰暗的男人已经抢在我的前面,看来他是不断被派来盯我梢的密探之一。那男人贴着箍桶匠耳朵嘀咕的时候,我发现箍桶匠死死地盯着我,目光里没有丝毫的友善。我

---

　　①　现地处巴黎第九区。

的心顿时抽紧了,赶紧离开父子俩,步子走得比刚才回来时还要急迫,慌乱之中,原先的美好心情一下子被搅乱了。

打那以后,这种心情倒也常常萌生,我多次从格利尼盎古村经过,希望再看到这个孩子,但是始终没见到那父子俩,那次相逢只给我留下一份相当强烈的甘美和苦涩交织的回忆,就像所有偶尔还能拨动我心弦的感情一样,到最后总是出现痛苦的反应,把我的心扉关闭。

凡事皆有失有得。如果说我的乐趣稀少而且短暂,我却能在它们来临之际更加尽情享用,比有机会经常享受时还要欢畅;我经常回忆这种乐趣,反复咀嚼;无论它们是多么罕见,只要是纯洁无瑕的,我也许就会觉得比自己辉煌时刻还要幸福。在极度潦倒的时候,一点点东西就足以让人觉得富有。乞丐捡到一个埃居会无比兴奋,有钱人捡着一袋金子也不至于如此。如果人们看到,我躲过那些迫害我的人的监视,偷偷得到这种哪怕是最微不足道的乐趣都会使我激动不已,不禁会觉得可笑。其中最甘美的,是四五年前的一件事,每次回想起来,都为当时能饱尝这样的乐趣而欣喜异常。

那是一个星期天,我和妻子到马约门①去吃饭。饭后,我们穿过布洛涅树林一直走到拉米埃特花园,在那儿草坪树阴处坐了下来,准备等太阳下山后,再取道帕西②慢慢回家。这时候,一个修女模样的人领来了二十来个小姑娘,一些姑娘坐下了,另一些姑娘就在我们身边嬉戏玩耍。就在她们玩耍的时候,一个卖蛋卷的小贩打那儿走过,手里拿着小鼓和转盘招揽顾客。我看小姑娘们都挺眼馋地望着那些蛋卷,其中两三个手头看来有几文钱,请求修女准许她们碰碰运气。

---

① 巴黎的西城门,从这儿可以进入布洛涅树林。

② 帕西当时是个小村子,紧邻巴黎,星期天很多巴黎人来这儿散步,能遇到许多流动商贩。

修女还在犹豫,不肯松口,我对卖蛋卷的说:让小姐每人都玩一次,我来付钱。听到这句话,那群姑娘都喜笑颜开,单凭这一点,哪怕为此掏空钱囊,我也觉得值了。

我看她们一拥而上,秩序有点乱,便征得修女同意,让她们在一边排好队,然后一个接一个去玩转盘,转完了再排到另一边去。转盘没有空门,即便没有中彩至少能得到一根蛋卷,因此她们中间的每个人都多少有些高兴,但是为了使游戏的气氛更热闹些,我悄悄地告诉小贩,要他把平时惯用的窍门反过来用,尽量让姑娘们多中彩,付账时我不会亏待他。因为事先做了准备,最后总共中了上百根蛋卷,尽管姑娘每人只转了一次;我在这一点上很较真,因为我一向反对过分纵容和会导致不满的偏心。我妻子暗示那些手气好的分一点给同伴,这么一来,每人差不多都分匀了,高兴的人也就更多了。

我恳请修女也玩一次,当时真担心她会傲慢地拒绝我的好意,没想到她十分乐意地接受了,和寄宿生一样转了一下,大大方方地拿了她应得的那一份。我对她怀有无限的感激,因为我看到一种我很喜欢的礼貌,远比装腔作势好得多。在这个过程中,孩子们之间发生了一些争吵,姑娘们一一告到我跟前替自己辩护,这使我有机会打量她们,发现她们中间没有一个算得上漂亮,可有几个还挺可爱,足以弥补她们相貌的不足。

最后我们高高兴兴地分手了;这个下午成了我一生中回忆起来最满意的一个下午。而且这场欢聚开销并不大,最多花了三十个苏,可我换来了一百埃居也买不到的欢乐;的确,真正的欢乐不能用金钱来衡量;欢乐宁愿与铜板亲近而不与金币交朋友。后来又有几次,我在同一时刻到同一地点去,想看到那群姑娘,但始终未能如愿。

这又让我想起另外一次性质差不多的乐事,但在记忆中已经是很遥远的事了。那是一个不幸的年代,我在富豪文人圈子里厮混,有时违心地分享他们那种可怜的乐趣。有一次在舍佛莱特①,正赶上宅子主人过生日;他们全家团聚,庆贺这个节日,为此,大讲排场,所有取乐的方法都用上了,好不热闹。表演啦、筵席啦、烟火啦,一应俱全。大伙忙得连喘气的工夫都没有,给搞得晕头转向,哪儿谈得上取乐。吃过饭以后,大家跑到林阴道上去透透气,那儿正在举行类似集市的聚会。我们也混进去跳舞,老爷们放下架子请农家姑娘跳舞,不过夫人们不愿意降格以求。集市上有人在卖香料蜜糖面包。一个和我们同去的小伙子竟然突发奇想,买了不少面包,然后一个接一个往人群中扔,只见那些可怜的庄稼汉一哄而上,你推我搡,抢作一团,大家都乐极了,也竞相效仿,想尝尝这种乐趣。霎时间,面包满天飞,姑娘和小伙子们追着,跑着,摔作一堆,胳膊大腿差点都给弄折了。大家似乎都玩得津津有味。碍于面子,我只好随大流,心里却不像他们那么痛快。不一会儿,我就厌烦了这种掏空腰包叫别人互相倾轧的乐趣,于是就扔下同行的那些人,独自去逛集市了。集市上货物琳琅满目,我好奇地看了好长时间。我看见五六个萨瓦②小伙子围着小姑娘,她的货摊上还有十来个干瘪的苹果,看样子很想早点脱手。她身边的萨瓦小伙子也有意成全她,可是他们身上的钱凑起来才不过两三枚铜板,买不了几个苹果。对他们来说,这个货摊就是赫斯珀里得斯③的果园,而那小姑娘就是看守这园子的龙。我饶有兴趣看了好大一阵子,最后才出面结束这出喜剧:我买下小姑娘的苹果,叫她将苹果分给那几个小伙子。这时我看到年轻纯真的快乐在我身边洋溢开来,这是使人欣喜的最动人的场面,因为就连看到这个情景的人都在

---

① 1756 年卢梭住进埃皮奈夫人为他提供的退隐庐,舍佛莱特是埃皮奈夫人的产业,离退隐庐不远,卢梭常常应邀做客。

② 萨瓦地区在法国东部,与瑞士、德国交界处。

③ 赫斯珀里得斯是希腊神话中夜神的三个女儿,她们守卫着生长金苹果树的诸神果园。

分享这份快乐,而我呢,用这么点钱就分享这一欢乐,而且还为自己促成这份快乐而感到欣慰呢。

把这种快乐跟刚才抛弃的那番快乐比较之后,我满意地感到,自然健康的快乐与因富足摆阔而产生的快乐是大相径庭的,后者不过是奚落别人的快感和鄙视他人而产生的优越感。其实,看到一大群贫贱的人,为了抢到几块被踩在脚下、沾满泥巴的面包而拼命推搡、拥挤、粗鲁地践踏,我们能得到什么样快乐呢?

至于我,仔细考虑在这类场合自己体会到的快乐属于哪一类时,我发现并非是行善之后的快乐,更多地是看到快乐的笑脸而高兴。对于我来说,这种情况自有一番魅力,似乎纯粹是感觉的产物,尽管它能打动我的心。如果我不能亲眼目睹我引起的这份满意,即使我对此确信无疑,我的享受也会打一半的折扣。这甚至可以说是一种忘我的、与我本身参与多少并无关系的乐趣,因为在老百姓的节日里,看到一张张欢乐的脸庞的喜悦向来强烈地吸引着我。然而这样的期待在法国却时常落空。这个自称快乐无比的法兰西民族很少在游戏活动中表现出这种欢快。从前我常去城外的小酒店看平民百姓跳舞,可是他们的舞蹈那么乏味,舞姿又是那样寒碜、笨拙,看完之后,不仅没有什么乐趣,反而感到难受。而在日内瓦,在瑞士,笑声不会不停地转化为恶意的捉弄,一切都洋溢着节日的幸福和欢快。贫困卸下了可憎的外表,奢华少了那份傲慢;幸福、友爱、和谐的气氛使每个人都敞开心扉,在这种纯洁无邪的欢快气氛的感召下,素昧平生的人相互攀谈,相互相抱,邀请对方共享节日的欢乐。我若想享受这可爱的节日,用不着参与节日活动,只要站在边上观看就行了:我看着他们,就能分享他们的快乐;而在这么多笑脸中,我敢肯定没有哪一颗心比我的还要快乐。

这虽然只是一种感觉上的快乐,但其中一定含有道德因素。因为倘若同样的表情出现在坏人脸上时,我知道那只不过表明他们的恶意得到了满足,于是,这样的快活表情不仅不能使我欢欣愉悦,反而会令我痛苦和悲愤。只有纯洁无邪的快乐才能抚慰我的心。那种残酷的、讥讽的快乐表情看得我心里难受、悲痛,哪怕这种快乐跟我毫无关系。当然,由于两者来源大相径庭,这些表情肯定不尽相同;然而它们毕竟都表示着快乐,它们给人感觉上的差异绝对不像它们所引发的心绪波动那么大。

我对痛苦和悲伤的表情更加敏感,以至于看到这样的表情时,内心总是异常激动,也许比这些表情本身所体现的感情还要强烈。再加上想象力推波助澜,我会把自己等同于那个不幸的人,和他一起受苦,心里的忧愁常常会比当事人本人还要多。我无法忍受看到一张不高兴的脸,尤其当我有理由认为这份不满与我有关的时候。从前我曾经稀里糊涂地被人领进大户人家,那儿的主人们慷慨地款待我,而那些仆人总让我付出了高昂的代价,他们极不情愿地侍候我,我真不知为他们那副阴沉难看的脸色付出过多少埃居呢。我总是太容易受到那些与感觉有关的事情的影响,特别是那些欢乐或痛苦、亲切或憎恶的表情,我总是被这些外在的感觉所左右,除了一走了之,不然就摆脱不了。陌生人的一种表情、一个手势、一个眼神都足以搅乱我的欢乐或减轻我的痛苦;我只有孤身一人时才完全属于我自己,出了这个范围,我就成了周围所有人的玩偶。

以前,我也在世上快活地生活过,当时我在众人眼中看到的都是善意,最多不过是因为不认识我而流露出的一种淡漠。可是如今,人们想方设法让公众认识我这张脸,却不让他们知道我的本性;我走上街头,立刻就看到令人心碎的事物把我围住;我只好大步朝田野走去;只要看见一片翠绿的景色,我便能缓过气来。所以说,我喜欢孤寂的生活,那又何足为奇呢? 在人们脸上,我看到的只有敌意,而大自然却永远冲着我微笑。

然而我得承认,如果人们认不出我这张脸,生活在他们之中还是颇有乐趣的。只是如今人们很少把这种乐趣留给我。几年以前，我还喜欢走村串乡，清早看农民修理连枷，看农妇带着孩子站在门口。目睹这种场景，心里常有一种莫名的感动。有时候我不知不觉地停下脚步，看着这些善良的人一举一动，不由得叹息起来，其中原委我自己也闹不明白。我不知道人们是否发现我注意到这些小小的乐趣，也不知道他们是否还会把这种乐趣从我那儿夺走；但是从我路过时人们脸部表情的变化来看，从他们见到我时流露出来的神情，我不得不承认，别人已经处心积虑不让我隐姓埋名了。我在荣军院附近有过同样的遭遇，不过更加令人伤心。我对这个美好的机构素有好感。我总是满怀深情和敬意看着荣军院一群群善良的老人，他们可以像斯巴达的老人们那样说：

我们也曾经
年轻、勇敢、大胆。

我喜欢到军官学校附近散步，那是我最爱去散步的地方之一，在那里不时碰到一些残废军人，他们身上还保持着旧军人的善意，经过我身边时都跟我打招呼。这个招呼使我非常快乐，使我更加乐于见到他们，我心里也百倍地回报他们。我这个人从来不掩饰我内心的感动，所以常常提到残废军人，讲起看到他们时自己是如何地感动。这就够错的了。过了一段时间，我发觉，我对于他们不再是个陌生人了，或者更确切地说，我在他们眼里变得更陌生了，因为他们也拿公众的那种眼光来看我。善意消失了，不再打招呼了。令人厌恶的表情和凶狠的目光代替了起初的彬彬有礼。他们行武生涯养成的坦率，使得他们不像别人那样用冷笑和虚伪来掩盖他们的敌意，所以，他们公开切齿痛恨我；我不得不凭自己的判断，去辨别其中哪些人最不掩饰他们的愤怒，那真是惨到了极点。

从此,我到荣军院附近散步的兴致就不那么浓了;然而,我对他们的感情并不取决于他们对我的态度,所以看到这些保卫过祖国的老战士时,我总是心怀善意、肃然起敬。不过,看到我对他们的公正之心却得到如此的回报,心里总不是滋味。如果偶尔碰到一个残废军人不了解公众对我的看法,或者没有认出我,因此丝毫不嫌弃我,这个绝无仅有的人的善良问候足以抵偿其他人对我可憎的态度,我会忘却别人的存在而一心想着他,我会想象他的心和我的一样,是仇恨所无法渗透的。就在去年,我渡河到天鹅岛①散步时还品尝过这样的乐趣。那天,一个可怜的老残废军人坐在船上,正在等人一起过河。我上了船,让船夫马上开船。正是涨水季节,摆渡的时间很长。平时遭人白眼唾弃怕了,我几乎不敢和这个残废军人搭讪,然而他那善良的神态让我放下心来。我们就聊了起来。我觉得他挺通情达理,而且品行端正。他说话开朗、语气亲切,让我感到惊讶和高兴,因为我已经不习惯别人这样友善了;可是当我听说他刚从外省来到巴黎,我的惊讶立刻没有了。我明白那是因为别人还来不及把我的相貌告诉他,还没有提出告诫。我利用这种匿名身份和这个人交谈了一番;两人相谈甚欢,我从中发现,即使是最普通的乐趣,也足以因其罕见而价值陡增。从船里出来,他摸出可怜的两文钱准备付渡资。我抢先付了,求他把钱收起来,心里暗暗担心会惹他发火。其实我的担心是多余的,他没有生气,反而好像很明白那是我的一片好心;我见他岁数比我大就扶他下船,他更感动了。谁能料到我竟然像孩子似的大哭了一场呢?我很想往他手里塞一枚二十四个苏的银币,好让他去买点烟草,可我始终不敢这么做。同样的胆怯心情常常阻碍我做一些本来可使我充满欢乐的好事;我放弃行善,为自己的无能而扼腕叹息。这一次,跟这位老残废军人分手后,我心想,如果给高尚

---

　　① 位于巴黎的塞纳河中,在如今的埃菲尔铁塔边上,法国广播大厦对面。

的事情掺入金钱的价值,那就贬低了那份高尚、玷污了那份无私,岂不是违背了我自己的原则吗? 这样一想,我也就释然了。对那些需要帮助的人,应该尽快地伸手相助;而在日常生活的交往中,我们还是应该让天性中原有的善良和礼节顺其自然吧,让惟利是图、贪财重利的东西不敢接近这如此纯洁的源泉,那会使它腐败变质的。据说在荷兰,连问钟点或请人指路都要付钱。把人类最起码的道义都当成买卖来做,这样的民族实在太可鄙了。

　　我注意到,只有在欧洲,接待客人留宿也要收钱。而在整个亚洲,人们都是免费留您住宿的;我知道那里并没有十分舒适的享受。可是你能对自己说:"我是人,受到了人的款待,那些不便又算得了什么呢?"是纯洁的人性给我送来了"可口的饭菜"。如果心灵比肉体受到更好的款待,小小的物质匮乏是不难忍受的。

漫步之十

今天是圣枝主节①，我结识华伦夫人②已经整整五十年了。那时她二十八岁，是本世纪的同龄人。我还未满十七岁，性格刚刚显露，但我自己并不知道；她给我那颗天生充满活力的心注入一股新的温情。如果说她对一个性情急躁但温柔朴实、相貌还算英俊的少年怀有好感不值得大惊小怪的话，那么，一个机智优雅、风韵十足的女子，使我在感激不尽之余萌生了当时难以理清的最温存的感情，那就更不足为奇了。然而奇怪的是，这最初相识的时刻竟决定了我的一生，把我随后的命运不可避免地一环接一环地延续下去。而我的身心那时候还没有成熟，尚未养成心灵最宝贵的品质，心灵也没有定型，正在急切地等着给它定型的时刻，而这一时刻，虽然这次相遇起了加速作用，但来得并没有那么快。我受的教育给予我质朴的道德，我只想看着爱情与纯真在我心中并存的这种甜蜜短暂的状态长时间延续下

---

① 1778 年 4 月 12 日。
② 华伦夫人生于 1699 年，1726 年与丈夫分手，住在安纳西。1728 年，十六岁的卢梭逃离日内瓦、带着神甫推荐信投靠华伦夫人时，她已经二十九岁。华伦夫人让卢梭改信天主教，随后两人坠入情网。华伦夫人死于 1762 年。

去。然而她把我打发走了①。所有的一切都让我想起她,我必须回到她的身边。这次归来决定了我的命运,其实早在我拥有她以前,我就只活在她的心中,就只为她而活着。啊!如果我足以使她心满意足,就像她使我别无他求那样,那该有多好!我们在一起度过的时光将会何等平静和甜美!我们有过这样的日子,可是转瞬即逝,太短暂了,随之而来的又是怎样的命运啊!我每天都在欢乐地、动情地回忆我生命中这段绝无仅有的短暂时光,那时候我是完全本色的我,纯粹的我,没有阻碍,那才是我真正享受生活的时光。就像从前失宠于韦斯帕西安②而解甲归田、颐养天年的禁军统领所说的那样:"我在世上活了七十年,但是真正生活才七年。"我差不多也可以说这样的话。倘若没有这个短暂而宝贵的时刻,也许我至今还不太了解我自己,我这样一个软弱、忍让的人,一生的其余时间里,都被别人的激情所摆布、颠簸和纠缠,以至于在如此动荡不安一生中几乎成了被动者,我很难分清楚自己的所作所为中哪些是我自愿去做的,因为那些不得不做的事在一刻不停地逼迫我。可是在这短短的几年里,我沉浸在一位和蔼、温柔的女人的爱情中,做我想做的事,做我想做的人,我利用我的闲暇时光,在她的谆谆教导和示范下,终于使自己这颗依然淳朴幼稚的心灵获得了更为适合、并且永久保持下去的形式。对孤寂和沉思的爱好,伴随滋养我心的外在而温柔的感情,在我的心里滋生了。嘈杂和喧嚣会束缚和扼杀我的感情,而宁静与平和则能使之复苏和激昂起来。我需要凝神静思才能够去爱。我说服妈妈③住到乡

---

① 1728 年,华伦夫人让卢梭去都灵,进入一个天主教的教养院,以便皈依天主教。历时一年左右。

② 韦斯帕西安,罗马皇帝(69—79)。

③ 十七岁的卢梭把比他年长十三岁的华伦夫人称为"妈妈"。

间。幽谷山坡上一所孤零零的房子成了我们的避难所;正是在那里①,在四五年间,我享受了一世的生活,享受了纯净、丰盈的幸福,它的魅力淹没了我现今处境中可怕的一切。我那时需要一位称心如意的情人,我拥有了;我向往乡间生活,我也得到了;我无法忍受约束,我那时是完全自由的,甚至比自由还要好,因为我只听从我自己的爱好,只做我想做的事。我所有的时间都充满着温馨的关怀,或者在乡间劳作中度过。除了希望如此甜蜜的状态一直延续下去,我别无他求。我唯一的苦恼就是担心好景不长,而这种担心并非毫无根据,我们的处境出现了困难。从那时起,我就考虑如何排遣这种担忧,同时寻找预防不测的办法。我觉得储备一些才干是对付逆境的最可靠办法,于是我下决心利用闲暇时间着手准备,并且有朝一日,如果有可能的话,报答我从这位最卓越的女人那里所得到的帮助。

---

① 即尚贝里市的小村庄沙梅苔。其实卢梭只在 1736 年夏季、1738 年到 1740 年住过此地。

卢梭相关作品选段

《孤独漫步者的遐想》是卢梭对自己坎坷人生的回顾和总结，而本书涉及的事件、表达的观点、抒发的感受，在卢梭先前的作品中已经早有披露。现取其中片断汇集如下，以期对更全面地了解卢梭的心路历程，更好地阅读本书有所帮助。

让—雅克·卢梭致伏尔泰先生的信

卢梭读了伏尔泰的哲理诗《里斯本的灾难》、《自然规律》之后，给伏尔泰写了这封信，史称"论天意"。伏尔泰收信以后，当时以身体不适为由，草草地回信敷衍。1759 年这封信在德国发表，就在当年，伏尔泰的哲理小说《天真汉》问世，作为对卢梭的回应。

让—雅克·卢梭致伏尔泰先生的信

1756 年 8 月 18 日

先生，我在寂寞中收到了您最近的诗作；朋友们都知道我喜欢您的作品，可是我仍然不明白谁会把它们寄给我，除非是您自己。拜读大作，既觉得高兴，又受益匪浅，领略了大师的手笔；而且我想理应感谢您，感谢您惠寄大作。我不想对您说我觉得大作处处都精彩，可是那些令我不悦之处却使我更加信任那些令我情不自禁的地方。有时候我费了九牛二虎之力才守住理智，才抵挡住您诗作的魅力；为了使我的仰慕无愧于您的作品，我才强迫自己不全盘赞美它。

我还要走得更远，先生；我将对您直言不讳，不是把我在这两首诗中体会到的美告诉您——本人生性懒惰，就怕做这样的事，也不想提那些比我高明的人也许看得出来的缺陷——而是要说说此时此刻令我气恼的事儿,它搅乱我听您教诲的情绪,我会把这些事儿告诉您,趁着初次拜读大作时的亲切感还在心头缭绕;我忘情地倾听您的心声,还像兄弟般地爱着您,像恩师般地敬重您,您将把我良苦用心看成一颗正直心灵的坦率之举,而在我的言论中如听出真理之友与哲学家交谈的语气,会更使我深感欣慰。此外,您的第二首诗越令我欣喜,我就越能不受拘束地批评您的第一首诗;因为既然您自己不怕自相矛盾,那我和您的观点一致,又有什么要害怕呢? 我觉得您是不太在意那些遭到您如此驳斥的情感的。

所以说,我的责备都是冲着那首谈论里斯本地震灾难的诗而来的,因为您的诗似乎受到人道精神的启迪,我原本期待诗歌产生与这种情感相得益彰的效果。您谴责蒲柏①和莱布尼茨②声称万事皆善,侮辱了我们蒙受的灾难,您夸大其词,把我们的处境描绘得惨不忍睹,反而加剧了悲惨的感受;您没有带来我预期的安慰,而是让我更加难过。人们不由得觉得,您似乎生怕我看不出自己有多么不幸;您似乎以为向我证明一切皆恶,就能够让我心境坦然。

您别搞错了,先生;一切都与您的愿望背道而驰。您认为这种乐天精神太残酷,可是面对同样痛苦,您把它们描绘得无法忍受,它却给我带来安慰。

蒲柏的诗缓解我的痛苦,使我变得有耐心;您的诗撩拨我的痛楚,我忍不住呻吟,它夺走了我的一切,连同摇摇欲坠的期盼,把我逼入绝境。您的论断与我的感受形成奇怪的对立,请打消我心中的惶惑吧,告诉我谁在滥用感情或者理性。"人啊,请你耐心些。"蒲柏和莱布尼茨对我说,"你的痛苦是你本性以及这个宇宙构造之必然结

---

① 蒲柏(1688—1744),英国诗人。
② 莱布尼茨(1646—1716),德国哲学家。

果。仁慈永恒的上帝主宰你命运,护佑你免受苦难。他从各种可能的布局中,挑出害处最少而益处最多的结构,或者说(必要时,用更为直率的语言说同一个意思)假如上帝没有做得更好,那是因为他做不到更好。"

您的诗对我怎么说呢?"不幸的人啊,永远地受苦吧。假如上帝造就了你,那他就是无所不能的,它本可以免除你的一切痛苦;因此,别指望苦难会结束;因为你活着就是为了受苦和死亡,除此之外,还真看不出别的什么目的呢。"真不知道这样的理论给人带来哪些安慰,乐天派甚至宿命论都比它强。至于我本人,坦率地说,我认为它比善恶二元论更为残酷。虽然痛苦的本原使您左右为难,迫使您扭曲上帝的某些美德,可是为什么证明上帝威势要以损害它的仁慈为代价呢?如果必须在两个错误之间抉择的话,我宁可选前者。

先生,您不愿意别人把您的诗看成拂逆天意之作;我也不想给它冠上这种名称,尽管您把我写的一本控诉人类、为人类辩护的书称为反人类之作。我知道应当把作者的意图和作者的主张可能导致的后果区分开来。我被迫正当地自我防卫,我只想提醒您,我描写人类悲惨处境的动机是可以宽恕的,甚至值得称颂,我是这样认为的;因为我告诉人们他们如何造成了自己的种种不幸,因而如何避免它们。

我觉得道德痛苦的源头只能在自由的、完善的、呱呱坠地时已经堕落的人身上寻找;至于肉体的痛苦,尽管物质的敏感与迟钝构成一对矛盾,在我看来,凡是有人类参与的体系中,这种痛苦是不可避免的;此时的问题不在于:为什么人类得不到完全的幸福?而是人类为什么存在?而且我觉得我已经证实过,除了死亡——只是此前的各种准备才使它勉强成为痛苦,我们大多数的肉体痛苦还是我们自己造成的。还是以您的主题里斯本为例吧,您得承认,大自然并没有在那儿聚集两万栋七到八层的楼房,假如这座大城市的居民分布得更加均匀一些,住房分散些,损失就不会如此惨重,甚至毛发无损。大地稍一晃动，人们就可以四下疏散，第二天我们会在二十里开外的地方与他们重逢，大伙高高兴兴，就像什么事都没发生过那样；可是人们不得不留下，固执地守着破屋子，哪怕大地会再次颤动，因为留下的家产远比能带走的值钱。有人想取自己的衣服，有人想拿证件材料，还有的去拿自己的钱，结果多少人在这场灾难中不幸丧生？大家伙不是都认为身躯成为自身最不起眼的部分，当其余部分丧失殆尽时，几乎没必要保全肉体了？

您希望（谁不这么想？）地震发生在沙漠深处，而不是在里斯本。人们可以怀疑沙漠不发生地震吗？可是我们不提那些事儿，因为它们伤不着我们唯一看重的城里绅士们：地震甚至伤害不了散居在偏僻地方的动物和蛮荒人，它们不怕屋顶坍塌，房屋起火。可是这种得天独厚的境遇又说明什么呢？是否意味着世界的秩序应该跟着我们的性子变，大自然必须屈从于我们的法律，为了禁止在某个地方发生地震，我们只要在那儿造一座城市就行了？

经常有些事件在或多或少地打击我们，打击的程度随着观察的角度而变化，有一些乍看令人毛骨悚然的情况，如果仔细考察的话，就会缓和许多。我在《查第格》①里面读到，而且得到大自然日复一日的证实：过早夭折不一定真是一件痛苦的事，有时候会有一定的好处。那么多人倒在里斯本废墟底下，其中肯定有不少人因此避免了更大的不幸；尽管这种描写催人泪下，给诗人提供了素材，但是，假如这些倒霉人按照自然规律，在漫长的焦虑中等待死神的突然降临，那么他们所受的折磨，没有一个会比现在少。在弥留之际被人无谓地施药，公证人、继承人巴不得他早死，躺在病床上任医生宰割，野蛮的神甫巧妙地让他饱尝死亡的滋味，难道有比这更为悲凉的结局吗？对我来说，我到处都看到，大自然强加在我们头上的痛苦远不如我们

---

① 伏尔泰的哲理小说，讽刺人类的自负和社会的不公，写于 1747 年。

自己添加的那么残忍。

但是不管我们如何巧立名目,如何绞尽脑汁来加深我们的苦难,我们至今仍没发展到难以忍受生活,陷入偏爱虚浮而厌恶人生的境地;不然的话,绝大多数人会泄气和失望,人类也就来日无多了。在我们看来,如果生存胜过死亡,那就足以证明我们生存是有理由的,哪怕我们将蒙受痛苦而且得不到任何补偿,哪怕那些痛苦将如您描写的那么沉重。可是在这个问题上,很难找到怀有诚意的人,判断准确的哲学家也不多见;因为这些人在权衡利弊善恶的时候,他们总是忘了除了其他感觉之外,生活还给人带来美好的感受;他们忘了那种藐视死亡的虚荣心会导致别人贬低生活;就像那些裙子上沾上污点的女子那样,她们拿起剪刀,声称宁可把裙子剪个窟窿,也不愿意留着污垢。

您以为,出了埃拉斯姆①之后,下一辈子愿意再过今世这般日子的人会寥寥无几吗?可是只要还有一线成交的希望,要价越高,折扣也许就打得越厉害。此外,先生,我在寻思您究竟跟谁探讨过这个话题?也许跟富人吧,他们尝遍了虚幻的乐趣,却不知道何为真正的欢乐,整天觉得生活无聊,又老是惟恐失去它;您也许和文人们聊过,那是三教九流中最不想动窝、最不健康、最动脑子,因而也最不幸的一拨人。您愿意找些比他们健康,或者至少更为真诚的人谈谈吗?他们的人数更多,单凭这一点,就应该听听他们的见解。问一下城里老百姓的看法吧,他们一辈子过得默默无闻,安安稳稳,没有什么长远打算,也不怀什么雄心壮志;找个老老实实地靠手艺过日子的工匠谈谈吧;找一个农民也行,别找法国农民,因为有人扬言,不把他们整得贫困潦倒,就别指望他们会养活我们,那就比如在您那儿找一个吧,

---

① 埃拉斯姆(1469—1536),荷兰人文主义学者、思想家,为后人留下著名的《愚人颂》。

总之,只要是自由的地方都行。事实上,我敢这么说,在上瓦莱山区,没有一个山民会讨厌他们过的那种堪称单调的生活,他们情愿不上天堂,也乐意做这笔交易,也就是不断地起死回生、永远过呆板单调的日子。这些差别使我相信,是我们恣意糟蹋生活,生活才变得如此沉重;有些人活了一世,到头来满腹牢骚,相比之下,我更尊重那位观点跟卡东①相同的人:"我不为度过人生而后悔,既然我这样生活过了,我就不认为自己在人世间白走了一回。"②诚然,有时候智者也会心甘情愿地撒手人寰,他走得毫无怨言,毫不绝望,那是因为大自然给他发出了明确的指令。但是从事情的正常规律来看,生活的旅途无论如何充满痛苦,就整体而言,生活不是一份糟糕的礼物;如果说死亡不一定总是坏事的话,那么生活成为坏事的机会就罕见了。

我们对这些问题的看法不同,我因此悟出了您那几个证据为何对我没什么说服力的缘故。因为我知道我们的观点比真理更加容易塑造人类的理智,在两个观点相左的人之间,一人觉得阐述得很清楚,而另一个人却常常觉得那只是诡辩而已。比如,当您攻击蒲柏描写的如此完美的生物链时,您认为,假如从世界上夺走一颗原子,世界就生存不下去。没有那回事。您是在援引德·克鲁萨③先生的论点;接着,您又说自然不受任何精确的尺度以及形状的约束;没有一颗行星按照绝对规则的曲线行走;任何已知的生物都没有精确的数学图形;没有什么计算可以得出准确的数量;大自然从来不会严格地行动;因此,我们没有任何理由断定,地球上少了一颗原子,就会造成地球毁灭。坦白地说,先生,在所有这些言论中,更多地是您断言的

---

① 卡东(公元前95—公元前46),罗马政治家,信奉斯多葛派,与恺撒为敌,自杀身亡。

② 原文是拉丁语。

③ 德·克鲁萨(1663—1750),瑞士神学家、哲学家和辩论家。

力量在打动我,而不是您推理的雄辩;此时此刻,我向您让步,更多地相信您的威望,而不是您的证据。

至于德·克鲁萨先生,我没有读过他写的反对蒲柏的文章,说不定我也没有那份心情听他啰嗦;不过在我与您分歧的问题上,我肯定不会给他让步,我不太相信他的证据和声望。我非但不认为大自然不受精确的数量和形式的约束,反而觉得惟有大自然才一丝不苟地恪守这种精确度,因为惟有它才能准确地把目的与手段进行对比,根据反作用力测量作用力。至于那些所谓的异常现象,我们能怀疑它们事出无因吗?难道肉眼看不见它们,就能否认它们的存在吗?这些表面的异常也许来自某些我们尚不知晓的规律,而大自然不折不扣地恪守这些规律,就如同它严守已经被我们认识的规律那样;它们来自某些我们没有觉察的因素,它们在活动中起着阻碍或促进作用,有着确定的数值:如若不然,那就应该实话实说,也就是存在着无源之本、无因之果;那是任何哲学都感到讨厌的。

我们假设两个平衡但分量不同的重量;我们把两者之差加给较轻的重量:如果两个分量保持平衡,那就是无果之因;如果平衡被打破了,那就是无因之果。可是如果这两个重物是铁做的,其中有一块里面藏着磁铁,大自然的精确就会夺去这块重物表面上的精确性,如果一味追求精确,它反而显得不精确了。在大千世界上,没有一种形态、一项运作、一条规律不能沿用诸如我刚才就重力所举的例子。

您说过,已知的生物都具备确切的数学形态,那么请问,先生,例外的数学形态存在吗?一根曲线的形状无论多么奇怪,在大自然看来,规则的不就像我们看圆那样吗?而且我还觉得,如果说某种物体确实具备匀称规则的外表,那只能是宇宙本身,因为我们假设它既丰盈又有界限;因为数学形态是一些抽象体,它们只跟自己有关联;而自然界的物体形态则与其他物体相关,与改变它们形状的运动产生关系:因此,即使我们同意您对于"精确"这个词的理解,但并不能证明大自然的精确性有什么问题。

您把奏效的事件与没有奏效的事件区分开来。我怀疑这种区分是否可靠。我觉得每个事件必定产生某种精神的或者物理的效果，或者两者兼而有之，但是我们不总是能够觉察到，追踪各种事件的前因后果是一件比查清家族血缘关系还要困难的事；既然我们通常不该寻找大于事件本身的效果，起因往往微不足道；使得这种追踪显得很可笑，尽管效果是肯定的，而且一些几乎不易觉察的效果经常合在一起，构成一个较重大的事件。再说，这种效果肯定会发生，尽管它作用于导致它产生的物体之外。于是乎，马车扬起的尘土根本妨碍不了车辆的前行，对世界的进程也毫无影响；但是由于宇宙中没有不相干的事物，宇宙上发生的所有事情必定对宇宙本身产生影响。因此，先生，我觉得您举的例子机智有余，但说服力不足；我觉得可以找出无数条理由，来说明为什么勃艮第继位公主某一天的头发梳理得体与否，对于欧洲具有举足轻重的意义；恺撒在前往元老院的途中，他的目光投向左边或者右边，他朝这边或者那边吐痰，对于罗马来说也不是无关紧要的，就在那一天他在元老院被杀。总之一句话，想到帕斯卡尔①提到的那粒沙子，我有点儿赞同您的婆罗门的见解了。不管用什么方法来观察事物，尽管各种事件的效果不都能感觉到，但是我认为它们都产生实际的效果，这是毋庸置疑的；人的思维容易混乱，而大自然却绝对不会把它们混淆。

您说，天体在没有阻力的空间运行，已经得到证明了。那的确是一件精彩的、值得论证的事；但是我按照无知者的习惯，不太信那些超过我理解限度的论证。在我看来，为了做出以上的论证，人们大概是这样推理的：

根据某种法则，某种力量在无阻力的空间，必定给天体带来某种

---

① 帕斯卡尔(1623—1662)，法国哲学家、学者、作家。

运动;天体运行和计算的结果完全吻合,由此断定空间不存在阻力。可是除了真正的法则之外,谁知道也许还存在一百万条别的法则?那些法则用流体现象来解释这些同样的运动,也许比原先的真空理论还要贴切呢?绝大多数如今已经归结为空气使然的现象,长期以来不都沿用大自然恐惧真空一说来解释吗?其他实验摧毁了大自然恐惧真空的说法,从此之后,一切不都充实了吗?有人重新计算来恢复真空说吗?谁能保证更精确的系统不会再次把它摧毁呢?物理学家对于光线和明亮空间的性质也许会提出无数的难题,咱们就放手吧;可是您真的相信贝尔①会觉得您的观点无懈可击吗?我和您一样赞赏他看问题的睿智和慎重。一般来说,我觉得怀疑论者一旦以教条的口吻说话,就有些忘乎所以,而其实他们比任何人都应该慎用"论证"一词。当一个人标榜自己一无所知,同时又下那么多断言的时候,谨慎才是赢得人们信任的方法!

此外,您对蒲柏的体系做了非常正确的修改,提出在万物与造物主之间不存在任何比例递进关系,尽管被造物环环相扣,最终通到上帝那儿,那是因为这根锁链握在上帝手里,而不是因为上帝决定锁链的性质。

谈到整体利益高于个人利益的时候,您让笔下的人这么说:"对我的主人来说,我理应跟植物同样的重要,我是有思维、有感觉的生物,而植物也许没有感觉能力。"物质世界在造物主那儿也许不如一个有思维、能感觉的生物那么重要;但是这个宇宙产生、保存、维系着所有这些有思维、能感觉的生物,在造物主眼里,它一定比芸芸众生中的任何一个都更加珍贵;因此,尽管造物主仁慈,或者正是出于仁慈,他很可能牺牲个人的某些幸福来维系全体的生存。我觉得、我希

---

① 皮埃尔·贝尔(1647—1706),法国哲学家,著有《关于彗星的思想》、《历史与批评词典》。

望在上帝眼里，我的价值比某个行星的土地更大；可是如果行星上有居民——那是很可能的事——那么他为什么要认为我的分量会超过土星的全体居民呢？人们嘲笑这种观点，不过我敢肯定，所有的比较都将向这些民众倾斜，只有傲慢的人类才持反对态度。然而这个臆想的民众、存在的宇宙，对上帝本身而言似乎有着某种教益，随着生命栖息的世界增加而加倍传播。

我承认，人死了以后，他的躯体为虫子、狼或者植物提供养料，那实在不能算是对逝者的一种补偿；可是假如在宇宙体系中，人、动物、植物之间的物质交流是维持人类生存所必需的话，那么个人的苦难将造福于全人类；我死了，身体被虫子吞噬，可是我的孩子们、我的弟兄们会像我以前那样生活下去，我的尸体增加了土壤的肥力，而他们将食用大地的物产；我借助自然的法则，也为了全体人类，做了科德罗斯①，库尔提乌斯②，德西乌斯们③，菲莱纳们④，以及成千上万的人欣然为一小部分人类所做的事。

先生，我们再回到您抨击的体系上来吧。我认为，如果不仔细区分哲学家们从不否认的个别苦难和乐观派否认的普遍苦难的话，就不能对这个体系做恰当的分析。问题不在于弄明白我们中的每个人是否受苦受难，而是宇宙受折磨是否有益，以及我们的苦难是否来自宇宙的结构本身，是否不可避免。因此，加上一个冠词，命题似乎就精确多了，与其说"一切皆善"，也许更应该说"整体皆善"或者说"为了整体，一切皆善"。于是很明显，谁都拿不出赞成或者反对的直接证据；因为这些证据取决于对世界结构以及创世主意图的全面了解，

---

① 科德罗斯，传说为雅典的末代国王。
② 库尔提乌斯，神话中的古罗马英雄，曾舍身填平罗马广场上一道无底的深沟。
③ 被罗马皇帝德西乌斯（约201—251）迫害致死的基督徒。
④ 据史书记载，菲莱纳兄弟为了扩大迦太基的领土而自愿献身。

而这种认识无疑超出了人类所能理解的范畴。乐天主义真正的原则不能来自物质的性质，也不能从宇宙构造中得到，而只能由归纳主宰万物的上帝的完美获得；以至于人们不用蒲柏的体系来证实上帝的存在，而用上帝的存在证明蒲柏的体系，苦难的起源问题无疑是从神意问题派生而来的。这两个问题之所以都没有得到更令人满意的解答，是因为人们对神意的思考始终很糟糕，人们对它胡言乱语，把原本可以从这个令人快慰的伟大信条得出的必然结果全都搅乱了。

糟蹋上帝事业的始作俑者正是那些神甫和虔诚的信徒，他们无法容忍一切依照自然规律发生的事，总要把上帝神明扯进那些纯粹自然的事件中去，为了证明自己的观点正确，便不分青红皂白，一律用恶来处罚或严惩恶人，用善来考验或奖赏好人。从我本人而言，我说不准这种神学理论是否正确，可是我觉得一概用赞成或反对来证明天意，而且把无关的事也都归到天意那儿，这种思路成问题。

至于哲学家们，他们遇事不镇静，就责怪上天；他们闹牙疼、生活拮据或者遭到偷窃，就嚷嚷没救了；他们像塞内加①说的那样，把行李扔给上帝看管，看到这些，我就觉得他们也理性不到哪儿去。倘若卡图什②或者恺撒小的时候就死于非命，人们会问他们到底犯了什么罪孽？可是这里两个强盗活了一世，我们不免疑惑：为什么让他们活着呢？虔诚的信徒则相反，对于童年夭折的情况，他会说是上帝想惩罚父亲，所以夺走孩子的性命；上帝让孩子活下来，则是为了惩罚人类。因此，不管大自然做出何种选择，天意在信徒的眼里总是有理，而在哲学家看来总是无理的。也许在人类的范畴之内，天意无所谓对与错，因为一切都来源于同样的法则，对任何人都没有例外。应该相

① 赛内加(约公元前4—公元65)，古罗马雄辩家、悲剧作家、哲学家。
② 卡图什(1693—1721)，法国历史上著名的强盗，窃贼帮的首领，被五马分尸处死。

信,宇宙主宰对个别事件不屑一顾;它的睿智只涉及普遍事物;它主宰宇宙的整体,满足于维持物种和生命,不为每个人如何度过短暂的一生而费心。一位明智的、愿属下臣民人人生活幸福的国王,有必要去打听小酒馆是否令人尽兴吗? 哪天小酒店差劲,酒客顶多抱怨一个晚上,余后的日子里又会迫不及待地笑逐颜开。"大自然希望我们像在客栈而不是在家里那样度过人生。"①

在这方面,倘若希望合理地考虑问题,看来得相对地从物理角度、绝对地从精神角度观察事物:我因此能得出的对天意最重要的看法就是,每个物体应该尽量摆正与整体的关系,而每个智慧感性的生物应该尽力处理好与自身的关系;换句话说,谁对生活有感觉,谁就应该活下去,而不是放弃生存。不过这条规则应该贯穿到每个感性生命的整个过程,而不只是用于片刻时间,比如说人的一生;这表明了天意问题与灵魂不灭密切相关,我有幸相信灵魂不灭,我也知道理性对此所持的怀疑态度;它与您、我以及善待上帝的人永远不会相信的苦难不灭论也紧密关联。

我之所以把这些不同的问题纳入它们共同的原则,是因为我觉得它们都涉及上帝存在的问题。如果上帝存在,那他就是完美无瑕的;如果他完美无瑕,那么他就是睿智、强大、公正的;如果他睿智、强大,那么一切都尽善尽美;如果他公正、强大,我的灵魂就不朽了;如果我的灵魂不朽,人生三十年对我来说微不足道,对于维系宇宙也许必不可少。假如有人同意第一个命题,那就别想动摇其余的命题;如果人们否认这个命题,那就不必讨论该命题的各种后果。

我们两人都不属于后一种情况。读着您的诗集,我决不会揣测您有诸如此类的想法,您的诗作大都给我带来极为崇高、温柔和温馨的神灵意识,与索邦大学那种基督徒相比,我实在更加喜欢您这样的

① 西塞罗语录,原文为拉丁语。

基督徒。

至于我自己,坦白地跟您说吧,我觉得在这一点上,理性阐述既没有证明赞同的观点,也没有证明反对的意见,如果说有神论者的信念仅仅以可能性为基础,那么我觉得无神论者的观点更为模糊,他们的信念只建立在相反的可能性上面。再说双方唇枪舌剑,永远找不到解决方案,因为人类对争论所涉及的事情并没有真正的概念。我承认这一切,然而我坚信上帝,坚定得就像我不信任何其他真理那样,因为信与不信是最由不得我的事,我的灵魂承受不了迟疑不决的状态;当我的理智摇摆不定的时候,我的信仰无法一直悬在空中,于是就撇开理性自主决定了;最后,无数的理由令我偏爱上帝,将我吸引到温馨宜人的一方,把希望的砝码与理智的平衡结合起来。

我记得,在宇宙意外生成的问题上,第二十一条哲理思辨给了我毕生最深的印象。人们运用机遇分析的法则,表明物质喷发的数量无限的时候,喷发的数量足以弥补宇宙生成所遇到的困难,因此,混沌状态假设的持续时间要比宇宙真正的诞生更加令人惊讶。——假设运动之必要性,依我看,那是关于这场论战中的最有分量的话;至于我本人,我申明,自己对此没有任何合乎常识的答案——不真也不假的常识,不然只能把自己不了解的东西当作假的予以否定,我认为物质离不开运动。从另一个角度看,我不知道是否有人用唯物论解释过物质结构的诞生以及萌芽的生生不息;这两种对立的观点在我看来尽管都很有说服力,但是两者有一点不同,那就是惟有后一种观点令我信服。至于前一种观点,说什么靠着字母的偶然组合,《亨利亚特》①就写成了,我会不假思索地予以否定;让命运做到妙语连篇要比令我信以为真容易多了。我感到在某一点上,道德不可能性和物理确实性在我看来具有同样的价值。跟我大谈时间之永恒有什么

---

① 《亨利亚特》是伏尔泰写于 1728 年的史诗,并不成功。

用呢？我没有经历过这种永恒；喷发的无限性也一样，我没有数过；无论别人怎么说我的怀疑没有哲学性，但是它在这一点上压倒了示范证明本身。我不阻挠人们把我称之为**信念之证据**的东西斥为**偏见**；我不想把信仰的执著当做楷模；不过我怀着也许是无与伦比的真诚，把它作为我不可战胜的精神状态，无论何时、无论何物都压不垮它，迄今为止我对它毫无怨言，惟有心狠手辣的人才会攻击它。

这就是一条真理，就是我们两人的出发点，本着这条真理，您会感到捍卫乐观主义是多么的容易，证明天意也易如反掌，实在用不着对您重复有关这个问题的老一套推理，它们没什么新意，但是扎实。说到那些不赞成这条原则的哲学家，不应该与他们讨论这些问题，因为那些在我们看来构成信念之证据的东西，在他们眼里不可能成为推理证明，而且对某人说"我相信此事，您也得相信"，这不是一种理性的说法。至于他们，他们也不该跟我们讨论这些问题，因为这些问题只是中心命题的必然结果，一个正直的对手几乎不敢与之抗辩；如果他们反过来要求人们脱离作为其基础的命题来证明这种结果，那也是不足取的。我认为另外还有一个理由使他们不该这么做。那就是拿既不确定又无用处的东西去搅乱人们平静的灵魂、平白无故地令人伤心是不人道的行为。总之我觉得，您猛烈抨击扰乱社会的迷信、尊重支撑社会的宗教，是人们难以企及的楷模。

但是，我和您一样感到愤慨，愤慨每个人的信仰享受不到绝对的自由，人类居然胆大妄为，胆敢控制他难以进入的灵魂深处；好像面对那些未经证实的东西，信仰或不信仰就取决于我们，甚至可以让理性永远臣服于权威。人间的国王们在上天那边仍然握有某些监察权吗，难道他们有理由折磨尘世的子民们，强迫他们上天堂吗？没有！因其性质所限，人类的统治都局限在世俗义务之内；不管霍布斯①如

---

① 霍布斯(1588—1679)，英国政治哲学家。

何巧舌如簧，一个很好地为国效劳的人，不必向任何人禀报他是如何为上帝尽心竭力的。

我不知道公正的上帝是否会有朝一日惩罚盗用他的名义所犯下的种种暴行；但是我至少敢肯定，他不赞成这种暴戾恣睢，不会把每个有德行、善意的不信教的人拒之门外，不会不让他们获得永福。我无意冒犯上帝的仁慈和公道，我能怀疑正直的心灵会弥补一个无意的过失吗？我能不相信无懈可击的品行抵得上人为的、为理性所唾弃的无数奇怪的顶礼膜拜吗？我还要说，如果我能按照自己的选择，拿我的信仰换取善行，用德行弥补我所谓的怀疑，我会毫不犹豫地去做；我更希望跟上帝这样说：我没有想到你，但做了令你高兴的善事，我的心灵不了解你的意志，但是它一直跟随着你；我希望对他说，因为总有一天我得这么做：可惜！我一直爱着你，可是不断地冒犯了你；我认识了你，我没有做过任何取悦于你的事。

我承认，法律可以规定某种立誓信教；但是除了道德和自然权利的原则之外，这种立誓信教纯粹是消极的，因为可能存在一些危及社会基础的宗教，必须从铲除它们入手来确保国家安定。这些亟待禁止的教条中，不容异己显然是最为可憎的；但是必须从源头上下手；因为嗜血成性的狂热分子会随机应变，改换调子，力量不如别人的时候，一味鼓吹宽容、温和待人。有人认为信仰与己不同的人不可能是个好人，持这种观点的人，我原则上称为不容异己者。事实上，愿意让遭到诅咒的人们过安稳日子的宗教信徒们少之又少；一个觉得周围都是罪人的圣人乐于提前扮演魔鬼的角色。那些不信教的不容异己者强迫民众什么都不信，我坚决驱逐他们，就像驱赶那些迫使民众相信他们所喜欢的一切的人那样。

我希望每个国家都拥有一套道德规范，或者说某种世俗信仰的誓言，包含人人必须遵守的、积极向上的社会格言，也包含人们理应抛弃的消极偏执的格言，不因为它们拂逆教会，而是因为它们扰乱治安。因此，一切符合道德规范的宗教将得到承认，任何与此相悖的教会将被禁止，让每个人自由地决定不信仰任何东西而只遵守这个规范。在我看来，这部精心准备的作品将是前无古人的、最有用的书，也许是人类唯一需要的书。是的，先生，这是给您准备的题材。我热切期望您欣然提笔，用您的盎然诗意点缀此书，它浅显易懂，从孩提时代起就给每个心灵注入温柔和人性的情感，它们洋溢在您的作品中，而虔诚的信徒始终缺乏这些情感。我请求您考虑这个计划，它至少能够让您的灵魂感到欣慰。您的《论自然宗教的诗》给了我们一部人类启蒙书；请您在我提议的这首诗中，给我们写一部公民启蒙书吧。这是需要深思熟虑的题材，也许应该作为您的封笔之作来写，用造福人类的善举，圆满结束历代文人从未经历过的最为辉煌的生涯。

先生，行文至此，我不由自主地注意到，在我们这封信所涉及的主题上，您我之间存在非常奇特的差异。您德高望重，视虚荣为过眼烟云，在富足的环境中自由地生活；您确信自己声名不朽，心平气和地探讨灵魂的本质；您身体或者灵魂若受折磨，则有特隆尚①作良医和挚友；可是您却觉得人间处处都是恶；而我呢，默默无闻，贫困潦倒，备受无药可医的病痛折磨，我却觉得普天之下皆是善。这些表面的矛盾从何而来呢？您已经做了解释：那是因为您在享受，我在希望，而希望使一切变得美好。

我难以割舍这封令人讨厌的信，就像您难以结束它那样。原谅我吧，尊敬的大师，也许我的热情有失节制，但那是我对您无比敬重的结果，不然不会这样倾情流露。天地良心，在当代作家中，我最崇拜您的卓越才华，您的作品最能打动我的心弦，我无意冒犯您；可是事关天意的起因，它维系着我的全部期待，我只能如此了。我长期聆

---

① 特隆尚(1710—1793)，瑞士政治家，曾写过《乡间来信》，与日内瓦法院沆瀣一气，攻击卢梭的《爱弥儿》和《社会契约论》，卢梭写了《山间来信》予以反驳。

听您的教诲,从中得到过安慰和勇气,如今您把这一切都拿走了,只给我留下一线渺茫的希望,与其说是对未来的补偿,不如说是一贴临时救急的缓药。不,我今生今世受尽了苦难,我不能不寄希望于来世。玄学奥妙无穷,但它不能令我对灵魂不灭、仁慈的天意永恒产生片刻的怀疑。我感觉到它,我相信它,我渴望它,我期盼它,一息尚存,我就要捍卫它;这将是在我参与的全部论战中,唯一没有忘记我自身利益的一次。

先生,我谨此……

致狄德罗的信

卢梭在离开退隐庐之后写了此信。它是两位老朋友矛盾突然加剧的见证。卢梭在捍卫自己观点、为自己的行为辩护的同时,把一代思想大师驳得哑口无言。狄德罗似乎没有回信。

致狄德罗先生

1758 年 3 月 2 日

亲爱的狄德罗,在我的生命历程中,我还得再给您写一封信;您给我的机会实在太少了;您用令人诧异的手法诋毁我这个人,而我所犯的最大的罪过就是放不下对您的那份情感。

您把种种骇人听闻的事扣在我头上,此时此刻,我无意做什么解释。我觉得眼下解释纯属多余了。因为尽管您生性善良,为人真诚,可是您染上了曲解友人言行的坏习惯。以您这种对我充满偏见的心态,我可能说的一切辩解之词都会被您想歪了,再朴实不过的解释也只能适得其反,反而给善于辞令的您诠释成我新的罪状。不,狄德罗,我觉得不能从这儿入手。我想先提议您听一些偏见,和您的偏见相比,它们显得更为单纯、更为真实,而且更加确凿;我想您至少不会从中再找到我新的罪证。

我是坏人,是不是? 您掌握着最可靠的证据;而且已经验明正身。可是当您得知此情的时候,您把我视作正人君子已经为时十六载,公众以同样的眼光看待我已有四十年之久了。而那些做出如此重大发现、给您通风报信的人,您也能做这样的评价吗? 假如一个人能把正人君子的假面具戴那么长时间,那么您有什么证据来表明,他们不像我这样也戴着伪装呢? 暗地里指控一个没有出庭、无法自卫的人,这种方式难道的确有助于增加他们的权威吗? 不过,问题的关键不在于此。

我是坏人,可是为什么会是坏人? 您请留神,亲爱的狄德罗,这件事值得您考虑。一个人不会无缘无故地做坏事。如果说世上确实有这样的凶神恶煞,他不可能等上四十年才满足其邪恶的天性。反观我的一生、我的情感、我的情趣、我的爱好吧。假如我是坏人,那就请您找找看,究竟是什么利益驱使我待人恶毒? 我这个人总是重感情,倒霉也就在此,我与亲朋挚友们断绝往来,能有好处吗? 我谋求过什么地位? 有人见过我争什么俸禄、名誉吗? 我有什么对手要挤兑吗? 我何必做坏事呢? 我不求闻达,只图平和,懒惰和闲逸是我最大的财富,萎靡不振、病痛缠身的我,几乎连维持生计的时间都没有,再扎进犯罪的旋涡、跳上那架不停旋转的无赖马车,那是何苦呢? 不管您做何感想,怀害人之心的人不会离群索居;一个坏人可以远离众人策划阴谋,可是一定得拿到社会上才能实施。骗子既机灵又冷静,奸诈之徒善于把握自己,不冒失,不冲动;所有这一切,您在我身上看得出一丁点吗? 我恼火的时候压不住自己,常常冷静得犯迷糊。一个人会因这些缺点而变坏吗? 也许不会吧;可坏人利用这些缺点,致人于死地。

我希望您也反过来想想自己。您信赖自己的善良天性;可您是否知道,楷模和失误多么容易令它变质? 您从来不担心陷入阿谀奉承之徒的包围吗？当着您的面,他们不唱赞歌,其实是用假装的真诚做诱饵,为了更为巧妙地控制您。一代人杰居然因淳朴而误入歧途,他不怀恶意,却沦为坏人手中背信弃义的工具,多可悲的命运啊！我知道这种看法伤您的自尊,可是值得您去理性地审视一番。

以上就是我的一些想法,请您好好斟酌。不用着急,想成熟了,再答复我。如果这些看法不能触动您,那么咱们之间就再也无话可说了;可是如果它给您留下某些印象,那么我们就能开诚布公,您将找回一位无愧于您的朋友,一位也许不会对您毫无用处的朋友。我之所以劝您做这番审视,是出于一个极有分量的理由,就是下面的这个理由:

您可以被人迷惑,您可以失误。可是您的朋友失去了原先宝贵的一切,他在孤独地呻吟。他万念俱灰,可能会陷入孤独一蹶不振,最后死于其中。他诅咒那个忘恩负义之徒,此人当年身处逆境,曾博得他多少同情的泪水,如今却卑鄙地对他落井下石。到头来,您也许会得到证明您朋友清白的证据,也许不得不祭奠他,您朋友临终的情形也许使您彻夜不得安宁。狄德罗,您想想吧。我以后不会再跟您提这事了。

致德·马勒泽布先生的四封信

德·马勒泽布(1721—1794)是 18 世纪法国著名的法官、宫廷大臣和开明人士。他担任法国新闻出版总监时,曾批准刊印《百科全书》以及启蒙作家的其他著作。1761 年冬季,获悉卢梭几乎精神失常之后,趁圣诞之机写信安慰卢梭。卢梭怀着感激和信任的心情,先后回了四封信,文学史上把这四封信视为卢梭生平的总结和《忏悔录》的提纲。

第一封信

1762 年 1 月 4 日于蒙莫朗西

先生,您上一封来信令我倍感荣幸,倘若我回信的勤勉程度取决于您来信给我带来的欢乐的话,我就不会拖到今天才答谢您。不过我提笔很费劲,而且我还觉得应该花几天时间来化解这段日子不顺心的事,免得拿我的苦痛给您添负担。尽管近日发生的风波还在折磨我,但是我很高兴您得知此事,因为它没有夺走您对我的器重;以后假如您不把我凭空拔高的话,您的器重对我就更贴切。

自从我在这世上有了某些名声以来,我所做的那些抉择有目共睹,您给它们归纳的理由也许有些褒扬过度,令我受之有愧,但是与那些一味看重名望、以己度人的文人揣测的动机相比,无疑更接近实际。其他的爱好太令我动心,使得我不可能格外关注公众的舆论;我喜欢自得其乐,我行我素,受虚荣心的奴役,不会达到他们臆想的那种程度。当一个人的运气、当他飞黄腾达的机遇最多是一次聚会或者一顿惬意的宵夜时,他当然不应该为了名扬天下而牺牲自己的幸福;一个觉得自己有些才能、直到四十岁才显山露水的人,绝对不会傻到遁世隐居,郁郁寡欢地度过余生,而目的只是获得愤世嫉俗者的名声。

　　先生,尽管我切齿痛恨不公正和邪恶,可是假如需要做出某些巨大牺牲才能摆脱它们的话,这种强烈的痛恨还不至于压倒一切,封闭自己就能促使我决定避开与他人交往。不,我的动机没有那么高尚,我更多地是出自对自己的考虑。我生性喜好孤独,我对人们的了解越透彻,这种天性就越强烈。我在自己身边聚集起一群虚构的生灵,从中得到的好处远胜于我在社交圈遇到的那些人。我深居简出,我的想象力为孤独付出了代价,终于使我厌恶起所有被我抛弃的社交圈子。您以为我得不到命运眷顾,黯然神伤,心力交瘁。不对,先生,您大错特错了!原先在巴黎的时候,我才是这样,正是在巴黎,一种感伤的忧愤啃噬着我的内心,我在巴黎逗留期间写出的文字,充满着这种扑面而来的忧愤苦涩。可是,先生,您把它们与我孤独之际写的文字做一番比较吧。除非我弄错了,不然您将从后一种文字中体会某种从容的心境,这种从容不再是游戏,人们据此可以对作者的内心状态做出可靠的评价。我不久前历经的极度烦躁也许使您做出了适得其反的判断;可是很显然,这种烦躁的起因不在于我如今的处境,而在于想象力失去控制,犹如惊弓之鸟,什么都怕,什么都走极端。作品的持续走红使得我关心荣誉,而有着某种高尚心灵和道德的人,想到死后别人打着他的名义,用一本有害的、足以玷污其声誉并且贻害无穷的书取代一部有益的作品，都会产生致命的绝望感。心神如此不安，可能加快了我的病程，但是，倘若我的谵妄症是在巴黎发作的话，说不定我本人的意愿就是把其余的作品全部抛开。

与世人交往中，我总是感到一种难以抑制的厌恶，可我长期误解了产生这种感觉的原委，一直把它归咎于一种忧伤，觉得自己脑子不灵，与人交谈时没有把自己仅有的一些才智表现出来，然后又觉得在世上没有占据我认为当之无愧的一席之地。可是，当我在信笔涂鸦之余，发现即使我胡言乱语也不会被人看成傻瓜的时候，当我发现大家争相与我交往，对我推崇备至，连我那无比可笑的虚荣心都不敢奢望的时候，这时候，尽管我感到这种同样的厌恶有增无减，我得出结论：一是它另有起因；二是这些享受不是我所需要的。

那么，这个起因究竟是什么呢？不是别的，就是任何东西都征服不了的自由精神，在这种精神面前，什么荣誉、财富，甚至名望对我来说都毫无价值。诚然，这种自由精神与其说来自高傲，不如说源于疏懒；可是这种疏懒实在不可思议；它什么都怕；日常生活中最不起眼的义务都承担不了。一旦迫不得已说一句话，写一封信，拜访一个人，对于我都是莫大的折磨。所以说，我讨厌与常人的一般交往，而亲密的友谊对我却异常珍贵，因为说到友谊，义务就不复存在了。人们随心所欲，一切水到渠成。所以，我始终那么惧怕别人的恩惠，因为恩惠都需要感激，为此我觉得自己忘恩负义，因为感激成了一种义务。总而言之，我不需要那种可以随心所欲的幸福，而需要不强迫办违心事的幸福。入世的生活对我毫无吸引力，我宁可千百次地什么都不干，也不做一件我不愿意做的事；我千百次想到，即使我被囚禁在巴士底狱，日子也不至于太难过，因为我不承担任何义务，只不过呆在那儿罢了。

可是，我年轻的时候想出人头地，曾经下过一番工夫。不过，此举不图别的，只求老年的隐退和安宁，可是就像懒汉所为，我的工夫时断时续，从来没取得任何成果。当痛苦出现的时候，它们给我提供了一个体面的借口，让我投入我至爱的嗜好中。我觉得为了自己活不到的那个年纪折腾自己，无异于发疯，于是就抛开一切，赶紧去享受了。先生，我向您发誓，这就是我隐居出世的真正原因，我们的文人们曾经揣测我有卖弄之意，可卖弄需要持之以恒，或者说需要一种不惜付出的执着，这与我的天性直接相悖。

先生，您会对我说，这种假想的慵懒与我十年来写的作品对不上号，与刺激我出版作品的那份对荣誉的渴望也不合拍。瞧，这就是一个有待解决的难点，它逼迫我把信写长，同样也迫使我把信写完。我下面还会再谈这个问题，先生，假如我不拘礼节的语气不惹您生气的话——因为我在直抒胸臆的时候，无法用另一种语气说话——我会不加掩饰、毫不客气地描绘自己；我会把我眼中的自己、把本色的我向您展示；因为亲历了自己的一生，我势必了解自己，有些人自以为了解我，看到他们解释我的行为举止的方式，我发现他们根本不了解我。世界上惟有我了解我自己。我把话说完之后，您再做判断吧。

先生，请别把我的信退给我，我求您了。把它们烧了吧，因为它们不值得保存，不必为我多虑。您也别打算把捏在杜谢纳①手里的信夺走，拜托了。如果需要把我癫狂的痕迹从世上全都抹去，那么要撤走的信可就不计其数了，我不会为此动一根手指头。无论利害如何，我不怕人们看到一个真实的我。我了解自己的严重缺陷，也倍感自己的陋习所在。据此，我将满怀着对天主的无比希望而死，我深信，在我一生所结识的人中，没有一个比我更善。

---

① 杜谢纳，负责出版《爱弥儿》的巴黎书商。

第二封信

先生,既然已经开了头,我就继续给您汇报我的情况;因为让人一知半解,对我是最不利的;既然您丝毫没有因我的过失而瞧不起我,我就猜想,我的直率也不会使我失去您的好评。

一个害怕承担任何责任的慵懒心灵,一种炽热、暴躁、动辄感伤、对使之痛苦的一切都极度敏感的性格,在同一个人身上似乎不可能兼而有之,可是这两种对立的成分却构成了我性格的基础。尽管我无法通过某些原则来辨析这种对立,可是它的确存在,我能感觉到,千真万确地感觉到,我至少可以举出一些事实,做一番有助于理解这种对立的回顾。我童年时代比现在活跃得多,不过从来没有跟别的孩子一个样。这种厌倦一切的感觉使我很早就沉湎于读书。六岁时偶然捧读普鲁塔克①的书,八岁时已经烂熟于心;我读遍了小说,虽然我还没有到对言情故事感兴趣的年纪,读着读着,我已经泪如泉涌了。从那时起,心中萌发起对英雄气概和浪漫情怀的嗜好,这种嗜好直到今天始终有增无减,结果使我对别的都提不起兴趣,除了与我的荒唐举动类似的东西。年轻时期,我以为在人间遇上了与我在书本上结识的如出一辙的人,谁善于用某种行话博得我的敬意,我就毫无保留地跟谁推心置腹,结果总是上当受骗。我傻,所以闲不住,逐渐发觉自己的过错,就跟着改变我的兴趣、我的爱好、我的计划,可是改来改去,总是白费力气,白费自己的时间,因为我尽追求虚无缥缈的东西。随着阅历加深,我几乎不再抱找到它的希望,因而也就失去了

---

① 普鲁塔克(约 46—120),古希腊散文作家、传记作家。

追求的热情。亲身体验、亲眼目睹的不公正行为使我变得刻薄,现实的教训和作用力将我卷入混乱,常常令我苦恼;我蔑视我所处的时代和我同时代的人们;我感到不可能在他们中间找到一种称心如意的境遇,于是,我跟人们逐渐疏远了感情,而在想象中给自己营造了另一种社会,我可以不费力地培育它,没有风险,而且觉得它始终可靠,与我的需要完全吻合,因此格外地吸引我。

我在世上活了四十年,对自己和别人都不满意,于是试图扯断把我和受我鄙视的社会绑在一起的各种纽带,它们把我与我最不感兴趣的事务拴在一起,我原来以为那是天经地义的自然需要,其实只是为了他人的口碑而已。但是这些努力都毫无结果。忽然间,一个偶然的机遇使我豁然开朗,知道应该为自己做些什么,应该如何看待旁人,在看待他人这一点上,我的内心与我的思想一直处在矛盾中,我有无数的理由去恨他们,可是我依然情不自禁地爱着他们。先生,我希望给您描述这个构成我一生中极为特殊阶段的时刻,不管我活多久,它会始终展现在我的眼前。

那天,我去探望狄德罗,他当时被囚禁在万森监狱;我口袋里揣着一份《法兰西信使报》,走在路上便翻阅起来。第戎科学院的征文题目突然跃入我的眼帘,成为我的处女作问世的契机。如果要问什么东西类似突如其来的灵感的话,那就是我读报时的心绪起伏;突然间,我觉得千百道光芒直刺我的思想,无数活跃的念头蜂拥而至,它们来势凶猛,杂乱无序,顿时把我抛进难以言表的惶惑状态,我感到头晕目眩,就像喝醉酒一般。一阵猛烈的心悸压迫我的胸口,使我透不过气来;我呼吸不匀,走不动了,身不由己地躺倒在林荫道旁的树底下,我心情激动万分,躺了半小时光景,起身时发现衣襟全被泪水打湿了,却没有察觉自己落了泪。啊!先生,倘若我能写出我在这棵树下所见、所感的四分之一,我将何等明确地揭示社会制度的全部矛盾,我会何等有力地揭露国家机构的全部弊病,我会何等简洁地说明一个道理：人的天性是善良的,惟有那些机构,才使人变得邪恶! 在这棵树下度过的一刻钟里,这么多金灿灿的伟大真理启发了我,从中记取的精华,挂一漏万地散见于我的三部主要著述,即《论文》、《论不平等》和《论教育》;这三部著作不可分离,共同构成一个整体。其余的一切都忘了,当场只留下《仿法伯利希乌斯演说辞》。就这样,在我无意之中,几乎身不由己地成了作家。由此不难想见,我是如何受到初次成功的诱惑,如何被下三烂作家们的批评推入文坛生涯的。我真有写作的才能吗? 我不晓得。我不够雄辩,始终靠强烈的自信来支撑,信心不十分充足的时候,写东西总是很松散,很糟糕。因此也许是自尊心悄然回归,使得我选择了我当之无愧的格言,使我如此忘情地挚爱真理、热爱我为真理所做的一切。假如我只为写作而写作,那么我相信,人们绝不会读我的作品。

我在人们错误的看法中发现或者自以为发现他们的不幸和邪恶的源头之后,我感到只有这些同样的看法才导致我本人的不幸。我的痛苦和缺陷固然与我本人有关,但更多地来自于我的处境。与此同时,一种我孩提时代就发作过的疾病被确诊为不治之症,尽管江湖郎中们说得天花乱坠,我很快认清了他们的嘴脸,我想,假如我想言行一致、打算卸下沉甸甸压在肩头的舆论枷锁的话,我就得分秒必争,不能浪费片刻时间。我鼓起相当的勇气,当机立断,还算出色地坚持至今,其中所付出的代价,只有我才能感到,因为只有我才知道遇到过哪些困难、每天还要克服哪些困难,以便不断地与潮流抗争。不过,我清楚地感觉到,近十年来我有些懈怠;不过只要我估计还可以活上四年,世人就会目睹我再度振奋,至少恢复到先前的水准,不会再走下坡路;因为严峻的考验都经历了,如今的经验向我表明,我的处境是一个人可以在善良和幸福的氛围中生活的唯一处境,因为它在所有处境中最为独立不羁,是唯一从来不用加害于人就能为自己谋利的处境。

我承认,我的作品给我带来了名声,为实施我的决定提供了极大方便。一个人只有赢得好作家的名声,才能平安地当个蹩脚的乐谱抄写员,而且还不缺活儿干。倘若没有头一个称号,人们也可能单从字面意义看待我的后一个称号,这样也许会刺伤我的自尊;我不在乎别人嘲笑,可是忍受别人的鄙视不那么容易。即使某种名声在这方面给我带来一些好处,可是对不希望沦为名声的奴隶,想闭门幽居,独来独往的人来说,这些好处全被那些与名声相连的坏处抵消了。正是这些弊端起了一定作用,把我赶出巴黎,在我的退隐之地还不依不饶地纠缠我,要是我的身体有起色的话,肯定会把我赶得更远。我在这座大城市遇到的另一种灾难就是这帮所谓的朋友,他们控制着我,以己度人,一心想以他们的方式让我过幸福日子,而不是照我的方式。我的隐居使他们大失所望,于是他们对我跟踪追击,想把我重新拖回去。不跟他们一刀两断,我没法坚持隐居。只有从那一时刻起,我才真正自由了。

　　自由了! 不,我现在还没有自由。我的近作尚未付梓刊行;我这架可怜的身躯每况愈下,我不再指望活到作品结集出版之日了;可是,万一出乎我的意料,我能够活到那时候,并且向公众们做一次道别的话,那么请您相信,先生,到了那个时候,我将是自由的,如若不然,这世上就不再有自由的人了。哦,但愿如此! 哦,三生有幸的日子! 不,我是无缘目睹这一天了。

　　我还没有把话全说完,先生,也许您至少得耐住性子再读一封。好在没有什么东西逼着您读它们,不然您也许会觉得犯难。不过,原谅我吧,求您了;要重抄这堆冗长的瞎扯,那就得重写一边,可我实在没有这份勇气。毫无疑问,我乐意给您写信,可我也想享受一下休息的乐趣,我的身体不允许长时间连续写东西。

第三封信

先生，跟您叙述了我行为举止的真实动机之后，我想和您谈谈我在隐居过程中的精神状态。可我觉得为时已晚了；我错乱的灵魂完全依附于我的肉体，我日渐衰败的可怜躯体死抱着我的灵魂，一天比一天抱得紧，直到最后突然撒手归西的那一天。我想和您谈谈我的幸福，当然，一个受苦的人谈不好幸福。

我的不幸是大自然酿成的，而我的幸福则由我自己促成。不管别人如何评价我，我曾经明智过，因为我在自己天性允许的范围内幸福过；我没有上远处寻觅幸福，而是在自己身边寻找幸福，并且找到了幸福。斯巴达人说，图拉真的宠臣西米利斯，不怀任何个人恩怨，离开宫廷，抛弃所有官职，去乡间过宁静的日子，让人在他的墓碑上镌刻了这句话："我在世上活了七十六年，真正生活了七年。"尽管我做出的牺牲远不如他，但是从某种意义上我也能说：我的生活真正始于 1756 年 4 月 9 日。

先生，您把我当作天底下最不幸的人，我内心有着说不出的感动。大众也许会像您一样评价我，那又使我深深地感到苦恼。嗨！天下人不了解我享有的命运啊！不然，人人都想变成我的同类，天下会太平起来，人们不再想着互相伤害，世界上恶人不复存在，因为无人能从中渔利。当我独自一人的时候，我究竟享受到什么呢？我自得其乐，享受着整个宇宙，享受着现存的和可能的一切，享受着感性世界中一切美好的东西，享受着精神世界中任何可以想见的东西。我把所有能博得我欢心的一切都汇集在身边；我有多少欲望，就能得到多大的欢乐。是啊，连最迷恋声色犬马的享乐之徒都不曾有过如此快乐的体验，他们在现世寻欢作乐，而我的幻想给我带来百倍于他们的享受。

　　每当周身的病痛令我苦熬漫长的黑夜，高烧肆虐害得我无法片刻入睡的时候，我经常想着我人生遇到的种种变故，以此摆脱眼前的处境；懊悔、温馨的回忆、遗憾、感动等诸多感受先后让我暂时忘却我的痛苦。先生，您猜得出我在梦中最频繁、最欣然想到的时刻吗？不是我青年时代的种种欢乐——那时的欢乐是如此稀少，如此苦涩，再说已经离我很远了——而是我隐退出世获得的快乐，孤独的散步，转瞬即逝但回味无穷的日子，那些与我自己、我善良淳朴的女管家、心爱的狗、老雌猫，与乡间的小鸟、林中的母鹿，与整个大自然及其难以想象的创造者一起度过的日子。我在破晓前下床，来到园子里看日出，眺望旭日冉冉升起，美好的一天开始了，我头一个愿望就是没有来信、没有来访，它们别来打扰这美妙的时刻。上午的时光用来做各种家务，由于每件事都不着急，我反而做得兴致勃勃，然后赶紧用餐，以躲避那些不速之客，同时为了给自己留下更多的午后时光。下午一点以前，哪怕再炎热的日子，我都带上忠实的阿夏特，顶着烈日出门，我一路紧走，生怕自己躲避不及被人拦住；一旦绕过了某个拐角，我心里就活蹦乱跳，喜不自禁，呼吸也顺畅起来，我觉得自己脱险了，心里说："今天余下的时间就我自己做主了！"于是我放慢脚步，在树林里寻找荒僻的地方，某个渺无人烟的场所，全然不见人为的痕迹，没有任何奴役和统治的迹象，某个让我觉得自己是第一个入得其中的庇护所，那儿不会有外人擅自闯入，在我和大自然之间横插一杠。就在那儿，大自然仿佛把新意无穷的美景展现在我眼前。染料灌木的金黄、欧石楠的绛紫扑入我的眼帘，繁茂得令我心动；大树参天，浓荫给我遮阳庇护，灌木丛的细枝前呼后拥，脚下踩着品种多得出奇的花草，这一切扣人心弦，只给我留下观看、赞叹的分了，别无其他选择；那么多有趣的东西聚在一起，不停地把我从这儿吸引到那儿，竟相争夺我的注意力,于是我耽于遐想和慵懒的情绪油然而生,我常常对自己说:"是啊,无比荣耀的所罗门也从未像它们那样打扮过。"

我的想象力没有让披着盛装的土地长时间荒无人烟。我很快照自己的喜好带来一些人定居,把外界舆论、偏见和所有的假情假意全都赶得远远的,将受之无愧的人们迁入大自然的庇护所。我由此构想出一个令人神往的社会,我感到自己当之无愧,我随心所欲地给自己打造一个黄金时代,用生活中给我留下甜蜜回忆的场景、用我的内心还能憧憬的所有生活场景,充实这些美好的日子,看到人类的真正欢乐,面对如今已经远离芸芸众生的那么美妙、那么纯洁的欢乐,我感动得热泪盈眶。是啊!这时候,如果某个与巴黎、与我的时代、与我微不足道的作家虚荣有关的念头来打扰我的遐想,我立刻怀着无比的蔑视将它驱逐,以便全神贯注地体验充满我心灵的美妙感情!然而,我承认,即使在这种气氛中,我那些虚无缥缈的幻想有时候突然让我的灵魂陷入深深的沮丧。哪怕我的梦想全都成真,我仍然不会满足;我还会遐想、梦幻、企盼的。我发现自己身上出现一个任何东西都无法填补的、不可理喻的空洞,某种追求另一类享受的内心冲动,我虽然还不知道这种享受为何物,但是我已经感到了需要。是啊,先生,这本身就是享受,因为我心里充满着迫切向往的心情和一种诱人的感伤,我还真不舍得失去它们。

我的思绪很快就脱离大地表面,我想到大自然的全体生物,想到宇宙万物的体系,还想到囊括寰宇的不可思议的天主。这时候,我的思想深深沉浸在广袤无垠的世界中,我不再思维,不再推理,不再探究哲理;我带着某种快意,感到宇宙沉甸甸地压在我肩上,我欣喜地投入这些博大思想的涡流之中,我喜欢在空间驰骋遐思;芸芸众生左右夹击,我的心灵感到太拘谨,在大千世界中,我喘不过气来,真想投身茫茫无际的无限天地。我相信,假如我揭开了大自然的全部奥秘,我的处境就不会如此美妙:我的心整个儿沉浸在令人陶然的狂喜中,有时候欣喜若狂,不由得喊道:"造物主啊! 造物主!"就什么也说不出、想不出了。

就这样,在持续不断的亢奋中,我度过了人们从未经历过的一个个最美好的日子;夕阳西下,该回家了,我惊讶光阴似箭,觉得没有充分利用这一天,我想还可以从中得到更多的享受,为了弥补失去的时光,我对自己说:"我明天再回来。"

我缓步归来,脑子有些疲惫,但是心里高兴;回家后愉快地歇着,一心沉浸在对事物的感受之中,我既不思维,也不想象,别的事什么都不做,只是体会我心境的平和与幸福。我发现餐具已经在露台上摆好。我在小家庭里津津有味地吃晚饭;没有任何奴役和依附的迹象来搅乱我们融洽的关爱之情。就连我的狗都是我的朋友,而不是我的奴隶。我们始终有着同样的意愿,它从来不顺从我。我整个晚上心情愉快,这表明我单独度过了白天;我看见有人陪伴时,就不是那么回事了;我对别人很少有满意的时候,对自己则一概不满意。我晚上闷闷不乐,沉默寡言,这是女管家的看法。自从听她说了以后,我每次观察自己,总是发现她说得在理。末了,我在园子里转上几圈,或者伴着羽管键琴哼个小曲之后,就上床就寝,身心的安逸比睡眠本身要甜蜜百倍。

这些日子给我带来了一生中真正的幸福,那是没有痛苦、没有烦恼、毫无遗憾的幸福,可惜无法把我一生的全部幸福都装进去。是啊,先生,但愿这样的日子为我充满永恒,我不需要别的幸福,这些沉思令人陶醉,我不认为它给我的幸福比与上苍沟通默契逊色多少。可是,受苦的身躯会剥夺思想自由;从此,我不再是单独一人,有个客人在干扰我,我得摆脱他才能属于我自己,而我对这些美好享受的尝试,只会让我不再那么心惊胆战地等待,等待专心品尝这些快乐的时刻到来。

不知不觉已经把第二张信纸写满了。可是我还得再写一张。那么就再写一封吧,接着还有。请您原谅,先生。尽管我很喜欢谈自己,但不喜欢跟谁都谈:因此一旦我有机会,而且心里觉得高兴,就会滥用这种机会。这是我的过错,抱歉,请您多多包涵。

第四封信

1762 年 1 月 28 日于蒙莫朗西

　　先生,我给您揭示了导致我隐退和全部行为的真实动机,它们隐藏在我内心深处,也许远不如您猜想的那么高尚,但是它们却使我对自己感到高兴,激发我心中的自豪,我感到自己是个有条不紊的男子汉,勇敢地做了为此该做的一切,相信能把功劳归于自己。关键在于我,用不着改变我的脾气或者秉性,只是利用我自身的性格,就做到善待自我,丝毫不伤害他人。这已经很了不起了,先生,很少有人能够这样说。因此,我不瞒您,我知道自己的缺陷,但是自我评价依然很高。

　　你们的文人们徒劳地叫嚷什么孤独者无益于他人、他不尽社会义务等等,在我看来,比起那批花民脂民膏、一个星期去学士院闲聊六次的游手好闲之徒,蒙莫朗西的农民对社会的益处更大;有机会给我的穷邻居们带去一些欢乐,我感到高兴,胜过帮助这帮充斥于巴黎的心术不正的小人发迹。他们个个都盼着获得正统骗子的荣耀;为了公众的利益,也为了他们着想,真应该把他们都赶回老家种地去。身体力行,为大家都应该过的生活做出榜样,已经不错了;某人体力不支,健康不佳,无法用双臂劳动,但他敢于在隐居中发出真理的声音,已经不错了;提醒人们警惕那狂热的、会使他们变得可怜的舆论,已经不错了;达朗贝牺牲我们利益讨好伏尔泰,打算在我们中间开办邪恶的设施①，为阻止或者推延它在我的故土粉墨登场出了一份力，已经不错了。假如我在日内瓦生活，就不可能出版《论不平等》的诗体献辞，甚至无法用原先的口吻反对设立喜剧。离群索居可能偶尔对同胞没什么价值，但是假如我生活在同胞们中间，也许更加没有用处。如果哪儿需要行动，我就在哪儿出现，那么住在何处又有什么关系呢？况且，巴黎人是人，蒙莫朗西的居民们难道就不是人了吗？我劝某个人别把子女送到城里，别让孩子在那儿受腐蚀，此举难道不比从城里把染上恶习的孩子送回父母家更为令人称善吗？我处境贫寒，仅此一点不就能阻止我成为这些高谈阔论者心目中所谓的无用的累赘吗？既然我挣多少面包才能吃多少，那么我不就得为了生存而劳碌？社会满足了我的需求，我不应该回报社会吗？确实，我曾经拒绝接受某些不适合我的工作；您体恤我，乐善好施，可是我感觉自己才疏学浅，配不上您的善举，假如我接受这份工作，无异于偷窃某个与我同样贫困、但是更能胜任的文人；您给我提供这份差使的时候，设想我有编摘文稿的能力，能处理那些跟我不相干的材料；其实不然，假如我不像现在这样拒绝的话，那就是在欺骗您，就会辜负您的善意；一个故意把事情做砸的人是永远得不到饶恕的：要是那样的话，我现在就会对自己不满意，您对我也会如此，我就享受不到给您提笔写信的快乐了。说到底，只要我体力允许，我为自己忙碌就等于在力所能及的范围为社会尽力了；尽管我为社会做得不多，可是我向它索取得更少；我觉得以我目前的处境而言，我不欠社会什么了；假如我从此可以完全歇着，只为自己而活，我可以心安理得地这样做。我至少可以把浑身的力量，用来抵挡舆论对我的纠缠。即使我再活一百年，我也不会为印刷机写一行字，只有完全被人忘却以后，我才真正感到重新开始生活了。

---

① 达朗贝主张在日内瓦建立剧场。

然而我承认，当时要我返回上流社会并非难事，舍弃孤独的处境也易如反掌，不是因为我恨孤独，而是出于一种同样强烈的、我险些更喜欢的爱好。先生，您只有了解当时我遭到所有朋友抛弃和疏远的处境，了解我内心感到的极度悲痛，才能领会卢森堡夫妇希望认识我的时候，他们的主动接近、他们的安抚对我痛苦的心灵产生何等影响。我当时奄奄一息；没有他们，我肯定会伤心地死去；他们使我起死回生，我用生命来爱他们，是理所当然的。

　　我有着一颗非常多情的心，但是它可以自给自足。我非常热爱人们，无需在他们中间做出选择；我爱他们所有的人；因为我爱他们，我才仇恨不公正；因为爱他们，我才躲避他们；我看不见他们的时候，就少受一些他们痛苦的煎熬；对人类的这种关心足以滋润我的心田；我不需要特别的朋友，可是一旦有了朋友，我就万万不能失去他们，因为他们的疏远会使我心碎。而在这方面他们罪责难逃，因为我对他们只求友谊，只要他们爱我，我知道，我甚至不需要看见他们。然而他们老想着用公众看得见的照顾和帮助取代感情，其实我对此不感兴趣。我爱他们的时候，他们想摆出爱我的样子。我是凡事最藐视外表的人，我不以此为满足；可是除此之外找不到别的，我只能当真了。确切地说，他们没有中止对我的爱，我只是发现他们一直就不爱我。

　　于是，我生平第一次突然感到内心孤独，连隐居时也感到孤独，几乎跟我今天同样病态。正是在这种情形下，出现了这个新的友情，它给我完美地弥补了所有的其他感情缺憾，而别的感情都不会弥补它，因为我希望它经久不衰，与我的生命同在，不管发生什么事，它都将是最后一次。先生，我不能瞒您：我极端痛恨统治他人的阶层；我说不能瞒您，其实此话差矣，因为跟您实话实说，一点都不难，您出身名门，是法国掌玺大臣之子，皇家法庭首席庭长；是啊，先生，您还没有认识我就对我恩德无限，尽管知恩图报不合我的秉性，可是我由衷地感激您。我恨那些大人物,恨他们的地位,恨他们的冷酷,恨他们的偏见,恨他们的卑鄙,还有他们的全部邪恶。倘若我不那么鄙视他们,我就会把他们恨得更厉害。我就是怀着这种情感,几乎身不由己地来到蒙莫朗西府邸。我见了府邸的主人们,他们爱过我,先生,我也爱过他们,只要我活着,我就会竭尽心灵的全部力量爱他们:我将为他们做出奉献,我不是说奉献我的生命,因为以我眼下的处境而言,奉献生命算不了什么;我也不是说奉献我在同代人中间的名声,我根本不为此操心,而是献上唯一打动我心弦的荣誉,也就是我期待后人给予的荣誉,后人会把这个荣誉还给我,因为它理应属于我,而后代总是公正的。我这颗不懂半茬子钟情的心,已经毫无保留地给了他们,我不后悔,即使后悔也无济于事,因为反悔的时间已经一去不复返。他们激发的感情在我心头燃烧,我上百次差点请求他们在府上安排一个栖息之所,以便在他身边度过余生;他们也会愉快地同意我的请求,尽管从他们的做法来看,我不应该认为理所当然,要他们非给我不可。这个计划肯定是我花了最长时间、怀着最大的善意考虑的计划之一。可是最后我只能认为这个计划欠妥。我只考虑个人之间情投意合,没有想到使我们疏远的中间因素;而且这些因素名目繁多,尤其与我的痛苦不相适应,只是考虑到引发这种计划的感情,这种计划才情有可原。此外,那种必须养成生活方式对我的全部情趣、全部习惯形成过于直接的冲击,我是坚持不了三个月的。最后,即使我们居所的距离缩短了,可是两个社会阶层之间的距离始终依旧,我们的交往将始终缺乏那种美妙的亲密感,而密切往来的最大魅力就在于这种感觉;我既不是卢森堡元帅的朋友,也不是他的仆从;我是他的客人;一旦感觉到离开了自己的家,我就会常常盼望返回原先的庇护所;远离我们热爱的人们而心存与他们同在的愿望,这远比冒险许下相反的心愿高明百倍。假如密切程度再深一些,我的人生也许会彻底改观。我无数次在梦中设想卢森堡先生不是公爵,不是法国元帅,而是住在某个古堡的乡间绅士;让—雅克·卢梭也不是作家,不著书立说,而是思想平庸,略有阅历,他毛遂自荐给城堡的领主和夫人,博得他们的欢心,在他们身边得到自己一生的幸福,也为他们的幸福出一份力。假如,为了让梦做得更加甜蜜,您允许我肩膀一使劲,把马勒泽布的城堡推到离这儿半法里远的地方,那么我觉得,先生,做着这样的梦,我怕是只愿长梦不愿醒了。

然而,事与愿违。我只有结束这个长梦了;因为从今往后,别的梦都不合时令,倘若我还能冒昧地品尝我在蒙莫朗西城堡度过的一些美好时光,那真是非同小可。不管怎样,此时我说出了心中的真实感受。我语无伦次,说了一大堆废话,请您评判我吧,假如我值得您费心的话;因为我无法把思路理得更清,我也没有勇气重新开始。假如这幅过于真实的描绘夺走了您对我的关照,我将不再篡夺本来就不属于我的东西;但是,假如我能够保留这种关照,对我来说,它将变得愈发珍贵,因为它更属于我。

纸牌背面的笔记

卢梭去世后,吉拉尔丹侯爵夫人在他的家里发现二十七张纸牌,纸牌的背面写着一些草稿、语句和提纲,这些纸牌现存在瑞士纳沙泰尔邦图书馆。许多纸牌的内容似乎与《孤独漫步者的遐想》密切有关,不过它们仍然是文学史上的一个不解之谜,迄今为止似乎还没有得到认真的研究。人们对纸牌的日期看法不一致,有些可能写于1771年,另外一些纸牌也许是在1778年卢梭去世前不久写的。它们与《忏悔录》、《卢梭评判让—雅克》也有呼应,似乎超出了《孤独漫步者的遐想》的范畴。纸牌的页码也许不都出自、或者不全出自卢梭之手。这些文字到底起了什么作用?用来记录漫步时掠过脑际的想法?或者修改已经写成的文字?是最初的构思?还是推敲、反思、筛选?……没有任何材料帮助我们下定论。以下就是纸牌的内容,按照纸牌页码顺序排列。读者可以将它们和本书的内容做些比较,这种情况在文学史上不多见,颇有价值。

纸牌 1

如果想名副其实,真正写好这本集子,我在六十年前就该动笔:因为我的一生就是一串长长的遐想,由每天的散步将它分成篇章。

虽说迟了一些,可是我今天开始写了,因为我在这个世界上不再有什么更好的事儿可干。

我已经感到自己的想象力冻结了，身体机能都在衰退。我等着看到我的梦想变得一天比一天冷，直到这种写作的烦恼夺走我执笔的勇气；因此，如果我继续写的话，这本书自然会在我接近生命终点的时候结束。

纸牌 2

确实，一个人哪怕再冷漠，他也会因自己的身躯和感官而感受到欢乐、痛苦及其产生作用的束缚。但这些纯物理感受的本身只是某种感觉而已。它们只能引发激情，有时候甚至造就一些美德，时而印象深刻而持久，在心灵深处蔓延，尽管感觉消失了，印象依然存在；时而意志为其他原因所改变，能抗拒欢乐或者承受痛苦；不过，意志必须在行动中占据主导地位才能奏效……因为，如果感觉的力量更大，意志最终不得不让步，那么先前抵抗的美德将荡然无存，这个行为与一开始就欣然接受的行为相比，它本身以及它所起的作用绝对是相同的。这似乎很严厉，令人难以接受，但是正因为有了它，道德操守才享有如此崇高的声誉。假如不花代价就能获胜，那么胜利配得上何种桂冠呢？

纸牌 3

幸福是一种过于恒定的状态，而人则是一个变化无常的个体，因此两者合不来。索伦给克雷修斯讲过三个幸福者的故事，他们的幸福不在于生活得高高兴兴，而在于死得甜蜜，因此只要克雷修斯活着，索伦就不让他过好日子。经验证明他说得对。我补充说，假如世界上有几个确实幸福的人，我们不要以他们为例，因为除了他们本人之外，别的人对此都一无所知。

……我觉察到持续的运动，它提醒我我还活着，因为这时候我唯一体会到的感受是一种轻微的声响,它持续、单调。我享受着什么呢? 享受着我自己还是……

纸牌 4

我在世上确实无所事事;可是当我的躯体不复存在时,我在世上也什么都做不了;然而现在与最有活力的死者相比,我毕竟是比他们优秀的个体,充满感情和生命。

纸牌 5

一个现代人按自己的尺度贬低他们,而我与他们相比显得高大。

纸牌 6

当我们屡屡上当受骗之后才获得识别假朋友的能力,那么哪种错误不比这种能力更可取呢?

纸牌 7

这些先生的行径就像一群任意折磨可怜的西班牙人的海盗,他们温和地安慰他,拿出斯多葛学派的论据,向他证明痛苦不是一件坏事。

纸牌 8

可是我不愿意把我的地址给她,也不想要她的地址,因为我敢肯定,我前脚走,她后脚就会遭到盘问;那些先生惯于捏造,会从我光明磊落的意图中找出邪恶,而且作恶的力度远远超过我行善的意图。

纸牌 9

有朝一日,当我的无辜终于得到承认、那些迫害我的人终于信服之后,当真相大白于天下、比太阳更为耀眼的时候,公众非但不会息怒,反而更加不依不饶;他们今天乐于把种种罪名扣在我头上,仇恨我,而到了那时候,他们会因为自己受到不公正待遇而更加恨我。他们把我看成无耻之徒,决不会原谅我。在公众看来,无耻成了我最不可饶恕的罪过。

纸牌 10

我始终必须做我应该做的事,因为我必须这么做,不是心存什么成功的希望,因为我心里明白,从今往后成功是没指望了。

纸牌 11

我想象这一代人的惊讶,他们如此神采飞扬,如此高傲,对自己所谓的知识如此自豪,而且如此残酷而自负地认定他们对我的认识万无一失。

纸牌 12

情投意合、兄弟友爱的情感在他们和我之间不复存在,他们矢口否认我是他们的兄弟,我也立刻接受他们的建议,并以此为荣。然而,如果我还能为他们尽一些人道义务,我大概是会这么做的,我不把他们视为同类,而是当作需要宽慰、受着折磨、有知觉的生命体,就像我为不幸的狗减轻痛苦那样,而我更情愿替狗做些事,因为狗不背叛,也不奸诈,从来不会假惺惺地温存,它对我的亲密超过任何一个当代人。

纸牌 13

只有当罪犯被依法审判之后,君王本人才有权赦免他。不然的话,就等于他尚未低头认罪就给他烙上罪犯的印记,那将是最明目张胆的不公正行为。

假如他们给我喂面包,让我吞咽的肯定是奇耻大辱。他们待我仁慈,那不是恩泽,而是凌辱和虐待;那是侮辱我的一种手段,仅此而已。他们肯定希望我死;但是更希望看我在众人诽谤底下活着。

纸牌 14

像路人感激一个偷了他的钱包、然后从中拿出一些盘缠供他继续赶路的窃贼那样,我将怀着同样的感激接受他们的施舍。但是其中的差别在于,窃贼没有侮辱他人之心,只想给他一些安慰。

世界上惟有我,每天起床的时候,坚信一天中不会遭遇任何新的痛苦、晚上入睡时不会更为不幸。

纸牌 15

对来世的期待能减轻现世的所有痛苦,使得对死亡的恐惧几乎消失殆尽;但是在这个世上,希望之中总是夹着担忧,只有逆来顺受,心境才真的坦然。

纸牌 16

在谈到人数不少、但并非不可或缺的阶层时,马扎然红衣主教常说:要是没有它,不免显得可笑,可是有了它,则更为可笑。有时候情况的确如此。

……先看利益,然后考虑公正,不嘉奖说得最好的人,而看谁支持最合乎他们心意的派别;需要更多的奉承恭维,而不是雄辩;喜欢说话护着他们的人,而不是最有口才的人。

纸牌 17

遐想。我由此得出结论,我喜欢这种状态,不是因为它给人一种实际享受,而是因为它暂时中止了生活的种种苦难。

但是,以我的肉体凡胎和我的感受,我无法跟纯粹以精神为生的人们换位,去体会他们,难以正确评价他们真正的生活方式。我想尽量残酷地报复他们吗? 我只要活得幸福、活得满意就行了;这是寒碜他们的可靠办法。

他们在设法折磨我的同时,令我掌握了他们的命运。

纸牌 18

我常想,智慧和自由的生命体的存在是上帝存在的必然结果,而且我认为甚至可以在圆满的或者得到充实的神性之外享受神性:那就是统领正直的灵魂。

纸牌 19

他们在他们自己和我之间挖了一道从此无法填平、无法逾越的巨大鸿沟,在我此后所剩的岁月中,将我与他们隔绝,就像生死两隔,永不相逢。

我不禁想到,在高谈心境和平的人中间,真正有感而发、真正有此感受的人寥寥无几。

假如从此还有改变现状的机会——我对此不抱什么希望——至少有一点可以肯定,那就是这种机会只会对我有利;因为我的处境已经坏到了极点。

纸牌 20

当我写这段文字的时候,我压根没想到,有人竟然打算或者能够指责我的叙述不忠实。但是今天听我叙述的那些人一言不发,那种深不可测的神态明白无误地告诉我,这件事没有逃脱这些先生的手心。我本该料到弗朗格伊经过他们调教,成了那帮人的走狗,从此会在这方面歪曲事实的。然而真相早就家喻户晓,而且也得到公众本身的承认,因此我觉得,事实真相必定在他卷入阴谋之前留下了足够的痕迹。

纸牌 21

我没料到弗朗格伊及其同伙以后讲这件事的时候居然颠倒黑白。但是正直的人士也许不会忘记他起先怎么说,后来又怎么说,直到卷进阴谋改口为止。

纸牌 22

有些人迫切地找我,见我就哭,流下喜悦、温柔的热泪,他们激动地与我拥抱,眼里闪着泪花;有些人看见我就怒火中烧,我看到他们的目光中闪烁着仇恨;还有的人冲着我或者朝我身边吐唾沫,看着那份做作的样子,我就明白了他们的意图。我也知道这些不同的表示都来自相同的感情。这么多迥异的迹象究竟反映了什么感情呢?反映了同时代人对我的感情,这我看得出来;至于别的,我就一无所知了。

纸牌 23

耻辱与天真同行,而罪行不知道耻辱为何物。

我天真地说出我自己的感情、自己的观点,不管它们有多么奇怪,多么反常;我不据理力争,也不做证明,因为我不想说服谁,我只是为自己写东西。

纸牌 24

从此,人类的威力对我来说失去了力量。假如我心中激情难抑,我会随心所欲地、公开地、无所顾忌地满足它。因为很明显,他们害怕跟我对质,就像怕死神那样,所以他们不惜任何代价避免与我争论。再说了,他们能拿我怎么办呢?把我抓起来?我巴不得这样呢,可就是无法如愿。折磨我吗?他们可以换着花样整我,可是我的痛苦已经到极点了,没办法再加剧了。把我整死吗?不,他们会尽量避免的!那样做不是让我了结苦难,不是太便宜我了吗?我成了人间的主宰和君王,周围的人都任我摆布,我可以对他们颐指气使,他们对我却无可奈何。

但是当这些先生把我逼到如今地步的时候,他们心里很清楚,知道我不爱记仇、不图报复;不然的话,他们绝对不会贸然行事。

纸牌 25

当一个人对人类再也无所期待的时候,他是多么有力量,多么强大啊!想到这些恶人操劳、担惊受怕、辛苦了整整三十年,结果反而让我远远地超过他们,我不禁嘲笑他们的愚蠢荒唐。

纸牌 26

只要他们老老实实地说出他们是如何获悉这些事的,并且说出为此都干了些什么,假如他们忠实地执行了这一条,那么我发誓对他们的指责不做任何别的回应。

一切都向我表明,并且使我坚信,天意不以任何方式掺和人类的观点和任何涉及声誉的事,它把人死后遗留在尘世的一切全部托付给命运和人类。

纸牌 27

(1)认识你自己吧。

(2)冷淡和悲伤的遐想。

(3)神经质的伦理道德。

我应该如何对待同时代人。

谎言。

健康状况太差。无尽的痛苦。

神经质的伦理道德。

《对话录:卢梭评判让—雅克》
(节选)

这三篇对话写于 1772 年到 1776 年间,全称《对话录:卢梭评判让—雅克》。对话录中出现两个人物,即"卢梭"和"法国人"。他们试图公正地了解让—雅克是何许人,解释为何他成为众矢之的。对话一开始,"卢梭"先交待了此次调查的背景:那不是产生问题的真实世界,而是一个虚构的神话世界,只有在那儿才可能找到解决问题的办法。

节选 1

请您想象一个理想世界吧,它与我们的世界相似,但又截然不同。那儿的大自然与我们大地上的一模一样,但是它的布局更为微妙、秩序更为井然、景观更为美丽;形态更加优雅、色彩更为鲜活、气味更加柔美、物品更加饶有风趣。整个大自然在那儿是如此的美丽,眼前的景色如此动人,凝神眺望,激情在心中燃烧,人们渴望为这个完美的体系尽点儿力,可又生怕搅乱了大自然的和谐,由此产生一种美妙感受力,给天生就有这种能力的人带来即时享受,面对同样景色却无动于衷的人是不知道这种享受为何物的。

　　和这儿一样,激情是一切行动的动机,但那儿的激情更生气勃勃、更加炽热,或者说更为简单、更为纯洁,就因为这一点,使它有了截然不同的特征。任何初始的自然运动都是善良正直的。它们尽可能倾向于直接保护我们、促成我们的福祉;但是由于不久便失去了冲破阻力沿着原先方向前进的力量,它们屈服于无数使之偏离真正目标的障碍,走上一些歧途,人们忘记了自己原定的目的地。错误判断、偏见在推波助澜,很大程度上促成了我们的失误;可是主要还是因为灵魂软弱所致,它跟着自然冲动有气无力地前进,一遇障碍便改变方向,就像皮球遇阻反弹那样;而不是那种富有冲劲、坚定不移的灵魂,它像一发出膛的炮弹,冲破障碍,或者放慢速度,然后砸在障碍上。

　　我所说的这个理想世界的居民们更珍视自然,有幸得到自然的呵护,维持这种对我们一视同仁的自然眼光,正因为这一点,他们的心灵始终保持着自然的本来特征。原始的激情总是直接为我们谋幸福,只关心涉及幸福的物品,由于它们只遵循自爱这一条原则,因此本质上都是多情而温柔的:可是当它们遇到障碍偏离目标之后,它们对如何排除障碍考虑多了,如何达到目标关注得少了,它们的性质随之变化,变得脾气暴躁,一脸的凶相。就这样,自爱——这种善良而绝对的情感——变成了自尊,即成了一种人们互相比较的相对情感,它造成偏好,而偏好给人纯粹消极的享受,因为它不再从我们自身的幸福而只是从他人的痛苦中寻求满足。

　　人类社会中,一旦成堆的激情及其滋生的偏见使人上当,一旦激情造成的障碍让人偏离我们人生的真正目标,受他人和自身激情反复冲击的智者,面对令他眼花缭乱的众多方向,辨不出哪条是正道,唯一能做的就是尽可能离开群体,随遇而安,耐心呆在那儿;他不作为,至少避免了自讨苦吃,不再做别的错事。看到人们尽做着一些他

158

力图避免的蠢事,他怜悯他们的盲目无知甚于仇恨他们的狡猾行径,他不为如何以牙还牙、以辱还辱而费心,即使有时候设法击退对手的进攻,他也不图报复,不冲动,坦然镇定,不失心平气和的常态。

我们居民的目光没有那么深刻,他们走相反的道路,几乎达到了相同的目标,是他们的热情在约束他们、使他们不作为。他们翘首盼望进入天国,天国成了他们的第一需要,有力地在他们心头展现,促使他们聚集心灵的全部力量,并且不断扩大以达到目的。这些阻拦他们的障碍分散不了他们的注意力,他们时刻不忘自己的目标;他们对其余一切的极端厌恶、当他们对实现一心追求的唯一目标不抱希望时的绝对不作为也由此而来。

让—雅克不仅仅是神话世界的一个居民,他也是一位作家,他与真实世界中的作家截然不同。

节选2

卢梭

心灵的构造如此异常的生动,其言行举止必定与众不同。他们的心灵经过如此不同的改变,抒发情感、表达思想的时候不可能不留下这种改变的痕迹。那些丝毫不了解这种生存方式的人也许看不来,可是却躲不过那些了解它的或者本身受此影响的人的眼睛。这是行家里手们相互辨识的特殊标志,这种标志鲜为人知,使用得就更少了,它之所以有价值,在于它不能造假,而且它只在源头起作用,如果不是由衷地发自模仿者的内心深处,就不能打动能够辨识这种标志的心灵;可是一旦打动人心,就肯定错不了;一旦心灵感受到,它就真实了。它最为可靠地体现在毕生的品行中而不是在某些个别行动

159

上。不过在某些令人情不自禁、异常兴奋的场合,圈内人很快能看出谁是自己的同道、谁是徒有虚名,只求附庸风雅而已,这种区别在文字中同样也感觉得到。理想世界的居民们通常著作不多,也不为出书费心思;对他们来说,写书从来不是一种职业。需要一种比物质利益、比荣誉名声更强烈的刺激才能激励他们写书。这种难以把握、无法伪造的刺激,体现在由它导致的全部作品中。某些应该公之于众的绝妙发现、某些需要传播的美好真理、一些理应批驳的贻害匪浅的谬误、一些有待澄清的符合公益的观点,能使他们提笔写书的理由大致只有这些了;而且这些理念还得足够新颖、足够漂亮、足够动人,才能激发他们的热情,迫使他们的热情奔放起来。对他们而言,这与时代、年龄毫不相干。既然写作在他们那儿根本不算一种职业,因此他们提笔或迟或早,封笔也先后不一,全凭写作冲动的驱使。每个人畅所欲言之后,便恢复到先前的平和心境,不去文学赌场混迹,那种不停地纸上涂鸦、老调重弹的可笑欲望也不在心底挠痒痒,即人们所说的依恋作家这一行;他也许天生就有才气,自己却浑然不觉,要没有别的东西激发他的热情、逼着他崭露头角的话,也许到死也是默默无闻的。

法国人

我亲爱的卢梭先生,我觉得您真像那个理想世界的居民!

卢梭

毫无疑问,在《爱弥儿》和《新爱洛伊丝》的作者中,我至少看到一个这样的居民。

从别人对他的评判来看,存在两个互相不能妥协的让—雅克,是作家职业将两人分开。

节选3

卢梭

应该承认,这个人的命运的确令人惊讶:他的生命分成两半,似乎属于两个不同的人,他们被一个时代所分开,也就是说他作品问世之际标志一个人的死亡和另一个人的诞生。

前者平和温柔,认识他的人都喜欢他,朋友对他始终情深意笃。他生性腼腆,脾气随和,不适应大庭广众,他喜欢过隐退的生活,不求闭门索居,而是想兼顾钻研学问的宁静与私密生活的魅力。他在年轻时致力汲取知识、培养令人愉悦的才干,当他迫于生计,不得不靠这些本领谋生时,他做得非常低调、谦逊,连那些成天相处的人都不敢相信他居然有写书的能耐。他重感情,待人一片赤诚;他对朋友百依百顺,一味谦让,以至于被他们牢牢套住,不付出代价是脱不了身的。

后者性格强硬,暴躁,招致世人的憎恶;他愤世嫉俗,以宣泄对人类的仇恨为快事。前者单枪匹马,没有上学,也无导师指点,靠自己的热情克服了种种困难,有了闲暇,不是无所事事,更没有干坏事,而是用迷人的思想充实头脑,用美妙的感情填补心灵,构想一些计划,也许因为追求有益处反而变得想入非非,不过计划倘若实施,将会给人类带来幸福。而后者完全泡在丑恶的阴谋中,全然不把光阴和才智用于令人愉快的事,更谈不上潜心有益的思想。他放浪形骸,在酒馆和藏污纳垢之处虚度人生,染上了那儿流传的种种恶习,养成了与这些恶习相伴的低级下流的格调;他把盛气凌人的作品斗胆归在自己名下，跟自己的卑鄙癖性相比，简直滑稽。尽管他装模作样地浏览书籍、研究哲学，其实除了他那个可怕的体系，他一窍不通，毫无建树，写了那几本旨在强加于人类的随笔之后，他最终又回到他起步的当初，也就是除了干坏事，别的都不会。

最后，我并不想条分缕析地一味比较下去，只是顺势再说几句：前者胆小得犯傻，几乎不敢把在余暇时间写的作品拿给朋友过目；而后者冒冒失失，更傻，明明对所谈内容懵然无知，却公然贪他人之作为己有，还自鸣得意。前者酷爱音乐，乐此不疲，小有成就，做了一些发明，找出音乐的缺陷，提出纠正意见。他大多数时间与艺术家和音乐爱好者们在一起，在不同场合谱写各类乐曲，或者撰写音乐评论，提出新观点，教人谱曲，通过实践来确认自己方案的优点，各方面的音乐知识比同时代大多数人都渊博，当然，有几位在某些部分比他强，可是他出色地把握音乐整体、梳理其中的脉络，无人可比。后者愚不可及，搞了四十年音乐，居然还没有学会，不会作曲，只能靠抄乐谱糊口；即便如此，他仍然感到自己才疏学浅，做不好自己选择的这份差使，可是这又阻止不了他傻乎乎地冒充乐曲作者，其实他不会演奏那些乐曲。您不得不承认，这真是一些难以协调的矛盾啊。

"法国人"——细说这些"先生们"（启蒙哲学家）的动机：面对不同寻常的恶魔，理应动用非常规手段。于是他们绞尽脑汁策划阴谋，有效地孤立他。

节选4

法国人

您的反驳可能是有力的，假如这儿指的是一般的坏人。但是您牢牢记住,那是一个恶魔,一个人类憎恶的魔鬼,一个世人绝对不能信任的人,一个连无赖之类的约定都守不住的人。他同样也以这种无赖的形象臭名昭著,他的诡计让谁都害怕。好人讨厌他的所作所为,坏人更讨厌他写的书:他的虚伪十恶不赦,理应得到公正的惩处,那些被他揭露的骗子为了掩饰自己,对他无比仇恨。他们之所以变着法子接近他,是为了出其不意地偷袭他,是为了出卖他;不过您可以肯定,他们中间决不会有人尝试着拉拢他干坏事。

卢梭

他的确是一种很特别的坏人,好人不喜欢他,坏人更不喜欢他,而且世上没有一个人胆敢建议他干坏事。

法国人

是啊,也许是一种特殊类型吧,他实在太特殊了,连大自然都从未炮制过,我也不希望原样复制一个。然而您别以为我们会盲目信赖这个臭名远扬的无耻之徒。睿智者们刺激他,把他当作一种主要工具来使唤,从而阻止他行为不轨、滥用人们留给他的自由,但他不是唯一的工具。他们采取相当有效的预防措施,对他严密监视,他说的每个字都有记录,走的每一步都做了记号,每个计划从酝酿之时起就为人知晓。结果从表面上看,他自由地与人们相处,其实和他们没有任何真正的交往,只身处在芸芸众生之中;对周围的事、周围的传闻,尤其是与他直接有关的事一无所知;处处感到背负着沉重的锁链,而他却拿不出、看不到一丝痕迹。他们砌起黑暗的墙将他围住,挡住他的视线;他们将他活埋在人群中间。这也许就是前所未有的最奇怪、最惊人的举动。它的圆满成功证明了天才的策划者以及指导实施者的力量;全体民众的热情参与也着实令人惊讶,他们只是不假思索地忠实执行这项计划,没有意识到它的恢宏与壮美。

有组织的迫害手段不胜枚举。

节选 5

法国人

毋庸赘言,他的信函被悉数拆阅,凡可能让他得益的信件都被仔细扣押下来,而且我们找各种人给他写信,一来可以打探他的内心状态,如果他答复来信的话;二来能揣测他的心理,假如他不予理睬;我们还把那些日后可能对他不利的信函存起来。我们找到了诀窍,把巴黎变成比石洞、比森林更可怕的孤独处所,他在人间找不到沟通、安慰、建议、光明,也没有丝毫帮助他做人的东西,整个儿一座大迷宫,黑咕隆咚的,只让他看到一些使他越滑越远的歧途。凡是跟他搭腔的人,没有一个不把自己该说的话先想好了,连用什么口气跟他说话都考虑停当。我们把要求见他的人都记下来,接受跟他有关的指令之后,才允许他们见他,我本人正担任着这项工作,您一旦表示想见他,我就负责把这些指令告诉您。如果他来到公共场所,会被人当作鼠疫病人来看待:人们会把他团团围住,目不转睛地盯着他,不过跟他保持着距离,不跟他说话,只是把他围困起来,假如他敢自己开口说话而别人不屑理他,便用充满蔑视的粗暴语气说个谎或者避开他的问题,迫使他打消说话的欲望。在剧场正厅的后排,我们刻意提醒周围观众的注意,总是在他身边安排一个保安或者士官,不用开口,他的身份也就一清二楚了。我们到处通报他、贴布告、做介绍,从邮差、店员、门房保安、密探、萨瓦人、商人、流动小贩、书商到剧院、咖

164

啡馆、理发店,一个都没落下。他如果找书、找年鉴、找长篇小说什么的,整个巴黎就都缺货,一本也没有;不管他想得到什么东西,只要意思一说出口,保管那东西立刻销声匿迹。他乍到巴黎的时候,想找回他二十年前刊印的十二首意大利小曲,都是他写的作品,例如《乡村预言家》:不料歌曲集、曲谱、插图等全都不见踪影,一眨眼的工夫都被吞噬了,一份都没收回来。我们不厌其烦,处处留神,成功地在这么大的城市中将他始终置于众目睽睽之下,老百姓用厌恶的神情看待他。他想过河去"四民族学院"①吗?没人愿意为他撑船,连一架马车都包不着。他想擦鞋吗?那些擦鞋人——尤其是圣殿街和皇宫广场一带的——满脸鄙夷,拒绝为他效劳。他要去杜伊勒里或者卢森堡公园?门口发入场券的人都接到指令,让他通过的时候必须摆出不胜凌辱的样子,要是他索取门票,干脆一口拒绝他,之所以这样做,倒不是因为门票值钱,而是要让他丢人现眼,让他越来越遭人厌恶。

他们最漂亮的发明之一,就是利用每年在乌尔斯路焚烧瑞士稻草人的仪式以求一逞。如今是启蒙时代,这种民间节日显得太粗野、太滑稽,已经被人淡忘,要不是我们先生们为了让一雅克突发奇想,如获至宝般地让它起死回生,原来准备彻底取消了。他们把稻草人打扮成让一雅克,穿上他的衣服,让稻草人手持明晃晃的尖刀,然后浩浩荡荡地在巴黎游街,他们特地吩咐把稻草人直接停在让一雅克的窗口下面,朝各个方面转动稻草人,让百姓们看清楚它的脸,仁慈的代言人借民众之手达到自己目的,怂恿他们焚烧扎成让一雅克的稻草人,一边窥测更好的时机。最后,我们有一位先生甚至信誓旦旦地告诉我,他曾欣喜地看到乞丐们当面拒绝让一雅克的施舍,您自然明白……

---

① 成立于 1661 年,1795 年改为法兰西学士院。

这时候,"卢梭"提起自己的情况,反驳表面上的同仇敌忾,因为对某类读者来说,让—雅克的作品是必不可少的。

节选 6

卢梭

您十分了解我的人生经历,您深知它很少让我品尝到生活的富足:我在生活中既没有找到人们看重的财富,也没有找到那些我所看重的财富;您知道,为了得到这片人们垂涎欲滴的过眼烟云,生活让我付出了多大的代价,而且即使它再纯洁一些,也不是我内心所需的食粮。只要我命中注定是穷人,我就不会感到自己时运不济。有时候,我在默默无闻中体验到真正的快乐;可是出名之后,我立刻堕入灾难的深渊,那些人把我推入深渊,表面上悲天悯人,其实在变本加厉地折磨我,没有他们,我不会遭受这般不幸。摆脱这种温柔虚无的友谊——我一生经历的所有苦难均来自徒劳地寻找友谊——之后,摆脱令我深受其害的舛误之后,我在人间看不到正直、真理,也看不到一些我觉得与生俱来的情感,因为我内心洋溢着这些情感,少了它们,任何交往只能是欺骗和谎言,于是我退居自己的内心深处,在自我和自然之间生活,品尝到无限的温馨,觉得我不孤单,跟我交流的不是一个古板僵死的生灵,我的苦难即将结束,我的耐心有了分寸,我一生遭遇凄惨,其实都是为今后得到更好的补偿和享受作铺垫。我从未接受本世纪有福之人的学说;它对我不合适;我寻找与我内心更为贴切、在逆境中给我更多安慰、更加促进道德的学说。我在让—雅克的著作里面找到了它。我从中汲取的感情与我心中油然而生的感情是那么相似,我感到无数与我自己禀赋相连的纽带,以至于在我看来,在我读过的所有作家中,惟独他是描绘自然的画家、研究人类心灵的史学家。我在自己身上找到了在他的著作里认出的那个人,掩卷长思,我学会从自己身上找到享乐和幸福,而别人都到远离自身的地方去求索。

他的榜样让我受益匪浅,充实滋养了我对感情的信心,同代人中间惟独我保存了这些感情。我信奉宗教,一贯如此,尽管我和那些玩弄象征、套话连篇的人不太一样。我高度敬仰神灵,因此对人类设立的机构和造假的宗教深恶痛绝。我没见过哪个人像我一样思考;我的思想、我的情感,无一不使我在芸芸众生中陷于孤独。这种孤独状态令人伤心;让—雅克解救了我。他的书让我坚强起来,去应对自由思想家的讽刺奚落。我感到,他阐述的原则与我的感情完全契合,看到它们来自如此深邃的思考,看到它们的论据是如此充分,我不再害怕,不再怕它们像别人不住地冲着我叫嚷的那样,是偏执和教唆的产物。我看到,哲学在本世纪一味摧枯拉朽,惟独这位作家在扎扎实实埋头建树。翻开别的书,扑面而来的是执笔为文的狂热冲动,以及作家追求的个人目的。只有让—雅克让我感到是在正直、纯粹地寻求真理。我觉得只有他在给人们指明获得真正幸福的道路,告诉他们如何分清表里,如何鉴别自然之子与我们的机构、我们的偏见用来取而代之的伪君子;总而言之,我觉得只有他是对公共利益怀着一腔挚爱、光明磊落、不谋私利的人,尽管他言辞激烈。此外我觉得他的生平与其人格言完全吻合,使我坚定了自己的信念,增添了我的信心,因为这些原则经过思想家的长期思考,一位摒弃门户之见、无意创立或跟随任何宗派的作家,在他的探索过程中,除了关心公共利益和真理,别无他求,他堪称楷模。我根据这些思想,制定出自己的人生规划,与他交往理应令人着迷,因为长期以来与人交往,得到的只是虚有其名,没有内容、没有真理、没有寄托、没有任何感情与思想的真正共鸣,我热情有余,提防不足,一心希望在他身上找回我失去的一切,希望还能品尝真挚友谊的甘美,还能和他一起进行无比美妙的沉思冥想,那是人生最美好的享受,是身处逆境时可找到的唯一可靠的慰藉。

如您所知,我沉浸在这种感情之中,就在此时,您来了,您用那番毒辣的知心话逼迫我的心胸,驱逐我心中温馨的幻觉,而我正准备再次向它敞开心扉呢。您撕碎了我的心,那惨烈程度您根本无从知晓。只有体会到被您毁掉的幻觉多么依恋上天的理念,才会有所感悟。我命途多舛、受世人折磨,尽管如此,我触摸到了幸福的时刻,而您再次把我推入凄惨的深渊;您夺走了我赖以承受苦难的全部希望。唯一与我思想相同的人培育我的信心,唯一真正高尚的人令我相信道德,促使我热爱道德,敬仰道德,寄全部希望于道德之上;如今您夺走了我的支柱,把我孤零零地抛在人世,被痛苦的深渊所吞噬,此生此世不给我留下一线希望之光,甚至还准备放弃在一个较为公允的世道补偿我今生蒙受的种种遭遇的希望。

公开谴责,乃至囚禁让—雅克,倒是更合乎逻辑、更有人性的举措。

节选7

卢梭

就我而言,我对您申明,本人根本不赞同也不理解这种所谓的宽容,依然让这个祸患逍遥自在;有人把他说成凶神恶煞,我没那种意思,但不管怎么说,他是个坏蛋。我觉得这种宽大不合理、不人道、不保险,其中看不出多少你们先生们①大肆宣扬的那种温情和关照。使一个人沦为公众和无赖的玩偶,一而再、再而三地把他从自我幽闭、无从作恶的最偏僻、最孤独的藏身之所赶出去,指使群氓以乱石砸之,到处恣意嘲弄,蒙受的凌辱层出不穷,甚至剥夺他必不可缺的享受社会资源的权利,掐断他的生路,然后赐予施舍,以至于他在世上处处感到迷茫,使得所有理应明了的一切在他那儿都成了难以理喻的疑团,他在人们眼中变得如此另类、丑恶、卑鄙,他得不到患难之际人人都能享有的兄弟般的指点、扶助和建议,所到之处,只有陷阱、谎言、背叛、辱骂,总而言之,把这个没有靠山、得不到保护、不能自卫的人交给他的仇敌,任他们巧妙迫害,这样处置他,与把他关起来、从而保证他人身安全相比,实在是残酷多了,因为他被关押,人人都会有安全感,也让他找到自己的那份安全感,或者说至少有稳定感。您对我说过,他期待关押,主动请求关押;可是人们非但不予同意,而且就此又构成一条新罪状,成为新的笑柄。我觉得,请求和拒绝的理由都是显而易见的。因为来到最为偏僻的退避所都找不到安身之处,他屡遭驱逐,被赶出深山怀抱、逐出湖泊的中心,只得冒着危险和耻辱四处逃窜,忍受巨大的痛苦和代价不停地游荡,寒冬将临,他被迫奔走欧洲各地,漫无头绪地寻找栖身处所,而且早就料到哪儿都过不上安生日子,他饱受暴风骤雨的折磨,人困马乏、心灰意冷,自然就盼望用平静的囚禁来结束自己的不幸生活,而不愿意在垂暮之年看到自己依然到处被人驱赶、颠沛流离,连一块可供歇息的枕石、一处能让他喘口气的庇护所都被剥夺了,直到疲于奔命,耗尽盘缠,不是凄惨地死去,就是终日漂泊不定,靠迫害者们的苛刻施舍度日,那些人巴不得走到这一步,因为终于可以随心所欲地对他肆意恶骂了。为什么人们不同意这种多么可靠、多么快捷、多么简便,而且他自己提出、

---

① 即启蒙思想家们。

请求恩赐的处置办法呢？不就是因为他们不肯如此温和地对待他，不肯让他得到望眼欲穿的安宁吗？不就是因为他们不愿意给他留下片刻安宁，不愿意让他处在不能每天给他罗列新罪名、杜撰新书的状况中吗？因为在那种情况下，他的温和与耐心也许将打动那些专门看守他的人，使他们放弃别人故意散布的对他的错误看法。

结束纷争的唯一办法：走近真正的让—雅克。

节选 8

卢梭

暂且假设一下，倘若经过仔细的公正调查，让—雅克并非你们眼里的那种凶神恶煞，而是一个单纯、富有同情心的好人，倘若他的无辜得到包括那些卑鄙地折磨过他的人的一致公认，您被迫重新尊重他，不得不为自己曾无情地评断他而自责，那么请您告诉我，这种变化会给您造成怎样的影响？

法国人

那将是痛苦的影响，这点您务必相信。我感到，我如今因为他的罪行而恨他，在尊重他、恢复其名誉的同时，我也许会为自己的过失而更加恨他：我决不会饶恕他使我对他不公正。我谴责自己的这种心态，对此感到羞愧；可是我觉得它依然不容分说地盘踞在我心里。

卢梭

率真坦诚的人啊，您不必多说了，我记下这番坦言，好在适当的时间、场合提醒您；对我来说，此时让您思考这些就足够了。再说了，您别太伤心，这种心态不过是自尊心最为自然的蔓延罢了。审判让—雅克的法官们与您的心态是相同的，而差别在于您也许是唯一敢说真话承认这种心态的人。

说到我本人，为了排除如此众多的困难，做出自己的判断，我需要了解情况，需要自己做观察。到那时候我才能放心地对您披露我的想法。首先应该从观察让—雅克入手，我决意这么做。

法国人

啊呀！这么说您总算回心转意，考虑我的提议了？您曾经对它嗤之以鼻。这么说您准备接近这个人了？照您以前的意思，他与您有着天壤之别，拿地球的直径距离来衡量仍嫌太短。

卢梭

我接近他？不，我决不走近您描绘的那个歹徒，可是我愿意贴近那位想必遭到诋毁的人。让我去找可恶的歹徒，纠缠他，窥视他，欺骗他，我决不会动干这种丑事的念头；可是如果怀疑所谓的歹徒也许是位不幸的君子，也许受到卑鄙的陷害，需要我亲自去探明事实再做判断，那是一颗正直的心灵理应承担的一项最美好的使命，我投入这项高尚的调查，满怀着敬意和内心满足，就像我会感到无比遗憾和耻辱，倘若我抱着相反的动机行事那样。

法国人

很好;既然面对重重证据,您仍然心存疑虑,而且乐此不疲,那么请问您打算如何降伏这头近乎孤僻的熊呢?您一开始总得好言安抚吧,尽管您对此深恶痛绝。假如您这一招比别的许多人更能够奏效,也算是走运了,那些人不懂节制,毫无顾忌地一味奉承他,反而遭到他的无礼和蔑视。

卢梭

是他的错吗?咱们开诚布公吧。倘若以这种方式就能轻易地把此人拿下,那么单就这点而言,就足以定他一半的罪。自从听您介绍别人对他的做法之后,得知他冷落大多数与他搭讪的人,对他们爱理不理,我并不感到太大的意外,那些人为此责备他抱有戒意,其实他们说错了,因为抱有戒意的前提是心存疑惑:而他把他们看透了,没有什么疑惑可言了。那么他怎样看待那些曲意奉承之徒呢?既然世人用那种眼光看待他,而又躲不过他的眼睛,因此他能轻松地洞察他们表面殷勤的真实企图。他应该清楚地看到,他们的目的不是善意地与他交往,也不想研究他、了解他,而只是企图笼络、操纵他。我无需也无意欺骗他,因此我不想和那些心怀叵测接近他的人一样,摆出一副花言巧语的样子。我不对他隐瞒我的意图:如果他对此惴惴不安,我就结束调查,我跟他就没什么可谈了。

在前两次对话的间隔期间,"卢梭"见到了"让—雅克"本人,而"法国人"读了他的书。卢梭讲述他的这次经历:这是对话之二的内容。

节选 9

卢梭

　　我径直找到他,可是我打算用什么方式研究他呢,重重困难有待克服! 我一生都在研究人类,总以为自己了解人类,其实我错了。我连一个人都了解不了:实际上倒不是他们不易了解,而是我的方法有误,看到别人做事,总是用自己的内心感受去诠释,以己度人,把可能促使我行动的动机归在别人身上,而且老是出错。我太重其言而轻其行,我听他们说得多,看他们做得少,结果在这个哲人辈出、出口成章的时代,我把他们都奉为睿智哲人,凭他们的警句格言去判断他们的人品。有时候,他们的行为引起我注意,比如登上舞台,演一部光彩照人的作品,博得众人喜欢,那是蓄意安排的;我傻乎乎的,没想到他们渲染这部才华横溢的作品,常常是为了掩盖他们人生经历中一串串极不公道的丑行。我看到那些自诩人情练达、目光敏锐之辈,几乎都被以己度人的原则害得铸下大错。我看见他们捕风捉影,抓住一句话、一个动作、一个随口说出的词,如获至宝,照自己的方式诠释一番,把某人每个纯属偶然的举动都说成精深微妙,从而为自己有如此敏锐的洞察力而沾沾自喜,其实那些奥妙常常是他们的一厢情愿。啊! 哪位智者从不说傻话? 哪位正人君子不犯口误,无意中说出应该挨批的话? 假如我们一笔不落地记录一位最完美的人所犯的过失,而把余下的都仔细删掉,那么人们对他会做什么评价呢? 叫我怎么说呢,别人只会看到他的错误! 那怎么行呢,到了冲动的旁观者那儿,最纯洁的行为、最无关紧要的动作、最严谨稳重的言辞,一切的一切都在促进、加剧他所热衷的偏见,因为他割裂每个词或者每件事的背景,从他喜欢的角度加以展示。

我打算另辟蹊径，潜心研究这个受到如此残酷、如此轻率、如此普遍声讨的人。我不关心那些可能使人上当的泛泛空谈，也不注重那些短暂的迹象，因为它们更不可靠，太容易导致轻率和恶意中伤了，我决定从他的秉性、他的操守、他的兴趣、他的嗜好、他的习惯来研究他，来追踪他生活的细节、情绪的起伏、感情的取向，听他说话来观察他的行动，如有可能，设法探究他的内心，总之，通过他一贯的为人处事，而不靠模棱两可、匆匆而过的迹象来观察他：这是唯一屡试不爽的法则，能很好地判断一个人的真正性格以及可能被他藏在心底的激情。由于您的提醒，我事先考虑到这项计划执行时存在哪些障碍，但是如何排除它们，当时却让我颇费脑筋。

　　我知道，那些与他往来的人表面上殷勤，其实一肚子坏水，让他十分恼火，只想着闭门谢客，把新面孔都赶走；我知道，他看来是拿什么神态对他，看他是大大方方还是藏藏掖掖，然后判断其意图，我觉得这也在情理之中，既然我的立场夺走了我跟他攀谈的权利，我只能未雨绸缪，做好这些诡秘狡诈的事害得他不苟言笑的准备，其实我需要他随和放松，才能实现我的意图。在我看来，只有和盘托出我的计划才是唯一的补救办法，此举也符合我必须恪守的沉默，甚至还能让我获得有利或者不利于他的初步看法：因为，既然我的言行使他相信我的意图正大光明，倘若他依然怀疑我的用心，害怕我的目光，设法欺骗我的好奇心，一上来就戒心重重，那么他在我的心目中就已经被基本判定了。然而我在这儿非但没有看到任何类似的情形，恰恰相反，令我感动而且惊讶的，并不是和盘托出的设想使他对我另眼相待，因为他没有露出丝毫明显的热忱，而是我看到了这个念头在他心中激发的喜悦。

　　"卢梭"猜想让—雅克"爱好孤独"，与"哲学家狄德罗"的解释大相径庭。

174

节选 10

卢梭

他躲避人们，不是因为恨人类，而是怕他们。他离群索居，不是为了加害于人，而是设法躲过人们对他的迫害。而他们则相反，他们不是出于友谊，而出于怀着仇恨在寻找他。他们你找我躲，就像在非洲沙漠中，那儿人迹稀少，猛虎成群，人类躲避老虎，老虎寻觅人类；由此可以得出人类凶狠、残暴，而老虎合群、人道的结论吗？而且，不管让—雅克对那些不停地找他的人有什么看法，也不管那些人对他有什么看法，他并不让每个人都吃闭门羹；他真诚地款待老朋友，有时候甚至接待一些新客人，当他们不显得虚情假意或者盛气凌人的时候。我只见过他断然回绝那些蛮横、傲慢和狡诈的拉拢，那些人动用这种手法的意图十分明显。这种公开和勇敢拒绝奸诈和背信之辈的方法绝非坏人之所为。如果他类似那些找他的人的话，他就不会避开他们的拉拢，而会逢场作戏，设法以其人之道还治其人之身，以狡诈对狡诈，以背叛对背叛，可以利用对方的武器来保护自己、为自己复仇；然而人们没有指控他搅乱他所生活的社会圈子、挑拨朋友关系、说过与之交往的任何人的坏话，那些所谓的朋友唯一可以指责的，就是他公开地与他们断绝交往，他正是这样做的，一旦发觉他们虚伪狡诈，他就不再尊敬他们。

是啊，先生，真正的恨世者①不会孤独隐退，倘若如此矛盾的人果真存在的话；一个希望单独生活的人，对人类能有什么害处呢？他指

---

① 泰门（希腊贵族）当然不是恨世者，连这个称号都够不上。他的行为中怨恨和幼稚多于真正的凶恶：他是个跟人类怄气的心怀不满的疯子。——作者原注。

望损害什么呢？一个人恨人类才想着害人类,要害人类,就不该躲避人类。坏人很少呆在荒野,他们生活在社会群体之中。他们在那儿策划阴谋,满足他们的欲望,折磨他们的仇人。无论出于什么动机,谁想投身人海、在那儿冒尖,谁就得拿出拼劲,击溃推搡自己的人,拨开挡道者,挤过密集的人群,走自己的路。一个温厚平和的人,一个腼腆软弱的人没有这种勇气,他设法躲到边上,生怕被推倒或者遭到践踏,在您看来,他就成了坏人,而那些力量大、耐力强、更有闯劲的人则就是好人? 我在哲学家狄德罗发表的演说里首次看到了这种新学说,他的朋友让一雅克恰好在那时候退避隐居。他说,**只有坏人才单身独处**。而在此之前,爱好隐居被视作内心平和、心灵健全的最明确的佐证之一,说明它没有野心,不抱奢望,脱离由虚荣心引发的种种炽热的情欲,社会环境滋生、酝酿着这些弊端。这种温文尔雅的情趣,昔日得到那么多人的推崇,没想到如今笔锋一转,被说成是邪恶的愤懑;就这样,那么多令人尊敬的贤人智者,包括笛卡尔在内,霎时间沦为令人深恶痛绝的恨世者和无赖。哲学家狄德罗写这条警句的时候也许是单独一人,但是我不相信持这种想法的惟独他一人,况且他已经设法在社会散播。但愿坏人永远单身独处! 他就不会伤害自己了。

我可以相信,被迫隐居的人们与世隔绝,怨恨攻心,百感交集,可能因此不近人情,变得凶狠起来,他们苦于锁链束缚,于是仇恨一切不像他们那样忍辱负重的人与事。可是出于自己志趣、自愿选择隐居的人自然就充满人情味,他们热情好客,殷勤体贴。他们不仇视人类,之所以躲避人世的躁动和喧嚣,是因为他们热爱安逸、宁静的生活。长时间与世隔绝甚至让他们变得和蔼可亲,当这种生活无拘无束地呈现在他们面前的时候。他们从中得到美妙的享受和喜悦心情溢于言表。这种生活给他们的感觉就如同与女性交往一般:有些人不与女子成天厮守,但是在与她们片刻相处时得到的陶醉却是情场老手们未曾体验过的。

　　我想不明白，一个理智健全的人怎么可能赞同——哪怕是片刻之间——哲学家狄德罗的警句？他的话盛气凌人，说得斩钉截铁，可是掩盖不住它荒谬绝伦、似是而非。啊！反过来，谁不知道坏人不喜欢离群索居、不愿意成天跟自己打照面？他觉得搭档太乏味，日子过得太别扭，坚持不了多长时间；不然的话，一肚子邪念老是闲着，慢慢就会消退，他只得改邪归正了。凶恶皆源于自尊心，人际交往滋生了自尊心，自尊心从中获得生机，在那儿亢奋起来，人们每时每刻被迫相互攀比；而在孤独状态中，自尊心因为缺乏养料而萎靡、凋零。自给自足之人皆无害人之意。这条格言不如哲学家狄德罗的警句那么响亮、那么傲慢，可是比它更明智、更合乎情理，而且它至少没有侮辱他人，因此更为可取。我们不要被铿锵的警句所迷惑啊，谬误和谎言常常披着辉煌的外衣：交往不在于人数多寡，当心灵互相排斥的时候，躯体的接近是徒劳的。真正喜欢交友的人比任何人都难结交，因为他不适应那些徒有表面、貌合神离的交往。与其看着坏人、仇恨坏人，他宁可远离坏人、不去想他们；他希望避开敌人而不是去寻找他，然后伤害他。一位只懂心灵交往的人是不会到你们的圈子里寻找挚友的。面对围攻自己的联盟，让—雅克想必就是这样考虑和行动的；既然这种联盟确实存在，而且在他的身边到处设陷阱，他与迫害自己的人生活在一起，看到自己成为他们讽刺奚落的对象、成为他们仇恨的玩偶、受他假惺惺安抚的欺骗，您自己判断吧，他能得到乐趣吗？他们恶毒地摆出凌辱、讽刺的神态，使得他肯定憎恨这种安抚。跟所有那些人在一起的时候，蔑视、愤慨、愤怒袭上心头，挥之不去。为了避免如此痛苦的感觉，他远离他们；他之所以远离他们，是因为他们的确可恨，是因为他曾经对他们怀着挚爱之心。

　　"卢梭"明白了让—雅克为什么喜欢音乐和植物学。

节选 11

卢梭

　　我看到他埋头誊写乐谱，按页取酬。和你一样，我觉得这个活儿既可笑又做作。我首先设法弄清楚，他是真的把它当一回事在做呢，还是作为消遣，然后我想确切地知道什么动机促使他重操旧业，那需要做更多的调查和更加仔细些。我必须搞清他的收入以及他的家产，核查您跟我说的富裕情况，调查他的生活方式，考察他家庭生活的细节，比较他的收支情况，总之，除了听他的讲述和听取你们先生们相反的说法之外，我还要了解他的现状。我对此给予了最大关注。我觉得他喜欢干这个活儿，尽管他做得不太成功。我寻找了这种奇怪的乐趣从何而来，发现它与他的秉性和脾气有关，我当时对他的秉性和脾气还一无所知，趁此机会开始发掘。他把这项工作和另外一种消遣连在一起，我以同样关注的心情观察他这方面的行动。他曾经长期住在乡下，养成了研究植物的兴趣：他还在从事这项研究，热情过度而成就不足；也许是衰退的记忆力开始拒绝替他服务；也许就像我感受的那样，他把这项活动看做儿童游戏，而不是真正的研究。他专心制作漂亮的植物标本，较少关心区分植物种类、表现植物特征。他异乎寻常地花了大量时间和精力把枝杈晒干、压扁，把小小的叶子展开、捋平，保存花朵的天然颜色；他小心翼翼地将这些零星的碎片黏到一张张打着小方格的纸上，和盘托出自然的真相，赋予了细密画的光彩和临摹自然的魅力。

　　我看到他的热情最终消退了，因为他上了年纪，这种消遣太累人，太贵，他玩不起，而且耗去他无法弥补的宝贵时间。也许我们的交往促使他舍弃这种消遣。看得出来，凝神眺望大自然始终令他心

178

驰神往:他需要眷恋之情,在那儿找到了寄托;可要是当初有挑选余地,他肯定会放弃这种寄托,他在与人谈心的努力屡遭挫折之后,无奈之下才与植物攀谈的。只要看到一线希望,他跟我说,我就会情愿离开植物世界,去重新与人交往。

"卢梭"觉得让—雅克非常忠实自己。

节选 12

卢梭

在我所认识的人中间,性格完全取决于秉性的人就是让—雅克。他是自然之子:教育对他的改造微乎其微。假如他的能力和体力从出生伊始就立即发育成熟,那么在他成年以后基本能找回原样。如今,历经六十年艰难困苦之后,他仍然很少为时间、逆境、世人所动。他的身体渐渐衰老、伛偻,而他的心态始终年轻;他还保持着与年轻时同样的情趣、同样的激情,直到生命的尽头,他始终将是个大孩子。

让—雅克从"感性道德"出发,使"卢梭"看清自尊心的弊端,它与自爱心截然不同。

节选 13

卢梭

感性是所有行动的起源。一个人尽管有生命,如果他毫无感觉,就不会行动。那么他行动的动机在哪儿呢? 上帝本身也有感性,因为他在行动。所以说，每个人都有感觉，也许感觉的程度相同，但是感觉的方式不一样。一种是物理的或者说有机的感觉，它纯粹是被动的，其目的似乎就是用快乐和痛苦这两个方向，来保存我们的肉体和我们的种族。还有一种感觉，我称之为主动和道德的感觉，它不是别的，就是使我们与旁人发生感情关系的能力。这种能力不是研究神经丛所能解释的，它向人类心灵提供了与物体相互吸引十分类似的能力。其力量的大小与我们感受到的自己与旁人的关系强弱成比例，根据这些关系的性质，它时而积极地吸引，时而消极地排斥，如同磁铁的两极那样。大自然力图扩散、增强对我们自身的感受，积极的或吸引的动作是自然的朴素产物；消极的或排斥性的动作则压抑、遏制对他人的感受，它是来自思考的混合物。前者孕育出一切柔情爱意，而后者导致一切仇恨与残忍。先生，我们前几次交谈时曾经对自尊心和自爱心做了区别，请您回想一下，两者是以何种方式作用于人的内心的。积极的感觉直接由自爱心派生而来。一个怀自爱之心的人自然会设法扩展他的生存和享受，通过感情纽带来掌握他觉得对己有利的东西：这时涉及的纯粹是感觉，思辨不起任何作用。可是这种绝对的爱一旦变成自尊心，而且开始做比较，就会产生消极的感受；因为人们立刻会养成跟他人攀比的习惯，进而情绪冲动，给自己争拔头筹、争取最佳位置，于是不能不恨所有超过我们、所有贬低我们、所有挤压我们、所有妨碍我们无所不能的东西。自尊心总觉得恼火或者不满意，因为它希望每个人都不爱他人、不爱自己而偏爱我们，这其实是做不到的；别人应得的格外青睐，即使他们没得到，也惹自尊心生气；某人比我们有优势，自尊心就气恼，即使从别的优势得到补偿也不能平静下来。感到某一方面落后会败坏在其他无数方面的优越感，人们忘记自己的长处，只顾及自己的短处。您不难想见，这种气氛难以促成与人为善的心境。

假如您问我，攀比之风使得一种良好的自然感觉成了虚情假意，

180

它从何而来呢？我的回答是来自社会交往，来自观念的传播和精神的培养。只要专注最基本的需求，我们就会把自己局限于寻找真正有用的东西，而不会拿无用的眼光看别人。可是人们互相有需要，这根纽带把社会扯近了，随着思想的拓展、磨砺和开窍，它增加了活动，囊括更多对象，把握更多的关系，它做研究、比较；在频繁的比较中，它没有忘记自己，没有忘记他人，也没有忘记自己企图在他们间占据的位置。人们一旦开始这样比较，就一发不可收拾了，从此一心琢磨要把所有人都踩在我们脚下。因此人们通常注意到，饱学之士、尤其是文人，他们的自尊心比任何人都重，他们最缺乏爱心，最容易仇恨，这就佐证了这条定理。

他也向"卢梭"展示了有节制的享受是淳朴的……

节选14

卢梭

我觉得让—雅克拥有相当强烈的身体感受能力。他很依赖自己的感觉，要不是常受到道德感的牵制，他会依赖得更加厉害；这种感受力甚至常常通过道德感，对他产生极其巨大的影响。悦耳的声音，美丽的天空，优美的景色，秀丽的湖泊，芬芳的花朵，俊美的眼睛，温柔的目光；这一切只有从某个侧面触动他的心弦，才能对其感官产生强烈作用。我亲眼看见他在整个春天，每天走两古里，去贝尔希静静欣赏夜莺的歌喉；有潺潺流水、葱茏草木，孤寂安宁与树林作伴，夜莺的歌声才能打动他的耳朵；要是他没有目睹自然之母欢乐地为儿女们精心装点家园，乡村在他眼里就不会如此魅力无穷。他绝大多数的感觉都有混合成分，从而趋于平和，在纯粹物质的感觉中剔除其他感觉的诱惑之后,使得各种感觉更为平静地在他身上起作用。因此,尽管他的感受力十分敏锐,但是绝对不冲动,由于他体验享受多于清贫,因此从某种角度而言,与其说自己清心寡欲,倒不如说有所节制。然而想象力折磨他的时候,绝对禁止会让他付出不菲的代价,而节制自己掌握的东西,对他来说则是易如反掌,因为这时候想象力不再起作用。他喜欢享受,不过是在先有这种欲望之后,而且他不等欲望停止就已经停止享受,欲望只要一降温,他就收场。他的兴趣健康,甚至可以说细腻,但不雅致。他喜欢美酒佳肴,但是更偏爱那些大路的、不求花哨的家常便饭,绝对不把"物以稀为贵"放在眼里。他不喜欢精工细作的菜肴和过分讲究的膳食。野味很少进他的家门,要是他有幸在那儿做主的话,它们绝对是进不去的。他无论平时吃饭还是宴请,都吃单道菜,始终同一道菜,直到吃完为止。总而言之,他热衷感官享受,也许有些过头,但是他只重感官享受,又略嫌不足。人们对图享受的人说三道四。然而他们跟随朴素的自然本能,它使我们寻找赏心悦目的事物、躲避我们厌恶的事物:这样的嗜好何罪之有,我不明白。感性之人是自然之子;思辨之人是偏执之士;危险的是后一种人。前者即使溺于享受,也绝不会形成危险。当然,确实应该把感官享受这个词限制在我给出的意义之内,不能延伸到享乐炫耀上去,后者构成人生的一种虚荣,或者企图逾越享乐的界限而沦为伤风败俗之举,或者极尽奢华之能事,追求享乐的魅力少了,寻求排他性的乐趣多了,进而看不起供普通人挑选的欢乐,把自己局限在那些让平民百姓羡慕的享受之内。

······孤独有着丰富的内容······

节选 15

卢梭

让一雅克没有始终躲避人类,但是他始终喜欢孤独。他乐意与觉得是自己朋友的人们相处,但是他更乐意跟自己形影相依。他深深眷恋与他们交往,可是他有时候需要独自静思,也许他更喜欢总是孤身度日,而不整日与他们为伍。他对小说《鲁滨逊漂流记》情有独钟,因此我断言,如果困居荒岛的话,他不会像鲁滨逊那样觉得自己倒霉透顶。对一个没有野心、不讲虚荣的感性人来说,独自生活在荒漠中不比在人群中独自生活更加残酷、更加艰难。此外,这种孤独隐居的嗜好当然与凶恶歹毒、愤世嫉俗毫不相干,可是它毕竟太不寻常,只在他身上才看到如此登峰造极的程度,因此绝对需要找出确切的原因,不然只能放弃对这位有此嗜好的人的透彻了解。

我首先看到,一般的社交往来表面上嘻嘻哈哈而实际上谨言慎行,他不适应这种收敛。不善言谈、无法掩饰内心活动使他明显地处于劣势,相比之下,别人善于隐藏自己的感受和为人,只把适宜暴露给他人看的东西亮出来。惟有开诚布公的亲密关系才能在别人与他之间恢复均势。可是当他真心投入的时候,别人却只做表面文章;他不够谨慎,别人则故意设陷阱,一旦感到受骗上当,他便与他们永远疏远了。

可是失去种种社交往来的乐趣之后,他最终以什么来替代,从而使他得到补偿,并且放弃前者而去喜欢这种尽管有着诸多不便的新状态呢? 我知道多情温柔的心灵禁不起世俗喧嚣的惊吓,它们在大庭广众之间会退缩、感到压抑;我知道,它们在自己的圈子里轻松快乐、诉说心声,只有两人单独会面时才真正推心置腹;最后我还知道,这种美妙的、化友谊为真正享受的亲密无间,除非生活在隐居状态,否则几乎不能形成、无法维系;然而我也知道,绝对孤独是一种有悖自然的悲哀处境,因为友爱之情滋润灵魂,思想沟通能活跃精神。我们最美好的生活是相比较而言的、是集体性的,我们真正的"自我"并不全在我们身上。说到底,离开他人帮助,一个人永远无法充分地享受自我,我们作为人在这个世界上的构造就是如此。因此,让一雅克离群索居,想必性情忧郁、沉默寡言,生活总是不遂意。他的肖像画实际上都是这副表情,自从他遭遇不幸之后,别人也总是这样给我描述他;有人甚至在一封公开刊印的信中引用他的原话说,他一生只笑过两次,每次都是毒笑。别人以前可不是这样跟我说他的,他一旦跟我随意相处之后,顿时变了个人似的。我惊奇地发现,当别人让他独处、安宁的时候,或者他独自散步归来,只要没有拍马溜须者搭讪,他就格外快乐、格外从容。他的言谈就比平时放开、温和,就像一个刚获得快感的人那样。所以说,如此孤单的他在忙些什么呢?他成为同时代人奚落嘲弄和切齿痛恨的对象,处境凄凉,他只是哭天抹泪、失望沮丧吗?

哦,天意!哦,自然!您是穷人的财富,不幸者的资源;谁感觉到、认识到并且信任您神圣的法则,谁心境平和、身体健康,承蒙您的恩泽,谁就不会总是受逆境蹂躏。尽管世人大搞阴谋诡计,尽管坏人一再得逞,他的处境不会变得绝对的凄惨。那些残酷的手夺走了他此生的所有财富,可是心中的希望将在未来赔偿他,想象力立刻把财富归还给他:幸福的虚构取代了真实的幸福;我怎么说呢?只有他是实实在在的幸福,某些人自以为掌握财富,其实人间财富随时可能以千百种方式流失;而这种财富对一个善于享受想象力的人来说是剥夺不了的。他拥有它们,不冒风险,也不惧怕;命运和世人都夺不走他的财富。

微不足道的菲薄资源,你们会这么说,那不过是以卵击石,用幻觉来抵抗巨大的厄运罢了！不，先生！和世人如此看重的表面财富相比，既然那些财富从未给心灵带来真正的幸福感，那么这些幻觉也许更加真实，而且那些财富的拥有者们也被迫寄希望于未来，因为他们没有在现实中找到令人满意的享受。

……遐想的魅力。

节选 16

卢梭

自从陷入自尊心及其可悲的产物之后，人们再也尝不到驰骋想象的魅力和效果了。他们歪曲想象力的安慰功能，不把它用来缓解自己的痛苦，反而只用它刺激痛苦。他们更多地关注给他们造成伤害的事情，而较少考虑令他们愉悦的事，因此他们目光所到之处，满目皆是一些痛苦的起因，心中始终留着伤心的记忆；然后，在独自思忖何物对他们打击最大的时候，刺伤的心用千百种不祥之物充斥他们的想象。倾轧、偏爱、嫉妒、争夺、冒犯、复仇、五花八门的不满情绪、野心、欲望、觊觎、手段、障碍等等令人担忧的念头充斥着他们短暂的娱乐时间；假如某个愉快的画面胆敢怀着希望在这儿露脸的话，百十张令人难以忍受的画面会把它抹去或者抹黑，怀疑成功的情绪不久就会取而代之。

可是，谁摆脱个人利益的狭隘牢笼和尘世情欲，谁就乘着想象的翅膀，超越人世的颠簸；谁能冲向天穹，在那儿翱翔，凭高尚的沉思神游天宇，而不耗尽与命运和天数抗争的力量和能力，谁就能由此藐视命运的打击和荒诞的世俗判决。他扶摇直上，令他们鞭长莫及，无须他们的选票，他就能成为智者，不用他们的照顾，他就能幸福。想象力就这样统治着我们，这就是它的效果，想象力不仅孕育了道德与邪恶，而且导致人生中的善与恶，人们展开想象的方式是使人在这儿变得善良或凶恶，幸福或不幸的主要原因。

活跃的心、慵懒的天性势必养成对遐想的兴趣。只要想象力鼎力相助，这种兴趣就会冒尖，变成很强烈的冲动。这种事儿在东方人身上频繁出现，也出现在让—雅克身上，他与东方人有着诸多相似之处。他太屈从自己的感官感受，在自己感觉游戏中摆脱不了感官的桎梏，进入纯抽象的沉思相当费力，而且坚持不了多长时间。不过，与更富有哲理的头脑相比，这种理解力的弱点也许对他更为有利。他的思考得到感性物体的相助，从而不太枯燥、比较温和、更加虚幻，对他本人更适合。大自然为他呈现出更为迷人的形状，披上了最鲜艳的色彩，聚集了正中其下怀的人物，供他支配；而在遭遇厄运之际，什么东西给人最大的慰藉呢？是令人疲倦的深刻思想呢，还是使人欣喜、把耽于遐想的人送入极乐世界的乐呵呵的虚构呢？没错，他推理少了，可是他享受多了：他不会失去片刻的享受时间，只要他孤身一人，他就幸福。

遐想无论多么温柔，久而久之必定让人感到困乏、疲倦，它需要松弛。让大脑休息一下，只让感官接受外界的印象就能达到这个目的。最不起眼的景物也独具风韵，因为它让我们得以歇息，外界的印象哪怕再微弱，只要不完全等于零，它在我们内心激起的轻轻波动就足以使我们脱离浑浑噩噩的麻木状态，就能在我们心中维持生存的喜悦，而不必动用我们的感官。在别的时候，让—雅克很少关注周围的景物，而在沉思时常常迫切需要这种休息，这时候，他像孩子那样贪婪地品尝这种休息，这种贪婪出乎我们哲人们的意料。他什么也不感受，除了耳畔或者眼前的些许动静，而这些对他来说已经绰绰有余。不仅集市杂耍、歌舞演出、操练、仪式队伍让他觉得有趣；吊车、绞盘、打桩机、普通的机器装置、驶过的船、旋转的风车、耕地的牛、掷

186

滚球的人或洗衣女子、流动的河水、天上的飞鸟都在吸引他的目光。

他告诉卢梭，收集植物标本的真正价值不在于实用。

节选 17

卢梭

这些活动没有阻止他兴趣盎然地研究植物学，为此花去了人生最美好的几年时光。他频繁地大量采集标本，从中收藏了一大批植物；他小心翼翼地将它们晒干，然后贴在打了红格子的纸板上，做得很干净。他努力保存花朵和枝叶的形状和颜色，如此悉心的准备，使标本集成了一本本精美的微型图册。他把标本分送给、邮寄给不同人士，他手头剩余的标本也足以说服那些深知此举多么耗时、多么需要耐心的人：他是一心扑在这件事上的。

法国人

还要加上深入研究所有这些植物的特性所需要的时间，捣碎、提取、蒸馏、炮制，以便从中获得他为它们设想的用途；因为说到底，尽管您对他颇有好感，我想，您也知道没人会平白无故地去研究植物学。

卢梭

也许吧。我觉得研究自然有魅力，这种魅力对敏感的人来说不容小觑，对孤独者来说则至关重大。至于您提到的炮制过程与植物研究毫无关系,我在他家里丝毫没有看到这种痕迹;我也没有发现他做过任何有关植物特性的研究,也不觉他很相信这些东西。他对我说:"我用眼睛、用对自然的信任了解植物构造和结构,自然将它们展现出来,自然不说谎话;而我只是通过对人的信赖来了解它们的功效,人是无知、会说谎的;他们的权威对我的影响通常很小,我对它的影响也不大。此外,无论真伪,这种研究不像研究植物那样在野外进行,而是在实验室和病人身上完成的;那需要过一种我不喜欢、也不适应的刻板的定居生活。"事实上,我在他家里没看到任何迹象,表明他对药剂学有兴趣。我只看见一些装满刚才说及的植物枝杈的纸盒、按照林奈氏体系分类排列的小盒子,里面放着植物种子。

让—雅克还让他隐约看到一种防御手段、一种比《忏悔录》中的坦白更为有效的幸福源泉。

节选 18

卢梭

当他动笔写《忏悔录》这部人类独一无二的作品时,曾经大逆不道地给最不愿听的人大段朗读,他那时候已经人过中年,尚未体会到逆境的滋味。他从容不迫地执行这项计划,直到厄运降临到他的生活中为止;从此他被迫放弃这个计划。惯于轻松遐想的他没有勇气、也没有毅力来承受那么多不幸带来的沉思;假如他固执己见、坚持思索的话,也许连可怖的前因后果都回忆不全。他的记忆不愿意受到这些可怕往事的玷污;惟有在他眼前欢乐地复活的时光,他才记得其中的画面。受坏人折磨的那些年头连同那些把这些日子变得如此阴森可怖的恶棍,也早就被他永远地从记忆中抹去了,倘若不是他们继续对他迫害，倘若不是有时候让他不由自主地想到往日遭受的折磨的话。总而言之，善感温和的天性、令他热衷最甜蜜享受的感伤的心灵，使他抛开一切痛苦的感觉，把一切不愉快的事都挡在记忆之外。他没有既往不咎的美德，因为他记不得他人的冒犯了；他不爱自己敌人，然而他根本不去想他们。他们占尽优势，始终盯着他，不停地算计他，捆住他的手脚，一步步把他拖入他们设下的陷阱，因为发现他既不太留意陷阱，自我保护也不够积极；他们十拿九稳地以他们喜欢的时机和方式，出其不意地袭击他而无遭到反击之虞。当他照顾自己的时候，他们也在打他的主意。他爱自己而他们仇恨他；这就是双方各自在忙碌的事儿。他对自己重要，对他们也十分重要：因为他们这些人毫无价值，不仅对让—雅克来说如此，对他们自己也是如此，只要让—雅克处境凄惨就够了，他们不需要别的幸福。因此他们各自需要做一件大事；他们的任务是把人类所能承受的全部苦难压在一个无辜的灵魂上，而他则要从无辜之中汲取全部力量来承受苦难。面对所有一切，你们那些敦厚的哲学先生，在他们可怕的故事中哀叹仇恨给记仇者造成的损害，温和地怜悯他们的朋友让—雅克受到如此令人痛苦的感情的纠缠，他们的话令人倍感滑稽。

除非他麻木或者傻了，才会看不清、感受不到自己的处境；可是他太不留意自己的苦难，也就受不到多大影响。人类对他不公正，他自我安慰；他躲进自己的内心，在那儿得到非常甜蜜的补偿。只要单独一人，他就幸福；仇恨的场景令他伤心，蔑视和嘲弄使他愤怒，那是转瞬即逝的一时感受，一旦起因消失，这种感觉也就立刻停止了。

这时候"卢梭"勾勒让—雅克步入老年的一幅肖像，很显然，这是一幅从容平和的肖像。

189

节选 19

卢梭

　　我所见的让—雅克懒散,神情自然,不做作,喜爱随意遐想,有时候陷入沉思,可总是疲惫多于快乐,情愿听从喜气洋洋的想象力驾驭而不希望由理性吃力地指挥他的脑袋。我看见他兴致盎然地过着平静俭朴的生活,一成不变,丝毫不觉得讨厌。单一的生活以及从中找到的安宁都表明他的心绪平和安定。假如他感到别扭,最终会腻味在这儿生活;那样的话,他就需要消遣解闷,可眼下我没有见到他在这样寻找,假如他突发奇想,偏要把这种折磨强加给自己的话,那么久而久之,别人就能从他的脾气、脸色和健康上看出这种约束造成的后果。他会脸色发黄,萎靡不振,神情沮丧、忧郁,身体衰败下去。而实际上恰恰相反,他的身体从来没有那么健康过。消瘦啦,苍白啦,十年来总挂在脸上的那副垂死相啦,平时的这些症状都不见了;十年来,也就是说他进行写作的那段时间,这个职业对他身体有害,也不合他的兴趣,他要是继续写作,非把他送进坟墓不可。自从恢复青年时代的乐趣之后,他找回了从容平和的心态;他不让身体闲着而让脑子休息;无论从哪方面看,他都觉得舒坦自在。一句话,我在他的书中找到了自然之子,我在他身上找到了他书中描绘的人,而用不着特意刨根究底去弄清楚作者是否真的是他。

　　他喜爱音乐,他对动物感兴趣,似乎概括了他心灵的单纯和天真。

节选 20

卢梭

　　平时的心境昭示着人的秉性,反之亦然。这一点在让—雅克身上尤其属实。我没有见过一个比他更喜欢音乐的人,不过只喜爱打动他心弦的音乐;因此与听音乐相比,他更喜爱作曲,尤其在巴黎,因为那儿没有多少乐曲像他自谱的曲子那样适合他。他轻轻地唱着歌,声音在颤抖,可是仍然柔和,富有活力;他吃力地弹琴伴奏,手指有些颤抖,不是因为上了年纪,而是克服不了的腼腆。他几年来自娱自乐,兴致之高,闻所未闻,很显然,他把音乐当作忘却痛苦的一种消遣。痛苦的感情在心头肆虐时,他从琴键中寻找人类拒绝给予的安慰。于是痛苦就失去了那般苦涩,给他送来歌声和泪水。走在街上,他在脑际寻觅乐思,聊以排遣路人投来的鄙夷目光;好多首独具个人特色的抒情曲就是由此而来的,歌声忧伤而温柔,低沉而委婉。具有这类特点的东西都让他喜欢、迷恋。他钟爱夜莺的歌声,他喜爱斑鸠咕咕的呻吟,在一首曲子的伴奏里惟妙惟肖地模仿过,因为源于眷恋之情的感伤吸引着他。他最迫切也是最渺茫的心愿是得到人们的爱;他觉得自己是为此而生的:他至少在动物身上满足了这个夙愿。他始终不惜时间和精力来吸引它们、爱抚它们;他抚养雄狗、雌猫、金丝雀,成为它们的朋友,差不多沦为它们的奴隶;鸽子到处尾随他,停在他的胳膊、脑袋上,到了胡搅蛮缠的地步;他养鸟、养鱼,那份耐心令人瞠目结舌,他在蒙坎①做到了让燕子在他卧室里筑窝,燕子非常

---

　　① 蒙坎地处法国东南部的伊泽尔省,1769 年 1 月至 1770 年 4 月,卢梭曾在此居住,《忏悔录》的第二部分主要在此完成。

放心,被关在屋里都不害怕。总之,他的消遣和乐趣是率真、温和的,如同他的工作和嗜好那样;他身上没有脱离自然、要价昂贵或者触犯刑律的乐趣,财富对于他在尘世间尽可能获得的幸福毫无用处,名声更不值一提;他只需要健康、生活必需品、安宁和友谊。

"卢梭"最后做出有利于让—雅克的结论,他没有提供确凿的证据,而是本着自己由衷的信念……

节选 21

卢梭

和我一样,让—雅克自己也感到纳闷。他承认自己解释、理解不了公众对他的态度。整整一代人沆瀣一气、气急败坏地采纳如此可恶的计划,让他感到莫名其妙。在他们中间,他看不到好人,看不到坏人,看不到人,他只看到一些全然陌生的生物体。他不尊敬他们,不蔑视他们,不理解他们;他不明白他们究竟怎么啦。他那颗不知仇恨为何物的心灵宁可在茫然无知中歇着,也不愿意做各种残酷的揣测,陷入对当事人来说总是痛苦的感觉,因为这些感觉的对象是那些得不到他尊重的人。我赞同这种态度,也尽量照此行事,免得自己染上鄙视当代人的情绪。可是我经常无意中发现,自己其实会身不由己地评判他们,因为理智在拂逆我的心愿,自行其是,我请苍天作证,假如这种评判如此不利于他们,那不是我的过错。

我想方设法回答您的诘问,假如您凭我找答案的结果来决定是否同意我的观点,那么种种迹象表明,我会固执己见,您也将保持您的观点;因为坦白说吧,这个答案我找不到,但是这种不可能性摧毁不了我心中的信念,它最早是由你们那些哲学家拐弯抹角的鬼祟行

192

径引发的,我对他本人的直接了解进一步坚定了我的信念。你们先前网罗的证据都在这条公理面前撞得粉碎,它无可抗拒地吸引着我,即同样一件事不可能既存在又不存在,你们哲学家声称目击的东西,您自己也承认,与我亲眼目睹的风马牛不相及。

我对判断此人所持的态度就像对待我的信念一样。我对直率的信念从善如流,而不在我解答不了的质问面前驻脚;一则因为与说服我确立信念的那些原则相比,我觉得这些质问所依赖的原则不够明确和可靠;二是因为我如果对这些质问让步,我将陷入别的更难对付的质问。因此,我在这种变化中可能失去事实的力量,又躲不掉困难重重的麻烦。

……不过他相当可信地解释了"哲学家先生们"为何穷追猛打让—雅克,及其这种迫害蔓延的原因。

节选22

卢梭

在我看来,那些人为了挑起公众的强烈仇恨,动用了一些与激怒过这次阴谋策划者类似的罪状,这样才能解释如此激烈的反应。这些人看见这个人采纳与他们截然相反的原则,不要什么派别,也不追随小团体,只说他觉得真的、好的、有益于人的话,而不考虑对自己或者任何他人是否有利。他的做法及其形成的优势,引起他们源源不断的仇恨。他们无法原谅他不像他们那样把个人道德放在捞取个人好处之下,不能原谅他如此看轻自己的和他们的利益,他毫不犹豫地揭露文人的弊端以及写作职业虚张声势,不考虑他的箴言日后势必被别人用来对付自己,他也不顾会激起那些以声望之主宰、荣誉及威信之分配者自居的人的愤怒;可是据我所知,这些人无法自诩表彰人们行动的这种分配是公正、忘我的。他热爱真理,同样憎恶讽刺,人们总是看见他正大光明地区分对待每个个人,他真心诚意地热情赞扬他们,尽管他说出常理可能会触犯他们。他指出:恶取决于事物的性质,而善与个人的道德相关。不管是朋友,还是他认为值得尊敬的作家,他都给予他觉得当之无愧的格外赞扬,读着他的著作,人们能感到这种光明正大的格外赞扬给他带来的喜悦心情。可是那些感到自己不太配这般信任和赞扬的人,心底里暗暗拒绝这些赞扬,越配不上就越恼火,因为他如此透彻地解剖了职业作家的种种弊端,而他们想方设法让老百姓崇拜这个职业,他们永远不会原谅他以自己行动心照不宣地贬低了他们的行为,尽管他并非出于故意。这些想法在他们心里催生出刻骨仇恨,使他们悟出了在其他人心里激发类似仇恨的方法。

因此,尽管表面上人人喊打,处处碰壁,让—雅克还有一线希望,可以与许多人建立联系。

节选 23

卢梭

(……)尽管没有人公开对抗主流意见,因为这么做等于白白送死,可是您觉得大伙真的都赞同吗?也许目睹那么多勾当、暗中算计,许多人会愤怒,会拒绝为虎作伥,私下里为纯洁遭受压迫而叹息!许多人不知如何对待一个被无数陷阱捆住手脚的人,于是拒绝不听他的申辩就评判他;看到那些迫害他的人个个精明,仅凭这一点,人们就感到,既然狡诈、说谎、背叛可以信手拈来,那么这些人在欺诈的时候,极有可能更加肆无忌惮。人们提出的证据和指控方的恶毒攻击针锋相对,两股力量牵制着许多人,他们无法把挚爱真理与仇视公正,把他们对被告的宽宏大量与如此娴熟地颠倒是非、避而不替他辩护协调起来。一个人可能力戒做出伤天害理的事,但不一定有勇气与之斗争。一个人可能拒绝自己成为背信弃义行为的同谋,但不敢揭露叛徒。于是,一个正直的弱者就离开群体,躲在一隅,他不敢冒险,只能悄悄同情受害者,他害怕受迫害,所以默不作声。谁能说出有多少正派人在这种处境中呢?他们目前藏而不露,任凭你们的哲学家们自由发挥,直到可以不冒风险地说话的时机到来为止。我始终认为人的本性是正直的,我觉得理应如此。具有合理根据的论点可以如此。

可是直接了解让一雅克困难重重,必须求助于历史、回忆、文章、大众记忆……

节选 24

卢梭

如果在如此严厉地判决一个不幸者之前,您曾经做过一次理性的思考以及法律强制要求的一些搜查,您会感到,在他那样的处境,又遭到那么令人发指的阴谋迫害,他不再能够,至少不再应该以自己本能的嗜好来对待周遭的一切;你们的哲学家们长期利用他的天性,如此成功地将他骗进他们的圈套。无论做什么都中圈套,他已经不能以质朴的心情行事。因此不能再拿他当前的作品来评判他,即便我们可以得到忠于原作的叙述。必须追溯到没有任何东西阻碍他做真人、说真话的时期,或者进一步深入他的内心,**从内部、透过肌肤**①,直接读懂他历经苦难而不刻薄的真正心境。您跟他走进他生平的幸福时光,走进已经成为你们的哲学家觊觎的猎物、但他尚未意识到这一点的时期,您将看见一个乐善好施、温和的人,他当时是这样,或者被人认为如此,以后才有人歪曲他的形象。在他以前生活过的所有地方,在人们允许他长期逗留以至于留下其性格痕迹的住所,他隐退之后,居民们总是很怀念他;他离开沃顿时,看到居民们依依不舍地流泪,这在寓居英国的所有外国人中间也许是绝无仅有的。可是你们的哲学夫人和先生们处心积虑,抹去了所有这一切痕迹,以至于只有当痕迹新鲜的时候才能辨认出来。距离我们近一些的蒙莫朗西正是展示这种差别的惊人例证。由于一些我不愿点名的人士和奥拉托利修会的会员——他们不知怎么地变成联盟②最为狂热的仆从——的努力,让—雅克在当地生活期间、离开之后受当地人热爱、我甚至敢说崇拜的痕迹,您在那儿再也找不到一丝一毫;但是那个传统至少还留在当时经常光顾该地的正派人的脑海中。

……由于他人的迫害在他身上造成不可逆转的后果,因此必须找到一种去伪存真的方法,通过被歪曲的表象找回本来的真正的他,因为他的本质依然未变。问题的关键在于如何理解他。

---

① 原文为拉丁文。

② 那是空前危险的对手,不仅因为他们抱成一团,掌控教会社团,而且他们比哲学家们技高一筹,更善于用恬静、温和的外表掩藏他们残忍的敌意。住在蒙莫朗西的时候,我尊重他们,因此盲目信任他们,所以他们轻而易举地左右我。两个乔装的神甫还那样纠缠我,他们办教会报纸,在对待我的问题上,与达朗贝串通一气,他们在巴黎跟他同居一处。我怀着天真的安全感,毫不怀疑有人策划阴谋,于是整个儿掉进他们的圈套,直到最后出现了这份漂亮的法令,紧接着遭到驱逐。这一切还不足以让我睁开眼睛:不过奥拉托利修会然后给我派了一个修士,来到蒙甘,此人的修士行径终于让我感到自己太傻了,我在此之前居然没起过丝毫疑心。——作者原注。

节选 25

卢梭

假如这些热心人只本着察看、寻找真相的愿望而来,那么他也许不该拒绝他们;可是没有一个人是为此而来的,如果期待从这些人那儿得到事实真相和忠实可信,那简直就是太不了解那些人以及让—雅克的处境了。那些领了报酬而来的人希望挣钱,他们心里明白,为此只有一种办法可行,那就是不说实话,而专拣人们爱听的话说;替他说好话是不合时宜的。那些自行前来的人,受激情的驱使,永远只看到投其激情所好的东西;没有人是为了冷静观察而来的,都是为了以自己的方式来解释他。不管是白是黑、无论赞成还是反对意见,他们都能利用。他给人施舍? 啊,假善人! 他拒绝施舍? 瞧瞧慈善家的这副嘴脸! 谈起道德的时候他情绪激昂,伪君子;谈到爱情时他眉飞色舞,色情狂;如果他阅读报纸①,那是在策划阴谋;假如他摘了朵玫瑰花,人们就寻思玫瑰含什么毒素。我谅您在一个被如此看待的人身上,找不到清白无辜的话语,看不到不与犯罪沾边的行动。

在第二篇对话结束时,人们预感到让—雅克不仅没有陷入绝望或企图自杀,而将找到一个办法,以不寻常的方式,去遇见那些寻找他的人。

---

① 我的那些忧心忡忡的守护神很高兴,因为我放弃阅读这份令人伤心的报纸,对一个在世上举目无亲的人来说,读报已经变得无关紧要。我没有祖国、没有兄弟;人世间住着对我毫无价值的人,它在我看来似乎成为另一个星球,从今往后,我不再喜欢打听世界上发生的事,也不想知道彼赛特或者帕蒂—美颂的近况。——作者原注。

节选 26

卢梭

那些人野蛮地折磨他,他悄悄地吞噬其中第二种、也是最揪心的痛苦,把它藏在心底,不告诉任何人,如果他对我藏得住的话,我也不会知道其中底细。那些人以此来剥夺他当时所能获得的全部慰藉,迫使他承受生活的苦难,就像忍辱负重的无辜者那样。倘若根据你们的哲学家们待他的一言一行来断定他们真正的用意,他们的目的似乎企图始终不露声色地逐步把他逼到最强烈的绝望中,打着关心和怜悯的幌子,不断地暗中制造恐慌,迫使他最后陷入其中。尽管他们非常警觉,但是只要他活着,他们就永远担心自己的真面目会暴露在光天化日之下。尽管用了三道漆黑的墙把他团团围住,而且不断加固,但是他们始终战战兢兢,生怕一道光线穿过某道缝隙,暴露他们的地下活动。他们希望他不在人世,可以更安稳享受他们的功绩;但是迄今为止他们没有彻底处置他,也许是担心无法把这种谋杀像别的罪行那样捂得严严实实,也许他们仍有顾忌,不想亲自动手,而迫使他自己动手,他们倒是毫无顾忌的,最后,他们舍不得放弃这种继续折磨他的乐趣,更希望从他的手里拿到他悲惨处境的全部证据。不管他们的真实动机如何,总之他们用了一切可能的手段,不断挑起分裂,使他成为仇恨的化身,成为众矢之的。他们特别关心如何不断地重创他内心的所有敏感部位,使他痛不欲生。他们知道他对情感是多么热切和真诚,于是就一鼓作气,不给他留下一个朋友。他们知道他重视正派人给予的名誉和尊敬,很瞧不起单凭本领而获得的名声,于是他们就故意称他才华横溢而严厉谴责他的性格。他们吹捧他的才华,旨在侮辱其感情。他们知道他讨厌鬼祟和虚伪,他为人大方、坦率有余，谨慎不足；他们就用背叛、谎言、诡秘、伪善来围困他。他们知道他非常热爱家乡，他们就不遗余力地贬低他，让那儿的人仇恨他。他们知道他蔑视作家这一行，为在这个可悲的行业以及在与从业强盗的接触中浪费了短暂的生命时光而痛心疾首，于是他们不停地叫他写书，而且精心策划，使得这些非常体面的书居然会辱没作者的名声。于是乎，他体恤民众的悲惨生活，民众恨他；他尊重好人的德行，好人恨他；他崇拜女性，女性恨他；连那些仇恨最令他伤心的人都恨他。通过默默的恣意侮辱、聚众围观、流言蜚语、冷嘲热讽、残酷凶狠或凌辱嘲弄的目光，他们终于如愿以偿，把他逐出集会、剧场、咖啡馆、公共散步场所；他们的计划是最终把他赶出马路，禁闭在家里，让仆从将他团团围住，最后使他的生活变得无比痛苦，难以忍受下去。总之一句话，他们双管齐下，一方面知根知底，使出浑身解数，招招击中他的痛处，让他一招都躲不掉，同时只给他留下一条退路，他们的用意很明显，就是想把他逼上这条绝路。然而，他们也许什么都算到了，就是没有把纯洁与忍耐的力量考虑在内。尽管他年事已高，处境恶劣，他的身体结实，继续保持着健康，因为平和的心灵使他年轻；他对人类已经不抱任何希望了，可是他离绝望从来没有这般遥远。

就在"卢梭"向让—雅克本人作调查的时候，"法国人"调查了让—雅克的著作，尽量不带偏见地重新审视他的全部作品。他的报告成为"对话之三"的主要内容。

节选 27

法国人

这大致就是我对我们初次交谈的思索，以及随意浏览作品后让我识破我们哲学家们的一些感想。他的作品似乎让您读得津津有味，我出于某种迎合心理才打开书本。那时候我还以为这些书是另一位作家写的，所以只是好奇才读它们。

倘若没有出现另一个更贴近您观点的原因，我会浅尝辄止的。我读着读着，很快就感到人们骗了我，他们没有如实报告这些书的内容，那些被他们说成支离破碎、自相矛盾而词藻华丽的高谈阔论，其实经过了深思熟虑，自成体系，可能不属实，但绝无任何自相矛盾之处。为了判断这些书的真正目的，我没有刻意研究随便找来的散句，而是自己去感受，在阅读过程中和阅读结束的时候，我照您希望的那样，仔细观察了它们起先让我进入什么心境，然后又把我留在什么心境，我同意您的看法，这是洞悉作者写作时所处心情的良策，也最能了解他力图营造的效果。毋庸赘言，在他作品中，我没看到人们归咎于他的险恶用心，只看到一种健康质朴的学说，一种不求享乐也不沮丧而只会促进人类幸福的学说。我感到，一个满怀这些情感的人必定把命运和尘世间的事务看得很轻，假如我过于沉湎其中的话，我会担心自己陷入放任自流和寂静无为的境地，但不会变得叛逆、好动滋事、思路紊乱，有人声称作者就是这种人，还说他希望把门徒也变成那样。

就这样，他提供了一份出色的作品阅读指南，使人了解到让—雅克通过其著作逐步发展起来的思想体系，而且确信这种体系实际存在,但那是一种反常的存在,因为"在我们中间怎么也找不到这个体系……"

节选 28

法国人

第二次阅读比第一次更有条理,思考更为缜密,我尽可能循着他的思路往前走,结果看到处处都在阐述他的重要原则,即自然造就了幸福、善良的人,可是社会使之堕落、悲惨。尤其是《爱弥儿》,这本读者如此众多、而被理解得如此肤浅、评价如此糟糕的书,其实就是一部涉及人类本性善良的论著,它旨在阐述与人体本身构造无关的邪恶与谬误是如何由外界潜入、然后悄悄败坏人类的。他在早期作品中侧重摧毁这种假声誉,它使我们愚蠢地赞美导致我们悲惨处境的工具;他还致力纠正这种骗人的判断,它使我们推崇有害之才而鄙视有益的道德。无论在哪儿,他都让我们看到处在原始状态的人类更善良、更智慧、更幸福;人类逐步脱离原始状态以后,就变得盲目、可悲、恶毒了。他旨在纠正我们错误的判断,延缓我们恶习的进展,并且给我们指出,在我们寻找光荣和辉煌的地方,我们找到的其实只是谬误和悲惨。

但是人类的本性无法复原,一旦离开那淳朴、平等的年代,就再也回不去了;这是他再三强调的另一条原则。因此,他不可能想着把大量民众和大国拖回到原始的淳朴状态,而只求尽可能阻止那些小国寡民的演变,地少人稀的环境使得他们避免了同样迅速地走向社会完备和种族的恶化。这些实有必要的区别几乎没人做过。人们一味地指责他企图摧毁科学、艺术、戏剧、学府,把世界重新推入原始野蛮的深渊,其实,他始终强调维护现存社会机构的必要性,他认为,推翻现有机构只会放纵邪恶,让强盗行径取代腐化堕落,连治标的权宜之计都被夺走。他曾经为他的祖国、为一些与其相似的小国效力。他的学说对其他国家之所以有用,是因为它改变了这些国家所尊崇的对象,因此也许就推迟了它们因判断失误而已经加速的衰败。但是,尽管人们如此频繁、强烈地再三重复这些区别,文人的欺诈和虚荣的愚蠢仍然使得幅员辽阔的民族张冠李戴,把原先只适合小型共和国的做法挪为己用,因为虚荣心让每个人相信自己永远是他人关心的对象,哪怕他们没想到他。人们还坚持把一位更真心尊重法律和国家机构、最厌恶革命以及各类联盟成员的社交人士看成变革和骚乱的鼓吹者。

我经过阅读思考,通过它的全部枝权逐渐理解这个体系,不过开始的时候我对这个学说直接研究比较少,更多地考察了它与学说创立者本人性格之间的关联。您给我描绘过他的形象,两相对比,我觉得这种关系是显而易见、毋庸置疑的。可是这位如今倍遭曲解、诋毁的大自然画家和辩护士是从哪儿找到他的模式的呢,不就是从自己的内心找到的吗?他凭自己的感觉来描绘大自然。他不讨厌那些没有将他迷惑的偏见、没有将他俘获的虚假感情,就像别人看到这些被忘得一干二净或者被埋没的早期特征不会动怒一样。这些让我们觉得非常新鲜、一旦勾勒之后显得非常真实的特征仍然在人们的心底证明它们的准确性,但是如果自然史家们不先把覆盖这些特征的锈斑除去,它们是不会自行浮现的。隐退孤独的生活、对遐想和沉思的强烈爱好、自我反省以及在无数人身上业已消失的心平气和地寻找这些早期特征的习惯,惟有这些能使他找回这些特征。总而言之,当时需要有人来描绘自我,来给我们展示原始人的模样,作者如果不和他的著作同样另类的话,就永远写不成这样的书。可是这个真正过着人的生活、根本不把他人的看法放在眼里、完全照自己的秉性和理智行事、不考虑公众赞成或者反对的自然之子在哪儿呢?在我们中间找那是白费力气。他们个个巧舌如簧,企图掩盖自己的真正目的,不过难以得逞,没有人会受骗,虽然他们说得都跟他一样,谁都不会上他人的当。个个都在寻觅表面上的幸福,实际如何则无人关心。谁都在掩藏本色而突出外表:人人成了虚荣心的奴隶和牺牲品,人活着不为了生活,而是让人觉得他们已经有过生活。倘若没有您给我描述让一雅克,我肯定以为自然之子不复存在了,您描绘的这个人与我阅读的作者之间的惊人关系使我相信他俩是一个人,因为没有任何别的理由不让我这么想。

"法国人"认为,一个人蒙受如此不公正待遇,理应恢复名誉。"卢梭"强烈反对采取这种无用的"法律"措施,他似乎在准备另一种"正名"……

节选 29

卢梭

您说法官、证人串通一气,渎职变得轻而易举,而检举渎职却难上加难,此话不假;可是被告也许会找到一些意外的、不容置疑的对策,挫败他们的全部策略,揭穿他们的阴谋,这也不是不可能。我知道他成为众矢之的:权力、诡计、金钱、阴谋、时间、偏见、他的荒唐、他的疏忽、他健忘、他不善言谈,总之,一切都冲着他,除了纯洁和真理,惟有纯洁和真理给他自信,使他去热切地寻找、索求、激发这一切的答案,而他有千百种理由惧怕这些答案,假如受到自己良心指控的话。但是他的愿望渐渐降温,少了动力,不再盼望只有奇迹才能提供的成功,不再指望能抚慰其心灵的平反昭雪。您暂且跟他对换一下身份吧,请您设身处地地感受一下他对同时代人及其态度的感想。

看到这一代人借奉承之名、行造谣中伤之实,以此为乐,他可能看重人们对他的重新尊敬吗? 这批人过去大肆吹捧他,虚伪透顶,内心里切齿痛恨他,他们真诚抚爱在他眼里值几个钱? 他们勾结、背叛、奸诈会给他留下一丝好感吗? 看见他们沿用长期贯用的、把他变成社会渣滓之玩偶的滑稽手法诚心为他庆贺,他心中的愤怒难道不甚于喜悦吗?

是的,先生,迄今为止同代人始终虚伪、残酷地对待他,当他们终于以同样后悔和真实的心情改正错误,确切地说是消除仇恨的时候,当他们试图一再抬高声誉使他忘记凌辱的时候,他能忘记他们行为的卑鄙与可耻吗? 他能不再思忖:他毕竟曾是他们眼中的渣滓,他们对待这个所谓渣滓的方式也许少了一些极端不公正的成分,但是变得更加卑劣,用那么多阴险狡诈的诡计对付一个魔鬼,不是把自己贬到连魔鬼都不如的地步吗? 是啊,同代人从此无权剥夺他的藐视,那是他们花了九牛二虎之力才在他心中激发出来的藐视呀。既然对他们的咒骂已经麻木了,他又怎么可能被他们的溢美颂扬之词所打动呢? 既然他已经无法再尊重他们,他又怎么会接受他们迟来的勉强尊重呢? 不,这些公众令人鄙视,他们幡然改悔不能给他带来任何喜悦和任何荣誉。他可能感到更尴尬而不是满足。所以说,他时刻翘首盼望、可却从未获得过的关键的法律解释其实更多地是为我们而不是为他做的。即使有着最为精彩的辩护,法律解释都不能给他的晚年带去一丝真正的温暖。从今往后,他成了这个世界的局外人,对那儿发生的一切不会产生丝毫个人的兴趣。既然没有足够的理由去作为,他便坦然地等待着死亡和结束自己的苦难,满不在乎地看着自己来日无多的余生境遇。

……他借让—雅克之口做出声明,表明他决心贡献余生,阻止谎言最终取胜。

节选 30

卢梭

　　"假如随着我生命的熄灭,他说,人们会忘记我,那么毕生遭人如此误解的痛苦会有所释然,因为他们将很快把我忘记;可是在我死后,我的一生肯定会因为我的著作、尤其因为我的不幸遭遇而为人所知,我承认,我不那么心甘情愿,和我认识的人相比,我觉得自己比谁都优秀、都公正,我不能容忍人们在回忆中把我和魔鬼相提并论,不能把我由衷而发的、每一页都留下我心路痕迹的文字当作一味欺骗公众的答尔丢夫①式的宏论。假如他们的回忆非但对好人无益,而只是加剧、助长坏人的气焰;假如我热爱道德,无私无畏地所说的一切,今后同现在一样,只能激起对我的偏见和仇恨,而绝不会产生任何益处;假如我的名字——它具备令人尊敬的一切条件——将来不但得不到受之无愧的祝福,而且只有伴随诅咒才出现,那么我的勇气和热情又有何用呢?!不,我绝对不能容忍这种残酷的假设;它会吞噬我仅存的一点勇气和顽强。我能毫不费力地同意从人们的记忆中消失,但是我不能接受,这一点我承认,在那儿遭到诽谤;是的,上苍不允许这么做,不管命运把我逼到何种地步,我对上苍不会灰心,因为我知道它在选择它的时机,而不是我们的时机,知道它喜欢在人们不再期待的时候出手。不是因为我仍然轻视——特别就我而言——自己来日无多的余生,毕竟我也许能看到人们曾煞费苦心使之干涸的甘泉重新喷涌。只不过我太了解人世兴衰之悲惨,我垂垂老矣,对它们徒劳的迟归已经感觉索然,不管多么难以置信,相比之下,它们返

---

　　①　莫里哀喜剧《伪君子》中的主人公,在法语中成为"伪君子"的代名词。

回总比我重新萌发兴趣容易得多。我不再抱希望，我很少期望在有生之年看到一场会纠正公众对我错误看法的革命。但愿我的迫害者们毕生平静地享受——假如可能的话——他们建立在我悲惨人生基础上的幸福。我不希望看到他们无地自容或受到惩罚，只要真相最终能大白于天下；我不要求他们非付出代价不可，但我不能把纠正对我的信念和公众理所应当地尊重我看成一桩小事。假如人们对付我的方法成为楷模和范例，假如精明的骗子左右每个人的名誉，假如社会践踏最为神圣的正义和法律，暗中敲诈，秘密背叛、欺骗，不做对质、反驳、核实，不给被告留下任何辩护的机会，那将是人类难以承受的巨大不幸。不出多久，互相牵制的人们便仅剩自相残杀的力量与行径，而无任何抵御的余力；善良的好人完全落入坏人之手，先成为他们的猎物，后成为他们的门徒，纯洁无辜再也得不到庇护，人间沦为地狱，只剩下忙于互相折磨的魔鬼充斥其间。不，上苍决不会听之任之，让一个如此不祥的先例新辟迄今未闻的犯罪途径；他会发现一个如此残酷的阴谋是多么凶险。总有一天，我理所当然地坚信，正派人将祝福我的亡灵，为我的不幸命运洒下泪水。我对此充满信心，尽管我不知道这一天何时到来。这就是我忍耐和感到欣慰的基础。秩序迟早会恢复，在人间亦如此，我坚信不疑。迫害我的那些人可以拖延时间，不让我平反昭雪，但是他们阻止不了这一时刻的到来。这足以使我坦然面对他们的勾当：让他们在我有生之年继续折磨我吧，可是他们得赶紧行动，我很快就要摆脱他们了。"

《近作纪事》

四年以来，为了写作和散发《对话录》，卢梭一直处在亢奋状态之中，写于1776年6至7月的《近作纪事》是这一时期的封笔之作。内心风暴尚未全部消失，但是隐约可见卢梭逐渐趋于平静，决心用笔来完成另一项任务。本篇的结尾非常壮丽，自然地过渡到《孤独漫步者的遐想》的首句"我就这样……"

《近作纪事》

我在此不谈这部作品的主题、不谈它的目的，也不谈它的形式。这些我已经在前言中完成了。但是我要说一下它的用途，它曾经的遭遇，以及为什么这份抄本会在此出现。

我花了四年时间写这些对话，尽管写作时揪心的苦楚时刻纠缠着我。我即将完成这项痛苦的任务，可是我还不知道、还想不出怎么让它派些用处，还决定不了做哪些尝试。二十年的经验早已让我知道，从我身边那些以朋友自居的人那儿，我能得到怎样的正直和真诚。我曾经敬重杜克鲁，到了把《忏悔录》都托付给他的程度，谁知他把无比神圣的友谊托付当作欺诈和背叛的手段，当面是人，背后是鬼,给我沉重打击,此时此刻,对那些被人们从那时候起安插在我四周的人——而且他们的所作所为早就将他们的用心昭然若揭——我又能期待什么呢?把我的手稿交给他们无异于自投罗网,任人迫害;我作茧自缚已经使我无法接触到其他人。

我的选择一错再错而人间尽是奸诈、虚假,面对此情此景,我的心灵强烈感到自己的纯洁和他们的邪恶,心潮起伏,一下子升华到天下秩序与真理所在之中心,寻找我在人间不再享有的源泉。既然找不到一个可资信赖的、不会背叛我的人,我便决定把自己完全托付给上帝,完全由他来支配手稿,因为我希望把它托给一双可靠的手来保管。

为此,我重新誊了一份手稿,想把它寄放在教堂的祭坛上,我想尽量郑重其事,于是选中了巴黎圣母院的大祭坛,我觉得手稿寄放在别的教堂比较容易被神甫或者僧侣们掩藏或者窃走,然后肯定落在我的敌人手里,而不是像可能出现的那样:此次行动造成轰动,手稿被呈送到国王面前;那是我所能期待的最好结果,如果改用别的方法,那就绝对不会发生。

我一边誊写手稿,一边考虑实施计划的办法,这件事不太容易做,对我这个腼腆的人来说尤其如此。我想,人们每逢礼拜六在圣母院大祭坛照例咏唱经文歌,那时候祭坛是空的,这一天我能比较容易地走进祭坛,径直来到祭台跟前,把手稿放在那儿。为了把行动组织得更加可靠,我多次去实地观察,摸清祭坛及其走道的布局;因为我最怕半途受阻,那就意味着我的计划落空。手稿最后誊清了,我把它包起来,在封面上写了以下这段文字:

托付上帝保管

受迫害者的庇护者,正义与公理之神,请你接受我的献品,我将手稿置于您的祭坛前,托付给上帝保管。我是个不幸的异乡人,在人间孑然一身,无依无靠,无人替我辩护,受人侮辱、嘲笑、诽谤,被整整一代人所背叛,十五年来饱受比死还难受的折磨,以及人间闻所未闻的凌辱,而且连其中的原因我都无从知晓。我没有任何辩解的机会,与外界联系的权利也被剥夺了,人类因自己不公正而变得乖戾,他们给我的只有侮辱、谎言、背叛。永恒的上帝啊,你是我的唯一希望;请你屈尊保护我的手稿,把它交到年轻可靠的手里吧,由它们原原本本地传给较好的一代人;让他们看到一个为人坦诚,不怀恶意,一个仇视不公正,被迫忍受不公待遇的人,一个从来没有害过、没有算计过、没有报复过任何人的人受到怎样的对待,为我的不幸命运而悲伤。我知道,任何人都无权盼望出现奇迹,默默地受压迫的无辜人也不例外,但是既然天下总有一天将恢复秩序,只要等待就行了。因此,即使我的手稿失踪了,即使它势必落入敌视我的人手里,难逃被他们毁灭或者篡改的命运,我依然坚信你的恩典,尽管我不知道它何时以何种方式出现,我为此尽了本分,努力过了,我满怀信心地等待,我相信你的正义,我顺从你的意志。

在手稿封面的背面、第一页之前写着以下内容。

上帝让您成了这本书的裁判,无论您是谁,无论您决定如何处置它,无论您对它的作者持何种看法,不幸的作者恳求您,以您的人类良心,念及他写此书时所蒙受的种种焦虑,读完这本书再动手吧。请您想一想,那是一颗痛苦破碎的心在求您予以恩惠,那可是上帝责令您恪守的公道之责啊。

1776年2月24日礼拜六下午两时许,一切准备停当之后,我怀揣书稿朝圣母院走去,打算当天献上我的祭品。

我准备从边门进入祭坛。我意外地发现门关着，便往前走几步，走另一个通往教堂中殿的边门。我推门进去，突然看见一道以前从未注意到的栅栏，把中殿与祭坛周围的侧道隔开。栅栏的几扇门都关闭着，我刚才提到的那部分侧道空空如也，可我根本进不去。我一看见栅栏，顿时觉得一阵眩晕袭来，就像中风似的，紧接着浑身打颤，我的记忆中从来没有过如此震撼的感觉。霎时间，我觉得教堂变得面目全非，竟然怀疑起自己是不是在圣母院，我强打精神让自己镇静，然后仔细辨别我看到的情景。我在巴黎住了三十六年，常来圣母院，而且是在不同场合来，围绕祭坛的侧道总是敞开着，可以自由走动，据我的回忆，我在那儿从来没有见过栅栏和栅栏门。而且我没跟任何人透露过我的计划，因此这道障碍突如其来，给我的打击就格外厉害，我一时冲动觉得上帝似乎也在参与人类极不公正的行径，不禁发了几句牢骚，这些话只有站在我的角度的人才能理解，只有善于洞察他人心灵的人才能原谅。

我立刻走出教堂，决意今生不再进圣母院了。我心潮跌宕，身不由己地在街上奔跑，接下来的时间都在东奔西走，自己在哪儿、去哪儿都一概不知道，直到跑得天黑乏味，跑不动了才不得已回家，我筋疲力尽，痛苦得几乎麻木了。

渐渐地，我从起先的震惊中缓过神来，开始比较冷静地思考我的遭遇，我的思维方式与众不同，它能在大难降临时给我安慰，也会用潜在的厄运把我吓得惊慌失措，我很快就用另一种眼光来看待我举动的失败。我曾在留言上说我不指望出现奇迹，可是我的计划显然只有出现奇迹才能实现：因为设想我的手稿会直接送到国王那儿，再让这位年轻的君主不辞辛劳披阅这份冗长的手稿，这个想法荒唐①得

---

① 这个想法以及去祭坛托稿的念头是在路易十五在世时想到的，所以并不太荒唐可笑。——作者原注。

连我自己都觉得惊讶，我怎么会萌发这种念头，哪怕是片刻之间。我考虑过没有，即使这番行动使得存放的手稿进入宫廷，它并不能呈到国王跟前，而只会落入更加狡猾的迫害者或者他们的盟友之手，结果遭到彻底毁灭或者照他们的观点完全被篡改，从而败坏我日后的名声？我的计划失利曾使我万念俱灰，不过反复思考之后，我反而觉得那是上帝赐予的恩惠，他阻止我实现一种完全背离我的利益的意图；我觉得手稿留在身边可以作更加慎重的处置，很有好处，请看下面我决意如何处理手稿。

我刚刚获悉，我早年结识的一位作家不久前在巴黎逗留，我跟他有过交往，一直敬重他，他一年中多数时间住在乡间。我把他返回巴黎的消息视为上帝在指点迷津，告诉我知道谁是手稿真正的保管人。此人的确是哲学家、作家、院士，来自一个其居民们不以为人公正而著称的省份，但是所有这些偏执之见又怎能撼动他在我心目中牢牢确立的正直形象呢？这个例外因其罕见而更令人尊敬，进一步促进了我对他的信任。难道上帝还能选择比一位贤德人士之手更为得体的工具来实现其善举吗？

于是，我拿定主意，寻找他的住处；一番周折之后终于找到了他。我带着手稿，欣喜地交给他，心里在突突地跳动，这也许是凡人向高风亮节表示的最高尚的敬意吧。他接过手稿，还不明究竟就对我说他一定妥善对待我托付的东西。我对他十分尊敬，这番保证在我看来实在是多余的。

过了半个月，我来到他的家，心想二十年来人们用层层黑纱蒙住我的眼睛，如今的确到了真相大白的时刻，不管以什么方式，我会从他那儿得到一些解释，我觉得那些解释在读完我的手稿之后会自然产生。可是事与愿违，我的期待全部落空。他跟我谈论这部稿子，那架势就像谈一部文学作品似的，就像我请他审阅，然后听取他的意见。他跟我说哪些地方有待修改，把素材运用更有条理；可是他只字不提作品给他带来的感受。他只是向我建议为我出一套版本可靠的作品集，为此征求我的指示。在身边纠缠我的那些人也都提过，甚至一而再、再而三地提出过同样的建议，这不禁让我觉得他与他们如出一辙。他看到我不太喜欢他的提议，就主动提出把手稿还给我。我没有收下手稿，只是请他转交给年轻一些的人，等到我和迫害我的人过世之后，到了不必担心冒犯任何人的时候再出版这部手稿。他异乎寻常地赞同这个想法，在包裹手稿的封皮上写了些字，并且给我看了，让我觉得他将尽力不让手稿在本世纪末之前刊行出版，也不让世人所了解，我正是这样请求他的。至于我希望的另一部分，也就是过了时限之后忠实地刊印、出版我的文字，他如何做到这一点，我就不得而知了。

从那以后，我不再去他的家。他来看过我两三回，我们说了些无关紧要的话，好不容易才应付过去，我跟他没有什么可说的，而他则是什么话都不愿意跟我说。

我无意把我的托管人一棍子打死，可我感到自己偏离了目标，浪费精力、丢失手稿在所难免，不过我还没有失去信心。我思忖，之所以失利是因为我做了错误的选择；我真是瞎了眼睛，偏心眼，才会把自己托付给一个看重民族荣誉以至于不顾公道的法国人；一个看重帮会利益而不愿揭露其卑鄙行径的文人、哲学家、院士；一个过于谨慎，过于慎重，不能为正义和捍卫受压迫者而热血沸腾的老年人。假如我故意挑选最难以胜任实现我意图的受托人，我也不能选得更好。所以说我没有成功是我的错；我只要选择得当就会成功。

我怀着这种新的希望，以新的热情再次誊写手稿。就在我埋头工作的时候，一个英国小伙子从意大利返回，路经巴黎来看望我，他曾是我在沃顿的邻居。不幸者都觉得他们遇到的一切都是命运的直接安排，我也不例外。我心想：他就是上帝为我挑选的托管人；是上帝派给我的，上帝挫败我的选择，就为了让我采用对他的选择。我当时怎么想不到找一个小伙子、找一个外国小伙子呢？他跟文人的卑鄙勾当不沾边，远离这个国家的阴谋分子，没有兴趣害我，对我也没有刻骨仇恨。我觉得这一切实在显而易见，我仿佛在这个偶然的机遇中看到了上帝的手指，我急忙抓住机会。可惜新抄本进展不大，不过我赶紧把完成的部分交给他，其余部分待来年给他，假如对真理的热爱激励他回来取稿子的话，我对此深信不疑。

他离开之后，我又琢磨开了，怀疑此次选择是否明智。无论从这个年轻人接受我手稿的方式，还是听他跟我道别时所说的话，我丝毫没有发现他感觉到我这份信任的宝贵，也没有觉得他有所感动。我知道他跟把那个我作为目标的同盟有些联系，我发觉他跟我相处的时候阿谀奉承多于真情实感。我责怪自己犯傻，竟然会相信一个英国人，相信一个对我个人怀有仇恨的民族，没有任何事例证明它做过任何与本国利益冲突的正义行为。再说，他为什么来看望我？为什么表现出那番假惺惺的殷勤体贴？单凭这些不就足以让我觉得他来路不正吗？我难道忘了，这么些年以来，未经特别派遣就无人能接近我吗？难道我不知道，相信我周围的人就等于相信敌人吗？如果要找一个忠实的知己，应该跑远路，到我所能接触的人群之外去找。因此，我的希望不会有结果，我的做法都错了，我的心血全部泡汤，我如此信任过的那些人盗用我手稿，我可以肯定，贻害最轻的做法莫过于毁掉我托付的手稿。

这个念头让我想到做另一个新尝试，并希望它取得的效果会大一些。我想到写一份致法兰西民族的呼吁书，抄写好多份，在散步场所和马路上散发给那些面容最招我喜欢的陌生人。我难免以自己常用的方式为新的决定找理由。我说，这些迫害我的人只让我接触他们安排在我身边的人。相信某个接近我的人无异于相信他们。陌生人当中至少有些真诚善良的人；然而凡是来我家的人都怀着险恶用心，我对此坚信不疑。

于是我照呼吁书的格式写了一篇短文,然后耐心地复制了许多份。可是在散发的时候,我遇到了一个始料未及的障碍,人们拒绝接受我递上的呼吁书。呼吁书抬头写道:致所有热爱真理和正义的法国人。我原来想没有人敢拒绝这样的称呼,而实际上几乎无人不拒绝。读完标题后,他们都冲着我说,呼吁书不是写给他们的,他们神态之天真让我忍住痛苦笑起来。你们说得对,我收回呼吁书,一边对他们说,我知道我看错人了。这是十五年来我从法国人嘴里得到的唯一的真话。

这方面碰壁后,我还不气馁。有些素昧平生的人曾经来信,硬想上我家来,我把呼吁书作为回函寄给他们,提出以坚定地回应呼吁书为代价,换取对他们突发奇想的默许,我以为这招肯定很灵。我给跟我搭话或者前来看我的人也发了两三份。可是结果只是得到一些令人不知所云的、模棱两可的答复,让我看清了那些作者皆为口是心非的老手。

照理说,这次失利让我绝望到极点,可是我不像以前碰壁那样感到伤心。它告诉我,我处在孤立无援的境遇,它教会我不再与必然抗争。我回想起《爱弥儿》中的一个片断,它让我重返自我,从中找到了我在外面徒然寻找的东西。这个阴谋给我造成什么痛苦?它从你身上夺走了什么?它伤害了你哪部分肢体?它使你犯下什么罪行?只要人们不从我的胸腔内掏走我的心脏,活生生地给我换上一颗伪君子的心,他们能从哪方面歪曲、改变、损害我的生命呢?他们以自己的方式炮制让—雅克是徒劳的,不管他们如何折腾,卢梭将永远是卢梭。

我了解舆论的虚妄,难道只为了重新受它奴役,让我的灵魂失去安宁,让我的心不得休息吗?假如人们要把我看成另一个人,对我来说有何关系?我生命的本质难道体现在他们的目光里吗?假如他们在我的问题上恣意妄为、欺骗后代,对我还有什么关系?我已经不在人世,他们的错误再也伤不着我了。假如他们毒化、曲解我为了他们的幸福而说过、做过的有益东西,那么受害的将是他们,而不是我。我带着良心的证据离开,尽管他们不愿意,他们犯下的一切不公正行径,我将悉数得到补偿。如果是善意的过失,我还可以在起诉时同情他们,可怜他们和我自己;但是他们以难以形容的狂热,追随如此可憎的体系来迫害我,那算什么过失呢? 公然把一个人看做顽固不化的渣滓,同时又处处设防,连罪名都不让他知道,那能叫过失吗? 他们残忍之极,找到了将我活活埋入土中,慢慢把我折磨得死去活来的诀窍。假如他们觉得此法还算温和,那他们必定丧尽天良;假如如此残酷的做法是他们找到的,那么相比之下,法拉里斯①、阿加索克里斯②之流就心慈手软多了。因此,我想错了,不应该指望让他们知错就能挽救他们;问题的关键不在这儿,他们可能误解了我,但是他们不会不知道自己有失公允。他们不公正地、凶狠地对待我,那不是过失所致,而是故意的行为:他们这样做是因为他们想这样做,不应该诉诸他们的理智,要对他们受到仇恨腐蚀的心灵说话。拿出揭露他们不公正的证据只会适得其反,反而会加剧不公正,又多了一条他们绝不会原谅我的罪状。

然而我更不应该因为他们的凌辱而一蹶不振,灰心丧气乃至陷入绝望。人们改变不了事物的本性,他们也剥夺不了我的安慰,没有任何东西能夺走无辜者享有的安慰! 所以说,为什么非要他们了解我、承认我的正当权利呢? 对我永恒的幸福而言,有此必要吗? 上帝难道没有别的办法使我灵魂欢愉、补偿他们有悖公道所造成的痛苦吗? 死神把我领走之后,我还会知道、还会担心人间发生的跟我有关

---

① 法拉里斯(? 一约公元前554),以凶狠毒辣而著称的西西里暴君。

② 阿加索克里斯(公元前361—前289),西西里岛叙拉库的暴君,发动一系列战争,放逐、杀害大量公民。

的事吗？从永恒的栏杆在我面前开启的一刹那起，栏杆之外的一切都将永远消失，假如我现在还记得存在人类，从那一时刻起，人类仿佛不复存在了。

于是，我终于拿定主意；我摆脱与尘世相关的一切，摆脱人们的荒诞评判，我听任他们永远诋毁我，不惜付出无辜和痛苦的代价。

我完满的幸福应该处在另一种层次上；我不再从他们那儿寻找幸福，而且他们既不能阻止它，也无法领略它。我今生注定成为谬误和谎言的猎物，此时我在等待得到解脱的时刻，我在等待真理凯旋，我已经不在凡夫俗子中寻找它们了。我摆脱了一切人间感情，甚至丢开了对尘世希望的担忧，我看不到任何他们能用来扰乱我心境的把柄。我将不再压抑心中的愤懑、激动、怒火，我甚至不再留意这么做了；可是一时冲动之后心境重复平静，已经成为一种常态，没有任何东西能将我撼动。

希望熄灭之后确实抑制了欲望，但是没有把义务摧毁，我希望在我的为人方面把义务履行到底。从今往后，我不必徒劳地向他们昭示真理，因为他们决心永远拒绝真理，但我有义务为他们留下幡然改悔的工具，尤其是因为这件事取决于我，这也是这部作品最后仅存的用武之地了。不停地复制这本书，然后四下散发给靠近我的人们，不啻无谓地耗费我的精力，而且说实在的，我不抱奢望，恐怕在所有这样发放的手稿中，没有一份能够完整地到达它的目的地。

于是，我将只拿一本手稿，送给我认识的那些人阅读，让那些我觉得最不偏袒、最无偏见或者尽管与我的迫害者们过从甚密、但是依然显得良知未泯、尚能靠自身成器的人阅读。我相信，他们跟以前一样鬼祟、虚伪，对我的理由会充耳不闻，对我的命运无动于衷。那是人们普遍采取的永久立场，那些接近我的人尤其如此。这些情况我事先都知道，可是我依然坚持刚才的决定，因为它是我唯一仅存的能为上帝的善举做贡献、并且使之成为可能的手段，这种可能性取决于我。经验已经提醒我，没有人会听我说话，可是说不定某个人会听我说话，也并非不可能，不过从此要人们自己睁开眼睛看清真理是不可能了。迫使我不抱任何成功的希望，承担做这种尝试的义务，那滋味的确不好受。可是假如我仅仅满足于在身后留下这部作品，它仍然是捕杀对象，逃脱不了掠夺者的魔爪，那些人巴不得我气绝身亡，以便一网打尽，或者付之一炬或者加以篡改。但是，如果在所有读过我作品的人中间，只要尚存一颗人的心或者只是一个真正明智的思想，我的迫害者就将白费心机，真相不久就会展现在公众眼前。既然我摊上了这份意外的福分，而且我就此不可能有片刻闪失，这个信念鼓励我做这个新的尝试。我事先就知道，他们读罢我的稿子会用怎样的语调说话，还跟以前一模一样，一派天真、体贴、超脱的样子；他们会煞有介事地替我惋惜，怎么把如此洁白的说成一团漆黑，因为他们都纯洁得宛若天鹅；不过他们对我文中所说的东西会一窍不通。照现状来看，这些人不会让我感到意外，也不会让我十分动气。但是如果万一有人被我的道理打动，开始揣摩真相，我丝毫不会怀疑这种效果，即便他可能不愿意跟我推心置腹，我也有了可靠的迹象，把他与其他人区别开来。我要找的托管人就是他，甚至用不着考虑我能否指望他为人正直：因为我只需要他的判断就能够让他忠实于我。他会感到，毁掉我托管的文字，他从中得不到任何好处；把它交给我的敌人，其实是多此一举，这些东西他们已经有了，所以他无法让这种背叛产生很高价值，也免不了迟早因此受到理所当然的指责，背上行为可耻的恶名。如果反过来，他保存我托付的稿子，他仍然是生杀予夺的主宰，随时可以毁掉稿子；有朝一日，假如自然发生的变化改变了公众的心态，他能给自己带来无限荣誉，从托管的稿子中获得巨大利益；如果他把这些稿子糟蹋了，就无从享受这些利益了。假如他善于预测，假如他能等待，权衡之下，他应该忠实于我。我甚至要说，就算公众一成不变，仍然顽固坚持目前的态度，然而在一个很自然的运动推动下,他们或迟或早至少希望知道,如果给予让—雅克言论自由的话,他会说些什么。我的托管人此时就能亮出自己的身份,对他们说:你们想知道他会说些什么,请看,这儿就是。他用不着站在我一边,也不必为我的案子和诉状辩护,他只要充当我的报告人就行了,而且尽可能与大众意见保持一致,这样就能够重现受判者的性格:因为弄明白像他那号人怎么竟敢谈论自己,那就等于在勾勒他的形象。

　　假如我在读者中找到这个理智的人、这个准备为自己的利益而忠于我的人,我就一定把书稿交给他,不仅是这份文字,还有《忏悔录》以及留在我手头的全部书稿,人们有朝一日能够据此使我的命运大白于天下,因为里面包含着轶事、说明以及一些除我之外别人都无法给出的事实,它们是解开许多谜团的唯一钥匙,少了它们,这些谜团将永远得不到解答。

　　假如这个人找不到,那么我死了很久以后,当公众的狂热开始降温,留在曾经读过书稿的人们脑海中的阅读记忆,某一天可能在其中某个人心中重新激发出一些正义感和同情感。于是,这种回忆能给他的心灵带来一些神奇效果,而我在世的时候,这些效果被他们心中的狂热所遏制。因此假如我能找到机会,我将利用这些机会来介绍这部作品,但不抱任何成功的期待。如果找到一个我有理由信赖的托管人,我会把手稿托付给他,不过同时把它看做如覆水难收一般,先给自己一个安慰。假如不出所料,我找不到这个人,我会继续保存我打算交给他的书稿,直到我死后——说不定在此之前——被我的迫害者们霸占为止。我觉得,我的书稿在劫难逃,我已不再担心。无论人们如何折腾,时候一到,上帝自然会行动。我不知道行动的时间、方法和种类。我知道这位至高无上仲裁的强大和公正,知道自己灵魂的纯洁,知道我的命不该如此。我只要有这些就够了。从此向我的命运低头,不再固执地与命运抗争,任凭迫害者们随意处置成为他们手中猎物的我,任凭在我苍凉的余生逆来顺受、被他们玩弄于股掌之间,甚至把我的名声和日后的声誉都扔给他们;假如上帝愿意让他们处置的话,不管发生什么,对我不再有任何影响:这就是我的最后决定。从今往后,人们想干什么就干什么吧,我该做的都做完了,虽然他们会折磨我的生活,但是他们将阻止不了我平静地死去。

附录一：呼吁书
《致所有热爱真理和正义的法国人》

法国人啊！这个曾经那么可爱和温柔的民族，你们变成什么了？在一个异乡人眼里，你们面目全非了。此人穷困潦倒，孤苦伶仃，任凭你们摆布，无依无靠，没人替他辩护，不过在一个公正的国家，他原本用不着靠山和辩护；他为人坦诚、不怀恶意，他仇视不公正，可被迫忍受不公的待遇；他从来没有害过、没有算计过、没有报复过任何人，而十五年来却被你们拖进羞辱、诽谤的泥潭，深陷其中，他看到、他感到人间闻所未闻的奇耻大辱扑面而来，可是始终无法知道其中的缘由！这难道就是你们的真诚、你们的温柔、你们的热情好客？抛弃Francs① 这个古老的名称吧；它会让你们羞得无地自容。就折磨人的艺术而言，迫害约伯② 的那些人还有很多东西向你们的导师请教。我相信，他们把你们说服了，甚至瞒着被告，轻而易举地向你们证明，我受这些比死还难受百倍的虐待是罪有应得。这种情况下我只能逆来顺受；因为我不指望、也不愿意从你们那儿得到丝毫宽容；可是受到如此残酷、如此侮辱的指控之后，我希望而且至少应该有人告诉我，我究竟犯了什么罪，是谁在审判我！

---

① 指法国人，同时还有"坦率、真诚"之意。
② 《圣经》故事人物，遭受多种灾难而自信无罪于上帝。

为什么这个路人皆知的丑闻只对我一个人是一个百思不得其解的谜团？假如他真的犯了罪,用那么多阴谋、诡计、背叛、谎言来掩盖罪犯理应知道的罪行又有何用呢？假如出于我无从了解的理由,你们执意从我身上剥夺任何罪犯都未曾失去过的权利*,让我的残余的悲惨岁月陷入忧愁、被人嘲弄、屈辱之中,却不让我知道为什么,不屑听取我的辩解、我的理由、我的怨言,甚至不许我说话**,那么我将把一颗无辜的心和一双纯洁的手捧给上苍,作为我的全部辩词。残酷的民族啊,我不求上帝替我复仇、惩罚你们(但愿他使你们远离任何不幸和谬误!),而是求他为我的晚年打开一所更好的庇护所的大门,在那儿,你们的辱骂将不能再伤害我。

让—雅克·卢梭

　　附言:法国人啊,人们把你们投入在我有生之年不会停息的疯狂之中。可是当我不在人世了,当狂热劲儿过去之后,当你们的仇恨不再受到煽动、允许自然的公道对着你们的心说话的时候,希望你们好好地想想人们刻意瞒住我、强加于我的所有言语和文字,想想别人给你们灌输的关于我性格的一切,还有人们为了我好而让你们所做的一切。那时候你们会大吃一惊! 不会像现在这样心安理得了。我敢对你们预言,你们以后读这篇文字时会比现在觉得更有意思。这些戴着善良桂冠的先生会出版那位被他们痛苦折磨死的不幸者的生平,这本公正、忠实的生平经过他们长期精心的秘密准备,在相信他们的言论和证据之前,你们会研究那么多狂热之来源、那么多痛苦之起因,尤其是他们在我生前对我的所作所为,我感到放心。这些研究做得好,我同意,而且我宣布——既然你们不听我的意见就想给我下定论——你们以前是根据他们的书在他们和我之间做出评判的。

　　* 哪位有良知的人会相信,如此粗暴地践踏自然法则以及人类权利会以道德为基础？即使允许剥夺一个人做人的身份，那也只能在判决之后，而不是为了判决他。我看见许多蠢蠢欲动的刽子手，可是没看到法官的身影。假如这就是现代哲理的公正准则的话，那么在它的旗下，受罪的将是无辜单纯的弱者；尊严和荣耀皆属于那些残酷和狡猾的阴谋者。

＊＊ 正当的理由始终应该得到倾听，尤其是被告的辩解和被欺压者的申诉；假如我的话不值一驳，那就让我自由地把话说出来吧！这是让我彻底败诉、完全证明起诉方有理的最好办法。但是只要人们不许我说话或者拒绝听我说话，谁能不失鲁莽地宣布我无话可说呢？

附录二:贝纳尔丹·德·圣—皮埃尔^① 眼中的卢梭

　　1772 年 6 月,有位朋友提议带我去卢梭家,于是我就跟他来到地处普拉特里耶路的一幢楼房,几乎就在邮政所对面。我们走到四层楼^②。我们敲门,卢梭夫人闻声开门,一边招呼我们:

　　"请进,先生们,我丈夫在家里。"

　　我们穿过很狭小的门厅,只见生活器皿放得井井有条;我们从那儿直接走进一间卧室,卢梭身穿礼服,头戴白色的无檐软帽,坐在那儿埋头抄乐谱。他微笑着站起来,请我们入座,接着又干起活来,就是边干边跟我们聊。

　　他身体瘦削,中等个子,一个肩膀似乎略高一些,不是先天缺陷所致,工作姿势造成的,或者是上了年纪有些背驼的关系,因为此时他已经六十四岁了;然而他的身材非常匀称。面容呈古铜色,脸颊的

---

　　①　贝纳尔丹·德·圣—皮埃尔(1737—1814),法国作家,1772 年与卢梭结识,同年夏天起,常陪卢梭散步,成为他的忠实信徒。1788 年发表的田园小说《保尔和薇吉妮》诠释了卢梭的哲学主张,即自然的善良与和谐,上帝对人类的慷慨,科学文明带来的危害。这部小说将异域风光首次引入法国文坛,场景描绘细腻,用词丰富新颖,令人耳目一新,再加上小说中弥漫的感伤情绪,使得贝纳尔丹·德·圣—皮埃尔成为 19 世纪浪漫主义文学的先驱。

　　②　法国楼房的底层不算在楼层内,所以他们的四层楼相当于我们的五层楼。

颧骨部位肤色略深,鼻子长得很好,天庭饱满高贵,双眼炯炯有神。从鼻翼斜行至嘴角两边的线条构成人的表情特征,在他脸上传达出极度的敏感和某些甚至痛苦的东西。人们从他脸上凹陷的眼眶、耷拉的眉毛中看到三四处忧郁的痕迹;从额头的皱纹看到深深的悲伤;从眼角外侧无数的细纹看到非常强烈、甚至略显讥讽的欢乐,笑的时候连眼眶都不见了。我们攀谈的话题打动着他的心灵,这些强烈的情感随之一一出现在他脸上;但是在平和安详的状态下,他的脸庞保留着所有这些影响的印迹,呈现出一种说不清、道不明的可爱、细腻、感人,令人怜悯和肃然起敬[①]。

他的身边摆着一架小型羽管键琴,他不时地用它试弹曲子。两张蓝白条纹的帆布小床、同样颜色的卧室帷幔、一张桌子、几把椅子,这些就是他的全部家具。墙上挂着一张蒙莫朗西森林和公园地图,他在蒙莫朗西住过,还有一张英国国王的肖像画,他曾经是他的恩人。他妻子坐着做针线活;金丝雀在悬在天花板下的鸟笼中啼鸣;麻雀落在临街的窗台上寻觅面包屑,门庭的窗台上摆着花盆、盛器,里面长满了大自然欣然播种的花草。他的小家庭整个洋溢着干净、宁静、俭朴的气氛,让人感到舒服。

他跟我聊了一阵我的出游经历,然后话题转入时下的近况,接着他给我们念了答复米拉波侯爵的亲笔信。他在一次政治讨论时质问过卢梭,他恳求侯爵别再把他卷进烦人的文学之中。我顺势谈到他的作品,说我最喜欢《乡村占卜师》和《爱弥儿》第三卷。他听了我的

---

① 贝纳尔丹·德·圣一皮埃尔注:"人们在奈克尔先生家里看到一张很相似的卢梭肖像画。可是在他所有的公开肖像画中,我只看见过一幅版画重现了他的某些特征。那幅画尺幅在十到十二英寸之间,我觉得是在英国刻印的。他在画上戴着无边软帽,身穿亚美尼亚人衣服。根据陈列在皇家图书馆的乌东先生雕刻的胸像,也能画一幅精彩的肖像。据说这座雕像是雕刻家在卢梭死后刻的,因为他生前一再拒绝所有艺术家这方面的恳求。"

感想似乎很高兴。

"这些也是我最喜欢的作品。"他说道,"我的敌人们说什么都行,他们就是写不出《乡村占卜师》。"

他给我们展示了他收藏的各种各样的种子。他把种子分别装在无数的小盒子里面。我忍不住跟他说,从来没有见过有人收集这么多种子,而拥有这么少的土地。我的想法让他笑了起来。我们遂向他告辞,他把我们送到楼梯口。

几天之后,他回访了我。他头上戴着圆发套,上面扑着厚厚的粉,头发鬈曲,帽子夹在胳膊下面,身穿一套米黄色布衣。皮鞋的鞋面上剪了两个小窟窿,因为脚茧妨碍走路,他手里拿着一根小手杖。他的外表十分朴素,可是非常干净,就像传说中的苏格拉底那样。我送给他一枚海椰子和椰子果实,充实他的种子藏品,他收下了,我很高兴。离开我家的时候,我们来到一个地方,我给他看了一朵漂亮的开普敦不凋花,它的花朵像草莓,叶子像撕碎的灰色被单。他觉得花儿很迷人,可是花已经被我送人,我不能做主了。我陪他穿过杜伊勒里宫,这时候他闻到一阵咖啡的香味。

"我很喜欢这种香味,"他对我说,"有人在我们楼梯烧咖啡的时候,有些邻居把门关紧,而我却把房门打开。"

"既然您喜欢它的气味,那么说您喝咖啡。"我说道。

"是啊。"他回答道,"奢侈品当中,我只喜欢两样东西:冰淇淋和咖啡。"

我曾经从波旁岛带回一大包咖啡,分成小包送给朋友。我次日给他送了一包,附上一张留言,说我知道他喜欢异国种子,请求他千万收下这些咖啡豆。他回了一封信,彬彬有礼地感谢我的好意。

可是第二天,我收到了一封语气截然不同的信。他在信中说道:

先生,昨天我家里有客人,未能细看您包裹装着什么。我们才刚刚认识,您就开始送礼。这使得我们的交往太不平等;我的财力不允许我这么做;要么您把咖啡收回去,要么我们不再见面,您选择吧。

谨此致意。

让—雅克·卢梭

我答复说,我去过出产这种咖啡的国度,就质量和数量而言,这份礼品实在微不足道;此外我让他来替我选定他给出的两个抉择。这次小口角不久结束了,条件是我接受他赠予的一枝人参和别人从蒙彼利埃寄给他的一本鱼类学著作。他邀请我次日吃午饭。我上午十一点登门。我们攀谈到了十二点半。这时候他妻子铺上桌布,他拿了一瓶葡萄酒,放在桌子上,一边问我是否够我们喝了,问我是否喜欢喝酒。

"我们几个人吃饭?"我问他。

"三个人,您、我妻子和我。"他说。

"我喝酒的时候,"我回答道,"如果我一个人喝,我能喝上半瓶,和朋友一起吃饭,我喝得还多一些。"

"既然这样,"他接着说,"我们酒不够;我得下地窖取酒。"

他从那儿取来一瓶酒。他的夫人端来两盘菜,一盘是炖肉,另一盘用盖子捂着。他指着炖肉对我说:

"这是您的菜,那盘是我的。"

"炖肉,我吃得不多,"我告诉他,"不过我很想尝尝您的那份炖肉。"

"哦!"他说道,"两份菜是一样的。许多人对它不屑一顾,是道瑞士菜:肥羊肉、蔬菜和板栗大杂烩。"

这个菜果然非常美味。先有薄片牛肉色拉开道,后有饼干和奶酪助兴,两个菜吃得津津有味。接着,他的妻子端来咖啡。

"我不请您喝甜酒,"他对我说,"因为我没有甜酒。我像个鼓吹通奸的方济各会修士:与其喝一杯甜酒,我更喜欢喝一瓶葡萄酒。"

席间,我们谈到印度人、希腊人和罗马人。午饭后,他给我找来一些手稿,谈到他作品的时候,我会提到它们的。他朗诵了《爱弥儿》的一段续篇,几封有关植物学的信,一首利未人①写的记述便雅悯人②强奸妻子的散文短诗,译自塔索③的一些美妙短篇。

"您打算发表这些书稿吗?"

"哦! 谢天谢地,"他说道,"我写这些东西是为了自娱自乐,晚上跟妻子说闲话用。"

"哦! 是啊,写得太动人了,"卢梭夫人接过话茬,"可怜的索夫洛妮④! 我丈夫给我念这一段的时候,我痛哭了一场。"

最后,她提醒我时间已是晚上九点半;我一口气度过了十个小时,感觉犹如一瞬间。

读者,如果您觉得这些细节浅薄无聊,您就别再往下读了;一切对我都是那么珍贵,友谊剥夺了我进行选择的自由。假如您喜欢近距离观察伟人,假如您珍视记述当中的朴实和真诚,那么您将如愿以偿。我不掺入任何可资想象的内容,我不夸大任何美德,我不掩饰任何缺陷。除了稍加整理之外,我在叙述中不使用任何别的技巧。我曾经有过不丢失任何卢梭纪念材料的愿望,收集过一些别的轶事;可是那些只是道听途说来的;我执意让这部作品具备一个连最好的故事都望尘莫及的优点:那就是其中哪怕最不起眼的细节,都是我亲眼目睹或者他亲口说的。

---

① 利未人,以色列人中担任神职的支派。
② 便雅悯人,《圣经》时代以色列人十二支派之一。
③ 塔索(1544—1595),意大利文艺复兴后期诗人,史诗《被解放的耶路撒冷》的作者。
④ 塔索作品中的人物。

他1712年生于日内瓦,父亲是钟表匠,信奉新教。他有一个哥哥。兄弟俩在母亲和母亲的妹妹抚养下长大,她们俩感情很好,亲密无间,当她俩领着孩子散步的时候,旁人看见她们都那么疼孩子,还真闹不清谁是孩子的母亲呢。他给我念了几句诗,就是描写这种罕见的情谊,也包含了这层想法;不过我把诗句忘了,因为我觉得自己并不肩负某一天连他的摇篮碎片都得收集的使命。他两岁丧母;姨妈继续抚养他,孩子时代受到的悉心呵护,他永生难忘。她也许还活着,至少几年前还在人世;以下是我了解此情的经过。三年前,中学的一位老同学求我把他引荐给卢梭。这家伙待人诚恳,热心肠,他跟我说他曾经在特利城堡看见过卢梭,然后去日内瓦看望伏尔泰,听说卢梭的姨妈住在离那儿不远的村子里,于是前去探望;他看到一位老妇人,听说来人见过她的外甥,她就控制不住自己了。

　　"怎么,先生,"她说道,"您见过他!他真的不信教了吗?牧师们说他大逆不道;这怎么可能!他给我寄吃的、用的,我这个穷老太婆都八十多岁了,孤苦伶仃,也没有女用人,住的是阁楼;要是没有他,我早就冻死、饿死了。"

　　我把这些话都一五一十地对卢梭说了。

　　"我应该这么做,"他回答道,"她抚养过我这个孤儿。"

　　然而他执意不见我的老同学,尽管我极力怂恿他这么做。

　　"您别把他领来。"他说,"我怕他,因为他给我来过一封信,他把我放在耶稣基督之上。"

　　他的父亲用普鲁塔克的作品教他识文断字。他才两岁半时,就让他在钳台边上读《名人列传》,从那个年纪起,他言语表达就很有感情。父亲觉得儿子很像已故的妻子,清晨起床,有时候冲着他说:

　　"来吧,让—雅克,给我谈谈你的母亲。"

　　"我要是跟您谈母亲,"他常说,"您会掉眼泪的。"

　　他喜欢使用让—雅克这个名字,不是为了标新立异,而是因为这个名字让他回忆起幸福的童年,让他回想到自己的父亲;一说起父亲,他的心中就充满柔情。他告诉我说,他的父亲性格刚烈,酷爱狩猎,喜欢美味佳肴,爱享受。那时候人们在日内瓦纷纷组织小派别,根据宗教改革的精神,每个成员从《旧约》中找一个别名。他父亲的别名叫大卫。他跟大卫·休谟①结交,这个名字也许从中起过作用,因为他喜欢把同样的理念跟同样的名字联系起来,以后谈到我的名字的时候,我还会提到这一点。此外,古代伟人们也有跟他相同的见解,甚至包括罗马人,他们把自己的命运交给那些名字显得吉祥的将军,因为他们缅怀的一些古人也用这些名字。这在西庇阿家族②的经历中尤为明显。

在父亲那个时代,在日内瓦,凡是有教养的公民都能背诵普鲁塔克的著作。卢梭告诉我说,曾经有过一段时期,人们对日内瓦的道路还不如雅典的道路那么熟悉。年轻人聊天的时候只谈立法,探讨建立、改造社会的各种方法。那时候的灵魂是高尚、伟大和欢乐的。夏季的一天,市民们坐在门前纳凉,他们正笑着聊天,这时候一位贵族老爷路过,听到笑声,以为他们在取笑他。他收住脚步,傲慢地问道:

"我经过这儿,你们为什么笑?"

只见一个市民以同样的口吻回敬道:

"哎,为什么我们笑的时候,您经过这儿?"

有一次,他父亲跟城里一位家境显赫的上校发生争执,因为这位上校侮辱了他。他向上校提议拿起佩剑决斗,后者拒绝了。但是这次遭遇改变了他的命运。对手家族逼迫他离开故土;他去世时将近百岁。

让—雅克·卢梭才十四岁,一无所有,他不知如何是好,于是从

---

① 大卫·休谟(1711—1776),英国经验主义哲学家、历史学家。

② 古罗马共和国时期的贵族之家,世代为执政官。

日内瓦徒步往里昂走去。天黑时分,他来到城里,掏出最后一块面包权当晚餐,然后在一座拱门的铺石地面上躺下,头上有栗树庇荫。此时正值夏季。

"我从来没有睡得这样舒服过,"他对我说,"我一夜酣睡,天亮时,枝头的鸟鸣把我唤醒;我像鸟儿那样精神饱满、心情欢乐,唱着歌儿走在街上,不知道去哪儿,也一点儿不发愁。我口袋里没有一文钱。一位走在我身后的神甫叫我'小朋友! 您会音乐:愿意抄写乐谱吗?'我当时只会干这个,我跟他走了,他给我活干。"

"上天有眼,解救及时啊,"我说,"要是没有遇到神甫,您会怎么办呢?"

"饥肠辘辘,我到头来也许会沦为乞丐。"他答道。

他哥哥十七岁的时候离家去印度发迹。但是后来音信皆无。印度公司的一位经理曾请求他去中国,他后悔没有痛下决心。大概在同一时期,他来到意大利。《爱弥儿》第三卷开始部分出色地坦陈了他的处境、他的错误以及他的不幸遭遇,写得如此动人,我不禁欣喜地抄写如下:

　　三十年前,在意大利的一个城市里,有个年轻人离乡背井,穷困到了极点。他原来是加尔文派的教徒,但是后来一时糊涂,觉得自己流落他乡,谋生无术,为了糊口就改信他教。那个城市里有一所专门为改宗的人而设立的救济院,他被收容在那里。人们把宗教之争的事儿告诉他,结果使他产生了他未曾有过的怀疑,人们让他知道了他本来不知道的罪恶:因为他听到了一些新奇的教理,看到了一些更新奇的风俗;他身体力行所有这一切,险些成了它们的牺牲品。他企图逃跑,人们把他关起来;他口出怨言,人们就惩罚他;在那些暴君的任意摆布之下,他发现自己不愿意向犯罪让步,反而被当作罪人来对待。一个没有经验的青年人,初次遇到强暴和不公正的事情时心中是多么愤怒,但愿亲身经历过的人都能体会到。他眼里流出愤怒的眼泪,心里憋着怨气。他向上天和世人诉冤,他向每一个人吐露真情,但没有一个人听他所说的话。他遇到的都是那些专营不堪入目的苟且勾当的仆人或帮凶,他们嘲笑他不跟他们同流合污,怂恿他学他们的样子。要不是一位诚实的牧师有事到了那个救济院,他想了个办法悄悄地听他指点,他也许就完了。那个牧师很穷,需要众人的帮助,可是被压迫的人更需要他的帮助;他毫不迟疑地冒着为自己招来凶恶敌人的危险,帮助他逃跑。

摆脱灾难又陷入了贫穷,这个年轻人徒劳地与命运抗争,而有一个时期他还以为自己把命运踩在脚下了呢。刚看到一点点好运,他就把自己的痛苦和恩人扔到脑后去了。他这种忘恩负义的行为不久就受到了惩罚,所有的一切希望都化为乌有:尽管他有着青春年华的优势,可是他的幻想把一切都糟蹋了。他既没有足够的才能,又没有足够的手段去闯一条坦途,他既不会克制自己,又不会使坏心眼,他什么东西都想得到,结果都事与愿违。他又跌入到原来的贫困境地,没有面包吃,没有地方住,眼看快要饿死了,才想起了他的恩人。

他又回到他的恩人那里去,找到了他,而且受到了很好的接待。那位牧师一看见他就回想起他做过的一件好事,这种回忆始终使人的心灵感到快慰。这个牧师天生仁慈、富于同情心,他以自己的痛苦去体会别人的痛苦,安逸的生活并未麻木他的心肠,智慧的熏陶和开明的德行益发坚定了他善良的天性。此时他忙着接待年轻人,替他找住处,把他介绍过去,还让他分享自己的生活用品,勉强够两人的生活。不仅这样,那个牧师还开导他,安慰他,向他传授如何耐心地忍受逆境的窍门。你们这些持偏见的人啊,你们可曾期待过这一切居然会发生在一个牧师的身上,会发生在意大利吗?

　　这个诚实的教徒是萨瓦的一个贫穷的副本堂神甫;由于年轻时的一次冒失举动,他同主教发生了口角……

诉说了恩人的遭遇和品德之后,他说道:

"我讨厌以第三方的身份说话,而且费这份心思也是很多余的,因为亲爱的公民,您也看得出来,这个不幸的流浪汉就是我本人;我觉得年轻时的荒唐已经离我很远了,我不怕把它们都说出来。那双手拯救了我,我至少应该向它的善举表示敬意,尽管会觉得有些害臊。"

他摆脱教士们的魔爪之后,一位善良的撒玛利亚人接待了他,嘘寒问暖,一时间他觉得财富和荣誉就在眼前。他隶属法国驻威尼斯公使馆,公使不在的时候由他行使公使秘书之责。公使非常吝啬,一心指望分享朝廷额外赏给秘书们的酬金。为了劝他做出牺牲,公使三番五次地对他说:

"您没有什么开销,用不着养家糊口。可是我呢,袜子破了,只能自己缝补。"

"我也一样,"卢梭答道,"可是我补袜子的时候,还得花钱请人处理您的信函。"

这个公使在外交部臭名昭著。有个说话可信的人多次跟我提到公使吝啬的格言;他经常说什么三只鞋等于两双鞋,因为总是有一只鞋磨损得更厉害些。因此,他总是一次订做三只鞋子。

我从这件事观察到,有野心的人最终总是吝啬成性,而吝啬本身只是一种消极的野心,这两种嗜好同样是冷酷、残忍和不公正的。

他在蒙彼利埃、弗朗什—孔泰、瑞士、纳沙泰尔附近生活过,但是我不知道是在哪些年代。我很少问他这方面的事。他只是把以往经历中他觉得高兴的事告诉我。在我看来,他满意自己的处境,他以前的生活究竟如何对我就无所谓了。然而有一次我问他是否周游过世界，他是否就是《新爱洛伊丝》中的圣—普乐。

"不是，"他答道，"我没有离开过欧洲。我的经历并非完全如此，但我希望有这样的经历。"

他的命中似乎缺乏财富，但是在他人生道路上播撒了一些幸福。他与风度翩翩的元帅、纳沙泰尔的总督乔治·凯特结为好友，非常郑重地怀念他。他们曾经和印度公司的一个船长一起，制订过一个计划，打算每人在日内瓦湖畔买一块地皮，在那儿安度晚年。三位孤独者相距大约半古里，其中一位想接待另外两位朋友的时候，就在屋顶上插一面旗帜；经过这样部署，每个人都为自己留下了两件我认为非常温馨和非常罕见的宝贵的东西，也就是在家里有自由，在景物中看得见朋友的屋顶。

他在蒙莫朗西住过几年，那间小房屋地处村中的山腰上，我告诉他我曾经进去过。

"我在那儿住过，"他说，"可是我还住过蒙莫朗西树林里一幢屋子，那儿舒服多了。真是个迷人的地方，名字叫退隐庐，不过已经给人毁了，不存在了。我常去树林一处僻静的地方散步，我很喜欢那儿。有一天，我还发现几片细草地，让我喜出望外，很高兴。"

"那么说，您有朋友啰？"我问道。

"那时候我有朋友，"他接着说，"可是现在我不再有了。"

"您喜欢乡村生活，那么为什么离开那儿而到巴黎最喧闹的一条街住呢？"有一天我这样问他。

"在乡村生活要能生活得下去。"他回答说，"我靠抄写乐谱为生，我的身份迫使我到巴黎来。此外，尽管人们说在乡下生活便宜，可是那儿的东西几乎都来自城里。假如您需要两个里亚①的胡椒粉，

---

① 里亚是法国古铜币的名称，相当于四分之一苏。

您佣金就得付上六个里亚。再说，我在那儿穷于应付那些冒失鬼。比方说有一天，一个巴黎妇女为了帮我节约四个苏的邮费，结果却让我付了将近四个法郎：原来她派仆人把信送到蒙莫朗西，我请他吃午饭，付给他一个埃居①辛苦费。这是最起码不过的了，因为他一路步行，而且专门为我走一趟。说到普拉特利耶路，我头一天到巴黎就住在这条路上；我在这儿住了二十五年，已经习惯了。"

他娶勒瓦瑟小姐为妻，她老家在布雷斯，那一带信奉天主教——他没有跟她生过孩子。

看完他的生平大事之后，我们来看看他的身体状况。外出旅行的时候，他多数喜欢步行，可是他仍然走不惯弹格路，他的脚非常敏感。

"我不怕死，"他常说，"可是我害怕疼痛。"

然而他此时精力很旺盛；都七十岁的人了，下午还要去圣—热尔伟牧场散步，或者绕着布洛涅森林走一圈，散步归来，看不出他有什么疲劳。他曾经牙龈肿痛，让他掉了几颗牙。他把冰凉的水含在嘴里镇痛。他注意到热的食物会引起牙疼，而动物喝凉水、吃冷食，它们的牙齿都很健康。我也核查过，发现他的药方和观察是对的，因为北方民族——尤其是荷兰人——常喝温度很高的热茶，结果他们的牙齿都被搞坏了，而我家乡的农民们都有一口洁白的牙齿。他年轻的时候，心跳得非常厉害，以至于在隔壁房间都能听见他的心跳声。

"我当时正在闹恋爱，"他对我说，"我去蒙彼利埃找到费斯特先生，他是名医，我找他看病。他笑呵呵地看了我一眼，拍了拍我的肩膀说'我的好朋友，常常喝上一大杯葡萄酒就行了'。他把眩晕称为'幸福者之病'。"

"爱情的眩晕是甜蜜的，"他对我说，"但是如果除了爱情，您还

---

① 埃居是法国古银币的名称。

234

感染了野心带来的眩晕,您的评判也许就不同了。"

他不时地有些抱怨。他告诉我说,前不久,他被困在王太子死胡同出不去,因为身后的杜伊勒里宫已经关门,而路口又被一些四轮豪华马车封死了,当时他觉得死到临头。可是路口一疏通,他的担心就消除了。他使用了适合所有疾病的一帖药来对付这种病:那就是消除病因。他戒除沉思、读书,不饮烈性酒。身体锻炼、灵魂安宁和娱乐消遣都能缓解病症。多年以来,他一直受到疝气和尿闭症折磨,不得不使用绷带和导管。由于几乎总是一个人住在乡下,他动脑筋穿夹袍来遮掩身体的不便。这副打扮使得戴假发套不方便,于是他戴了一顶无檐软帽。可是换个角度来看,这身装束在孩子们和那些在马路上游手好闲的人眼睛里就显得很新奇,他走到哪儿,他们就跟到哪儿,他只好就此罢休,不穿了。人们把这身所谓的亚美尼亚人打扮归咎于他标新立异,其实是他患病需要这么穿着,事情的经过就是如此。

他放弃求医问药,最后痊愈了。即使遇到最意外的事故,他也不叫医生来。1776 年秋末时分,一天黄昏,他从梅尼蒙丹山冈上下来,突然窜出一条高大的丹麦狗——虚荣的富人家让几条狗跑在马车前开道,害得行人叫苦不迭——把他撞翻在铺石路面上,他顿时失去知觉,不省人事;好心的路人将他扶起来,只见他上嘴唇翻裂,左手拇指被挫伤。他苏醒过来,别人要给他找马车,他坚决不要,因为生怕着凉。他走回了家;一位医生闻讯赶来,他感谢医生的友情,但是拒绝他救治,只是把伤口清洗了一下,数天之后,伤口就完全收口了。

"治愈疾病的,是大自然而不是人。"他这么说。

遇到身体内部的疾病,他就靠限制饮食来治疗,声称身体和灵魂一样,离不开安歇与孤独。

他的健康疗法使他气色很好,一直保持充沛的精力和快乐心情,直到生命的尽头。夏天,他清晨五点起身,开始抄乐谱,到七点半吃早饭,吃饭的时候,他整理头天下午采集的植物标本,将它们排放在纸板上;他饭后接着抄乐谱。十二点半吃午饭。下午一点半,他经常去香榭丽咖啡馆喝咖啡,我们经常约定在那儿见面。这家咖啡馆是坐落在波旁男爵夫人花园里的一幢小楼,以前是蓬帕杜侯爵夫人①的浴室。喝完咖啡,他把帽子夹在胳膊下,头顶烈日,到乡野采集标本,即使遇到酷暑也照走不误。他说晒太阳对他的身体有好处。可是我对他说,所有的南方民族头上都戴帽子,而且离赤道越近,帽子就越高;我给他举例子,土耳其人和波斯人的包头巾、中国人和暹罗人的尖顶帽、阿拉伯人金字塔形的高帽子,他们都设法在脑袋和帽子之间腾出大量空间,而北方民族只戴直筒帽;我还补充说,大自然让热带国家生长阔叶树木,似乎旨在给牲畜和人带来更浓密的绿阴。末了,我还提醒他说,在烈日酷暑的时候,牛羊群本能地躲在树荫下面;可是说了那么多道理却没有产生任何效果:他认为那是习惯所致,并以自己的经验反驳我。然而1777年夏天他得了一种病,我把病因归结为在烈日下行走引起的。那是胆汁紊乱,伴随呕吐和严重的神经抽搐,他对我说了实话:他从未受到这样痛苦的折磨。他最近一次疾病是在第二年同一个季节、做了同样的运动之后发作的,很可能出于同样的病因。他越喜欢太阳,就越害怕下雨。遇到下雨天,他几乎足不出户。

"我和瑞士晴雨表上的那个小人物正好相反,"他笑着跟我说,"他回家的时候,我外出;他外出的时候,我回家。"

他在日落时分散步归来;他吃完晚饭,九点半上床睡觉。这就是

---

① 蓬帕杜侯爵夫人(1721—1764),法国国王路易十五的情妇,启蒙思想家的挚友。

他的生活节奏。他的兴趣爱好就是如此简朴、如此自然①。他不挑食,除了芦笋,什么食品都吃,因为他觉得芦笋对膀胱有刺激。他觉得刀豆、豌豆、嫩洋蓟不如长成熟以后那么健康,那么口味好。就此而言,他不分什么时令蔬菜和水果。他非常喜欢吃颗粒自然饱满同时又很嫩的大蚕豆。他跟我说起过,刚到巴黎那阵子,他晚餐时吃饼干。那时候皇家广场有两家著名的糕饼点,很多人去那儿吃晚饭。有人把柠檬夹在饼干里吃,有人不这么吃。据说不夹柠檬的饼干好吃些。

"以前,我妻子和我,咱俩晚饭喝小半瓶葡萄酒,"他告诉我说,"后来能喝半瓶,现在我们喝整整一瓶酒。喝酒暖身子。"

他喜欢回忆瑞士美味的乳制品,尤其是日内瓦湖畔吃的那种乳品。那儿的奶油呈粉红色,因为奶牛吃了山区牧场大量繁殖的草莓。

"我不想每天都吃美味佳肴,"他对我说道,"但是我不恨它。有一天我乘蒙莫朗西的马车,到了一个客栈,离目的地才几古里地。客栈给我们做了一顿丰盛的午饭,有野味、鱼和水果;我们心想这顿饭可要让我们破费了:结果他们只收我们每人三十个苏。大伙儿都觉得便宜,美丽的风景和季节使得我们决定放走马车。我们在那儿呆了三天时间,尽情享受。我从未吃过那么好的饭菜。在没有商业的地方才能享受到生活的财富。期望把一切都兑成黄金的欲望反而使人们什么都享受不到。"

_____

① 贝纳尔丹·德·圣—皮埃尔注:"先从作为先行者的感官开始,他不吸烟,因此他的嗅觉很灵敏。凡是没有亲自闻过的植物,他都不采集。我觉得他可以编一本味觉博物志,假如有那么多的术语来表述自然界的气味的话。单单通过发散法,他就教我认识了许多气味:石竹根闻起来像丁香花,十字龙胆有股蜂蜜味儿,麝香兰像李子,LEUCOPODIUM VULVARE 像咸鳕鱼,一种老鹳草像烤熟的羊腿,马勃菇造化得如同香皂盒,分割成瓜瓣状,机关十分巧妙,假如有人试着从这儿把它打开,它会沿着一条看不见的横线突然开裂,给你蒙上一层腐臭的粉末。自然模仿人类的作品然后加以嘲弄,对这种游戏又做何感想呢?"

这番思考能用来驳斥现代政治家的论调,他们想大张旗鼓地推广一个国家的商业,把经商视为人们能提供给国家的最完美的事。卢梭观察到不经商的民众有着各种享受;我补充一点,那就是过度商业的民族什么都享受不到。我曾经游历过一些地方,在大量出产布料的地区,我看到民众几乎赤裸着身体;在饲养大批肥牛家禽的地方,农民没有黄油、禽蛋和肉食;在盛产上等小麦的地方,只能吃到黑面包;我在诺曼底就同时看到了这些情况,那是我所见过的最富庶、也是最商业化的农村……此外,卢梭比谁都节俭。我们散步的时候,总是我提议吃点心。他接受我的提议,不过非出一半的花销不可;要是我瞒着他把账结了,他会一连几周拒绝跟我去散步。

"您违反了我们的约定。"他说道。

贪吃是孩子时代的爱好,有时候也会成为老年人的嗜好。如果他有这种弊病的话,多少美味佳肴在巴黎等着他随意享用!可是在巴黎,好的宾客比美味饭菜稀罕,一旦与道德发生冲突,对他来说,乐趣就立刻消失了。我举一个例子,那是他要求十分迫切的一个场合。那是夏季的一天,气候炎热,我们在圣—热尔伟牧场散步。他汗流浃背;我们在那儿找个清静迷人的地方,在樱桃树荫覆盖的草地上坐下,眼前是一大片茶蔗子地,结着通红的果实。

"我渴得厉害,"他对我说,"吃点茶蔗子多好啊……果子熟了,真诱人,可是没有办法吃到啊,茶蔗子的主人不在。"

他没有碰茶蔗子。这时候四周没有人看守,主人也不在,没有目击者,但是他看到田头矗立的一尊正义女神雕像。他敬畏的不是她的宝剑,而是她手中的天平。

他的目光和他的口味一样有节制。他从来不凝视女子,不管她有多漂亮。他的目光稳重,激动时甚至很锐利,但是他的目光从来只落在他希望与之交谈的人身上。除了这个稀有的情况之外,走在马路上,他只关心如何稳妥、迅速地离开马路。有一天,看见他对我们

打跟前走过的景物无动于衷,我就对他说:

"您像色诺克拉底①。他认为,朝他人家里看,无异于涉足他人的家。"

"哦!这话太重了一点!"他答道。

人世繁杂的景象,非但挑不起他的好奇,反而会把它打消。我经常注意到,我们越往巴黎城外走去,他的额头就越舒展;而越往回走的时候,脸上的愁云就越浓。但是一到乡下,他立刻高兴起来,脸上变得从容了。

"总算到了,"他说道,"没有马车,没有马路,没有那么多的人。"

他尤其喜欢葱绿的田野。

"我对妻子说过,"他告诉我,"到我病得厉害、痊愈无望的时候,你就让人把我抬到牧场当中,看到它,我的病就会好的。"

他的视力不济,借助单柄眼镜才能看清远处的物体,但是看近处的时候,他却能从最细小花朵的花萼里,辨别出我用高倍放大镜才勉强看清的部分。他喜欢瓦雷里安山冈②的景色,夕阳西下时分,他常常会停住脚步,默默地凝视山冈,不仅仅欣赏夕阳残照在云气和四周山冈中造成的光线效果,而是因为此时的景象让他想起瑞士群山间壮丽的日落景色。他给我做了迷人的描绘:

"人们有时候在那儿遇到奇妙的景观。"他说,"我曾经见过一个火山口,锥子般嶙峋陡峭的岩石环绕四周,中央是一块植物繁茂葱茏的盆地,冒出一簇簇树林,树林中间经常有一座小小的房屋。您在高山之上,眺望脚下的美妙景观。可是我并不希望住在山里,因为美丽的景色夺走了散步的乐趣。不过我倒是很希望在半山坡上有一幢自己的房屋。"

---

① 色诺克拉底(? —公元前314),希腊哲学家、柏拉图的学生。
② 瓦雷里安山冈位于巴黎西郊,高一百六十一米。

他只欣赏大自然的美景。然而有一天，我初次去索镇①，他对我说：

"您到了那儿，会很高兴的；我不喜欢公园，可是在我见过的所有公园中，我最偏爱它。"

他不赞同人们对穆埃特公园②的改观，他经常去那儿散步。荒芜的公园比废弃的城堡更打动他。他饶有兴趣地看着野生杂生的植物与室内植物混合，千金榆树苗长成了树林，先前修剪过的大树如今争先恐后地恢复自然原状，人类与自然较劲，反而露出自己的无能。他嗤笑我们富人们的奇怪举动：他们在人工溪流的边上浇筑铅质的青蛙和芦苇，而让人把在那儿自然生长的青蛙和芦苇都赶尽杀绝；他嘲笑他们的低级品位，受这种品位的驱使，他们在狭窄的空间里堆砌各个时代、各个国家古建筑废墟的翻版。不过，即使那些东西排列得更加巧妙，我觉得也不会有什么效果。古迹能令人抚今追昔，但我们不一定就喜欢看到它们。哦，大人们，你们希望我们的公园日后向后代展示堪与古希腊和古罗马媲美的令人景仰的古迹吗？那么就像他们那样，先让道德主宰你们的宫廷，让幸福洋溢在你们的城市……

"无神论者不喜欢乡村。"卢梭常说，"他们比较喜欢巴黎四周的乡村，城里的享乐在那儿一应俱全：美食、书籍、漂亮女子；可是假如把这些东西从那儿拿走的话，他们将无聊得要死。他们什么都看不见。然而世上不存在不为大自然朴实外表所动从而感知神圣的民族。假如一位像柏拉图那样的天才，带着现代物理学的发明，来到未开化的民众家中，对他们说：'你们崇拜智慧的上帝，可是对他作品的完美，几乎一无所知。'然后把显微镜和望远镜的神奇美妙一一展示在他们眼前，啊！他们将多么喜悦！他们会匍匐在他的脚下，把他也

---

① 索镇位于巴黎南部，距离市中心十公里。
② 穆埃特公园位于巴黎西郊，靠近布洛涅森林。

奉若神明。在我们这个如此开明的时代,怎么居然还有人不信神呢?那是因为他们眼睛闭着,他们的心胸狭窄。"

人们从卢梭的感受中可以认定,自然界的任何东西,他都不会冷漠地看待;然而一切东西并非都让他感到相等的兴趣。他喜欢溪水胜过河流。他不喜欢海景,他说大海使得他过于忧郁。一年四季,他只喜欢春天……

"当……"他说,"当白昼开始缩短,对我来说,夏天就结束了。想象力为我展现出冬天的景象。"

"您把您的四季光阴缩得太短了,"我对他说,"瑞士的美丽风景把您宠坏了;您要是见过俄国的漫漫冬季,您就会觉得我们的冬天是可以忍受的。大自然是一位始终令我兴趣盎然的美女,无论她高兴、悲伤还是伤感。"

"十一月、十二月只能博得理智的欢心。"

此外,没人比他从自然中获得更多的享受;没有一株植物,他不觉得优雅和美丽。

他的听觉敏锐、准确,他的声音也一样。他说他少不了音乐,就像离不开面包。可是当他打算用羽管键琴伴奏,给我唱自己谱写的曲子时,常常抱怨自己是个破嗓子。我们有时候欣然止步,聆听夜莺的歌声。

"我们的音乐家们模仿过它的高音、低音,它的叽叽喳喳,它的任性。"他告诉我说,"但是夜莺的特征,比如它拖长的叽叽叫,它的呜咽,它那贯穿始终的动人心弦的颤音,没有一位音乐家能够表达出来。"

鸟儿的鸣唱无一不吸引他的注意力。云雀渐渐飞出我们的视野,而它的歌声依然在牧场上缭绕,燕雀在树丛中鸣啭,燕子在农舍的屋头呢喃,斑鸠在树林中呻吟,莺声呖呖——因为它鸣叫声长短不一,带着某种乡村味——被他比作牧羊女的歌声,这一切在他心中构成最甜美的画面。

"我们可以从中获得多么迷人的效果,为我们表现介绍乡村场景的歌剧所用。"

这个人的感受是一言难尽的,他与将心灵活动与物理法则挂钩的人们截然相反,把自己心灵的喜好集中在感官的全部享受上。因此,爱情在他那儿不是一个简单的性格问题。他跟我说了一件令许多人难以置信的事,"人间的女性,无论多么漂亮,从来没有激起他任何欲望"。然而他认为,物理因素的简单作用加在一起,不仅可以撼动智慧,而且能颠覆理性。他给我举了一个惊人的例子:一个日内瓦小伙子,从小受严格的新教习俗的熏陶长大,在摄政王①时期来到凡尔赛。入夜,他进入宫中,德·贝黎侯爵夫人权倾一时,年轻人朝她走去;钻石的光辉、馥郁的香味、半裸的酥胸使得他激动得难以自持,结果突然扑向侯爵夫人,双手和嘴唇同时贴在她的胸脯上。朝臣们硬把他拖开,准备把他从窗口扔出去。不料侯爵夫人不准别人伤害他,而且下令要好生照料他。另一方面,卢梭不把爱情看做简单的柏拉图式的温情。他拒不会见以前曾倾心相爱而如今衰老的美人,为的是不失去留在他记忆中的美好幻觉。

姣好的容颜辅以高尚的道德素养,才能打动他:他会发现它们的力量是如此巨大,连年岁本身都不足以让他抵抗得住,要不是他避开那些场合的话。但是他把老年人的爱情视为理智的紊乱。

"有希望才会有爱情,"他说,"我瞧不起陷入情网的老人,他的脑子有问题。"

以后说到他灵魂的时候,我们再谈他年轻时代的某些癖性。在此,为了不遗漏任何与他的精神和内心无关的东西,我准备说一下他的财产。一天上午我在他家里,跟往常一样,我看见有的仆人来到他

---

① 即奥尔良公爵,1715年至1723年摄政。

家,取走一卷卷乐谱,有的仆人则把需要抄写的乐谱送来。他站着接待他们,头上没戴帽子;他对有些人说,"价格是……",然后把他们的钱收下;对另一些人则问:

"什么时候交谱子?"

"我的女主人想过两周拿到谱子。"仆人应声答道。

"哦!这不可能。我手头有活,三周以后才能交货。"

他有时候把活儿接下来,有时候拒绝,手艺人的诚实都体现在生意的细节上。我忘不了这位伟人的声誉。我们两人独处的时候,我忍不住问他:

"您为什么不利用您别的才华呢?"

"哦!"他答道,"世界上有两个卢梭:一个富有,或者说只要他愿意就能变得富有;这是一个任性、独特、古怪的人,一个公众的人;另一个人则被迫工作以维持生计,也就是您看见的这个人。"

"可是您的著作理应让您生活宽裕;那么多书店都靠它们发了财!"

"我挣到利弗尔①不足两万。再说,假如是一下子拿到这笔钱,我也许可以拿它投资。可是我陆续收到钱,也陆续把它们吃掉了。一家荷兰书店为了感激我,给了我一笔终身年金,每年六百利弗尔,我死后,其中一半可以归我妻子享有。我的财产就这些了。维持我小家庭的生计需要一百路易②,其余部分得由我去挣。"

"您为什么不再写书呢?"

"要是我从未写过东西,那该多好啊!那是我饱受苦难的年代。

① 利弗尔,法国古货币,在不同时期、不同地区有着不同的币值,从起初大约等于五百克银子贬至四点五克银子,后来被法郎取代,约等于一法郎。

② 路易,法国古货币,因上面镌刻法国国王(路易十三——路易十六)的头像得名。

封德奈尔①对我早就有言在先。他看了我的散文之后,对我说,'我知道您要向哪儿发展。可是请您记住我的话:我是从名声中获利最多的人之一:名声给我带来了年金、地位、荣誉和尊重;尽管如此,一部作品带给我的欢快从来没有它引起的哀伤那么多。您一旦拿起了笔,您就将失去安宁和幸福'。他说得太对了:我在封笔之后才把它们重新找回来。我有十年没有写过一个字了。"

听人说,拉辛②也是如此。那是三位大名鼎鼎的人物,也是三位不幸的人。所以说在法国,文人的命运确实令人同情。

"那么您为什么不把手稿的价格卖得高一些呢?"我继续问道。

于是他把收到的钱款跟我报了一遍细账,我只记得一部分:

"能挣的钱,我都挣了。《爱弥儿》被我卖到七千利弗尔;书商们以盗版猖獗为幌子压价。"

"可是他们不也在偷印同行的书吗? 他们的诡辩造成怎样的后果呢? 那就是作者们辛勤耕耘几乎一无所获,而好处几乎都被书商们获得。人们治理某个行业中某些个人的舞弊行为的时候,必须双管齐下,即同时治理行业和从业人员,不然的话,从业人员用行业的声誉掩饰自己,行业则把赖以致富的舞弊行为推到从业人员头上。为什么一位作者在自己书店之外的任何地方看到自己的作品,不要求把它作为属于自己的一种财产扣押下来呢? 这是法律所允许的,但是手续太繁琐,同业工会、法官和总督们都以本省贸易财产为借口,保护盗版书。"

"我懂了。那等于一座座不用他们花一分钱的图书馆。"

"不过您应该出新版本啊。"

"您出新版本,如果不做任何增补或者删减,书商就用不着作者;

---

① 封德奈尔(1657—1757),法国作家,启蒙运动的先驱。
② 拉辛(1639—1699),法国古典主义悲剧作家。

如果您改动作品,那就等于欺骗书商和购买老版本的顾客。我总是在第一版就把想写的东西和盘托出。"

他告诉我说,就在他跟我说话的同时,巴黎的一个书商正在出售新版的卢梭作品集,还放出风声说,为了补偿让—雅克在准备新版过程中付出的辛劳,他跟卢梭及其妻子签订了一份支付六千埃居①年金的合同。让—雅克请一个朋友去打探消息。那位书商冒冒失失地向他证实了这条谎言。于是卢梭上诉到德·萨尔丁②先生那儿;结果不了了之。1778 年年底,这个书商还把篡改的剧本作为第九分册塞入他的作品集;不过从那年开始,书商成了疯子。

"可是孔蒂亲王③那么喜欢您,"我又说道,"理应在遗嘱中给您留一份年金啊。"

"我恳求上帝,千万别让我庆幸他人之死。"

"如果我说得不对,请您原谅:为什么在世的时候,他没有给您恩惠呢?"

"他是个永远许诺却从不兑现的亲王。他一时间对我着了迷,他伤透了我的心。假如说有什么事令我后悔的话,那就是跟名流们的那些交往。"

"您给富人们增添了快乐,有人说您一贯拒绝他们的施舍。"

"我演出《乡村占卜师》的时候,一个侯爵给我送来四个路易,作为我给他抄写六十六本乐谱的报酬。我留下应得的工钱,把余额退还给他。他到处扬言说我拒收一大笔财产。况且,只有令人尊敬才可能被视作恩人,不是吗? 感恩是一条重要的纽带。"

"您的《乡村占卜师》每年给歌剧院挣了那么多钱,单靠这出戏,

①　埃居,法国路易十三时代的古货币,价值三个利弗尔。
②　德·萨尔丁(1729—1801),巴黎警察总监。
③　孔蒂亲王(1717—1776),法国王族,著名将领。

您还不能衣食无虞？"

"我把它卖了一千二百利弗尔，一次付清，外加终身免票入场。可是歌剧院经理们拒绝让我入场，因为我写了攻击法国音乐的文章，而我当时做出的承诺中肯定不包括这个条件。一天晚上，我正往歌剧院里面走，有人把我拦住。我付了七个利弗尔十个苏买票，在大厅中央落座。他们率先撕毁了我们之间的协议。于是，我把收到的钱都还给他们，这样就收回了自己的全部权利，我可以跟他们明算账了。我上诉法院，可是没能胜诉；不过我仍然可以通过遗嘱，把我的权益留给一位有着相当威望的人，他将迫使他们把我的那部分收益用于救济穷人。"

他说了受赠人的名字，原来是巴黎大主教；我同情他的处境，可是我依然忍不住笑了。

"听说您上演《乡村占卜师》的时候，蓬帕杜侯爵夫人把一套银质餐具送给您，而您只接受了一副餐具，说您一个人用餐，一副餐具足够矣。"

"我遭到了不择手段的恶意中伤。其实她给我送来五十路易，我收下了。再说，凡君主送给我的财物，我从不拒收。"

"那么休谟先生给您提供了英国国王给予的年金，您为什么拒绝呢？原谅我这么冒失地提问。"

"哦！您给了我最大的欢乐，因为只有把污蔑之词暴露在光天化日之下，才能把它摧毁。我和休谟先生同赴英伦的时候，有好些事让我觉得不满意：他不让我的女管家勒瓦瑟小姐跟他一起吃饭。他请人刻一幅版画，只见他梳着鸽翅式鬈发，漂亮得像小天使，其实他长得奇丑，而在与之对称的另一幅画上，把我画得像一头熊。他在家里常常一言不发，让我丢人现眼；最后，我忍无可忍，拒绝他的协助，跟他分手了。英国国王让我放心，他将完全自愿地给我一百畿尼①年金，跟休谟先生没有任何关系。不久之后在伦敦出现了一些可恶的讽刺文章，对我横加嘲弄。我当时觉得它出自英国人之手。我感到，一方面指责一个民族，一方面领取他们国王的施舍，这是不妥当的，于是我放弃年金以求问心无愧和思想自由。其实不然。现在我知道，这些可恨的文章都是在法国炮制的。我觉得自己理应幡然悔悟……回到巴黎后，我给英国大使写信，大使没有答复我：我的敌人沃波尔②在他身边，他伪造了一封所谓普鲁士国王的信，该信危害到君主的荣誉，其作者无论在哪个国家都会遭到惩罚，要不是他的目的在于让我出丑的话。不久之后，有人把一笔钱送到我家里，来人要求得到一张收据，却不愿意说出他是从哪儿来的。当时我不在家。我给妻子下过命令：遇到这类情况一概拒绝；从此以后那件事就无声无息了。法国人把英国描绘得很美好，其实英国的氛围极为凄凉，我饱受打击的灵魂在那儿陷入深深的忧郁之中，以至于在那儿发生的所有事情中，我可能犯有过失，但是与仇敌们在那儿迫害我的行径相比，即使仅限于他们背叛我的信任和将个人之争公之于众的错误，我的错又算得了什么呢？"

"除了抄写乐谱，您难道不能从事别的职业吗？"

"任何职业都有自己的难处。人总得有事情干。我这么抄谱子抄下去，说不定会有十万利弗尔的年金哪：它既是我的工作，又给我带来乐趣。再说，我没有超过、也没有低于命运让我出身的阶层：我是手艺人的儿子，我自己也是手艺人；我现在仍然干着从十四岁起就干的活。"

以上就是某天晚上我们就他财产谈话的概述，摘录的几乎都是

---

① 畿尼，英国古货币，合21先令。
② 沃波尔（1717—1797），英国作家、鉴赏家、收藏家。

原话。各阶层的人都来见他,我不止一次地看见他冷冷地把某些人打发走。我问他:

"我不知道,我是否也像那些人那样惹您讨厌呢?"

"他们和您,千差万别哪!"他答道,"这些先生出于好奇来这儿,他们想吹嘘说他们看见我了,想探听我家庭的详细情况,想讽刺挖苦我。"

"他们来这儿,是因为您有名气。"我说道。

他风趣地重复道:

"名气!名气!"

这个词惹他生气。名人让感性之人太不幸了。我每次都怀着重新见他的渴望离开他。有一天我给他送一本植物学方面的书,在楼梯上遇到他妻子,她正下楼去。她把房间钥匙交给我,一边对我说:

"我丈夫在家里。"

我推开他的房门,他一言不发地接待我,神情严肃,沉着脸。我跟他说话,他只是偶尔应一声。他在抄乐谱,不时地在纸上擦拭,寻找……我坐着无聊,随手打开放在桌子上的一本书。

"先生喜欢读书。"他对我说,声音在颤抖。

我起身告辞。他跟着站起来,把我送到楼梯口,见我请他留步,他说道:

"对于那些不太熟悉的人,就应该这样做。"

我没有回答他,但是,如此刺激的友谊在我的心底翻腾,我毅然离开了,决意从此不再去他家。

分手两个半月之后,我们在一条弯道上相遇了。他朝我走来,问我为什么不去看他。

"您知道为什么。"我答道。

"有些天,我独自一人呆着。"他对我说,"我喜欢我的个性。不管怎么做,人们几乎总是怀着对自己,或者对他人的不满意离开社会。而我孤独散步归来,是那么安详,那么满意! 我不牵挂任何人,任何人也不牵挂我。"他神色柔和地补充道,"过多地看见您,我会生气;可是假如一点都看不到您,我将更加生气。"

然后,他突然很激动:

"我害怕亲近,我关闭自己的心扉……可是我有根准绳……"

他伸手做打量我的姿势:

"当机会出现的时候……"

"您希望我拜访的时候,为什么不在窗口摆一个记号,就像日内瓦湖畔跟您的朋友们打信号那样? 我去看您而您不想别人打扰的时候,您至少可以通知我,您为什么不这么做呢?"

"情绪把我压倒了,"他答道,"您难道没有发觉吗? 在一段时间里,我能控制情绪,然后就做不了主了:情绪会不由分说地爆发。我有自己的缺陷。可是当我们重视一个人的友谊的时候,那就有利有弊都得接受。"

他邀请我第二天到家里吃午饭。从这一点,人们就能断定他性格的高尚和坦率。

附录三:卢梭生平年表

1712 年　让—雅克·卢梭出生于日内瓦一个信奉新教的家庭(6 月 28 日);母亲去世。

1722 年　卢梭在牧师朗贝尔歇家度过了将近两年幸福的时光。

1728 年　卢梭离开日内瓦(3 月 14 日),圣枝主节那天(3 月 21 日)来到华伦夫人家。华伦夫人把卢梭送到都灵受训,皈依天主教(4 月 21 日)。卢梭在韦塞利伯爵夫人家当仆人,偷了一根缎带,反而诬陷年轻的女仆玛丽永。

1729—1742 年　卢梭跟随华伦夫人,先后在安纳西、尚贝里以及距离尚贝里不远的茅草屋居住。在此期间,卢梭曾几次出游,到过里昂、贝藏松、巴黎、格勒诺布尔、日内瓦、蒙彼利埃等地。卢梭与华伦夫人情深意笃,发奋学习文化。

1742 年　卢梭来到巴黎,结识狄德罗。卢梭当时打算在音乐方面发展:申请新的记谱法专利、上演名为"风流诗神"的歌剧、出版"论现代音乐"……

1743—1744 年　作为使馆秘书在威尼斯度过一年。

1745 年　卢梭与出身贫寒的缝洗女工黛莱斯·勒瓦瑟同居,他们的五个孩子都被送进孤儿院。

1749 年　在去万森监狱探望狄德罗的路上,卢梭顿悟自己的哲学"体系",即重新阐述人的义务与幸福、自然与文明社会进步之间的关系。

1750 年　卢梭在《论科学与艺术》一文中阐述这个哲学体系的基础,论文获得第戎学院奖。

1752 年　他为国王路易十五和王后上演歌剧《乡村占卜师》,在法兰西喜剧院上演《水仙》,一时受上流社会追捧。然而卢梭决定"改革"自己生活方式,实践自己阐述的原则:他离开上流社会,隐居乡间,依靠劳动(抄写乐谱)谋生。

1754 年　卢梭重新信奉新教,恢复了日内瓦公民权。

1755 年　卢梭发表第二篇论文《论人类不平等的起源和基础》,激起轩然大波。剧作家帕利索写喜剧《圈套或标新立异》讽刺卢梭。

1756 年　启蒙作家(狄德罗、达朗贝、格林姆、霍尔巴赫)之友埃皮奈夫人慷慨相助,拿出位于蒙莫朗西的退隐庐供卢梭居住。他在那儿过着幸福、宁静的生活,潜心写作。一度热恋索菲·乌德托伯爵夫人,开始写书信体长篇小说,即以后的《新爱洛伊丝》;就里斯本大地震给伏尔泰写了那封著名的长信——《论天意》。

1757 年　卢梭与启蒙作家多次争论,愤然离开退隐庐,搬到蒙路易住。达朗贝替《百科全书》写"日内瓦"条目。

1758 年　卢梭发表《致达朗贝论戏剧的信》。

1759 年　卢梭迁回蒙莫朗西,住进卢森堡元帅的府第。

1760 年　帕利索通过喜剧《哲学家们》讽刺卢梭和其他启蒙思想家。

1761 年　《新爱洛伊丝》出版,反响热烈,大获成功。

1762 年　卢梭给德·马勒泽布先生写了四封信,初步回顾自己的生平。然后接连出版了政治论著《社会契约论》、教育论著《爱弥儿》,其中包含反映卢梭宗教立场的《萨瓦助理司铎的信仰自白》。巴黎最高法院下令查禁《爱弥儿》。卢梭遭到通缉,逃往瑞士。在伯尔尼州又被驱逐,最后在纳沙泰尔邦的莫蒂埃—特拉维尔安顿下来。华伦夫人在尚贝里去世。

1763 年　《致巴黎大主教克里斯多夫·博蒙的信》是卢梭撰文自我辩护的开始。着手写作《忏悔录》。卢梭放弃日内瓦的"市民权"。

1764 年　卢梭在《山间来信》中回驳日内瓦检察长特隆尚的《乡间来信》。伏尔泰匿名发表《公民们的感想》,再次猛烈攻击卢梭。跟伊维尔努瓦博士学习植物学。

1765 年　《山间来信》在海牙和巴黎被查禁、焚毁。众人用乱石袭击卢梭在莫蒂埃的住所,卢梭退至比埃纳湖的圣皮埃尔岛,然后经斯特拉斯堡逃往柏林。

1766 年　卢梭决定去英国避难,受到哲学家休谟接待。不久以后,卢梭怀疑休谟故意设陷阱害他,与休谟闹翻。撰写《忏悔录》。

1767 年　卢梭化名勒努,潜回法国,躲在孔蒂亲王家中,深居简出,写完《忏悔录》上卷。孔蒂亲王生前始终保护卢梭。《音乐词典》出版。

1768 年　卢梭开始感到一个巨大的阴谋在他身边形成。卢梭与黛莱斯·勒瓦瑟正式完婚。

1769 年　卢梭迁居到邻近布尔关的蒙坎,继续写《忏悔录》。

1770 年　致信圣日耳曼先生,谈到针对自己的"阴谋"。返回巴黎(入住普拉特里埃路)。卢梭恢复真名,重新靠抄写乐谱过日子。完成《忏悔录》下卷,开始在某些沙龙朗读此作。

1771 年　警方禁止朗读《忏悔录》。应巴尔外州人联盟之请,写《论波兰政府》。他还撰写《论植物基本原理的信》。

1772—1776 年　卢梭在亢奋的状态下,写了《对话录:卢梭评判让—雅克》。出售植物标本和植物方面的藏书。

1776 年　卢梭试图将《对话录》的手稿藏进巴黎圣母院的主祭坛未遂(2 月 24 日)。孔蒂亲王去世(8 月 2 日)。卢梭着手写《孤独漫步者的遐想》。写完漫步之一(9 月完成?)。在梅尼蒙丹附近被马车撞倒(10 月 24 日)。

1777 年　《孤独漫步者的遐想》写至漫步之七,不再抄写乐谱。多穆瓦夫人发表《青年女子埃米莉哀史》。

1778 年　卢梭写完随后三篇漫步(漫步之十写于 4 月 2 日),把《忏悔录》的一份手抄稿交给蒙路(日内瓦手稿),迁到埃蒙维尔,住进吉拉尔丹侯爵府第,7 月 2 日去世。卢梭被安葬在杨树岛上。

1779 年　《致德·马勒泽布先生的四封信》发表。

1780 年　三篇《对话录》中的首篇在英国发表。卢梭著作的崇拜者们开始在埃蒙维尔瞻仰卢梭墓地。

1781 年　《论植物基本原理的信》发表。

1782 年　《忏悔录》上卷和《孤独漫步者的遐想》在日内瓦出版,然后出版了三篇《对话录》以及《近作纪事》。

1784 年　《常用植物学词汇词典片断》发表。

1789 年　《忏悔录》下卷在日内瓦出版。

1794 年　让—雅克·卢梭的遗骸被迁入先贤祠。